VLUG VAN DIE NAG

VLUG VAN DIE NAG

June Botha

naledi

Eerste uitgawe, eerste druk: 2021

Naledi   www.naledi.co.za

Teks © June Botha 2021

Eerste uitgawe © Naledi 2021

Voorblad Illustrasie: Tasha Cope

Geset in 12,5 op 16 pt Adobe Garamond Pro

Eerste uitgawe, eerste druk: Naledi, September 2021

ISBN: 978-1-928530-84-8

VOORWOORD

Iewers in dié boeiende moordverhaal verloor Jört, hoofspeurder van Moord- en Roof, sy hart op die skynbare – en waarskynlik – eerbare moordenares wat die vermoorde se kind op die nag van die moord ontvoer en haar onder die veiligheid van haar erfporsie verskuil – daar waar die gesiene Jan Barnard, haar pa, tot sy ontsteltenis ontdek dat sy sogenaamde kleinkind die ontvoerde kind van sy dogter is.

Luna, 'n vryskutjoernalis, vorm deel van die moord-en roofondersoekspan wat haarself te midde van die ondersoek in die kring van 'n dwelmorganisasie bevind. Dit lei tot 'n aantal moorde, ontvoering en verkragting terwyl haar plaasmeisiehart eintlik net hunker na die eenvoud van liefhê.

As dit nie is vir speurdersersant Jört se skerpsinnige waarnemingsvermoë, sy breë bors – daar waar die hart nog op die regte plek klop – en sy beskermingsdrang om die vermoorde minnares se ontvoerde kind te vind nie, het die howe so wrintiewaar die onwrikbare Luna galg toe gestuur!

Vlug van die Nag is 'n boeiende moordroman, met 'n asembenemende storielyn wat strek van die drang tot oorlewing, tot liefde, en die onselfsugtige begeerte om te beskerm.

DANKBETUIGING

My dank aan elke leser wat die hartstog van liefde ken en die drome daarvan najaag. Na alles, die liefde vra niks behalwe om te kan gee nie.

My innige dank aan my drie dogters, Lodene, vir jou besondere talent om raak te sien waar ander mis kyk; Junick vir jou borrelende lag, die hemelruim baljaar onder jou gejuig; Mariska, die sagtheid van jou hart, dit bekoor my gees. My kleindogter Cathrine, in jou lê versteekte oseane, ouma se kind! My drie kleinseuns, Johan, Nicolas en Sion, ek lees drome in julle oë, dit vul my met genot. Dankie, Dankie, Dankie.

My dank aan Wilna Dippenaar vir jou getroue proeflees, redigering, aansporing, lag en die motivering agter dit alles. Jy praat my taal. Dankie vir die kosbaarheid wat jy is. Tasha Cope, daar kon nie 'n beter illustrasie gewees het vir die voorblad nie. Dankie dat jy elke keer raakvat. Jou sketse spreek boekdele. Baie dankie.

My getroue dank aan Naledi Uitgewers, Johan Coetzee en span, Ronnie Taylor vir die drukwerk, die inpas, aanpas en sommer nagtelike rus opgee om spertyd te haal. Hierdie gaan nie ongesiens verby nie. Dankie.

Ek loof en prys God vir die talent om stories te kan vertel.

EEN

Die drankbedwelmde, moordende visnetvingers vou kramp-agtig om Luna se ontblote keel om die vloeiende lewe uit haar liggaam te wurg. Sy hyg na asem en knel haar hande krampagtig oor die grofheid van sy klemmende greep. Sy voel hoe die duiseligheid haar stelselmatig oorweldig.

Luna hoor die buitengewone, harde gehuil van 'n baba iewers in die agtergrond. Haar paniekskreeu dring die diepste lewende deel van haar regdenkende brein in en sy veg opnuut desperaat vir 'n laaste poging om uit die wurggreep te ontsnap. Haar kragtelose arms word slap onder sy brutale greep en val langs haar verswakte liggaam. Sy strek haar vingers in wanhoop uit om die laaste oorblywende lewe in haar liggaam te behou. Dan voel sy die stukkende glas wat langs haar op die koue teëlvloer lê.

Sy kleef aan die vlymskerp buitekant daarvan en bring dit met brute krag bokant haar kop uit. Sy krul haar liggaam in 'n kragbondel en steek die skerppunt glas in die sagte drankbenewelde slagaar van die moordende figuur wat bokant haar uitgestrek staan.

Sy oë verstar en Luna verwar sy dierlike geskreeu met die paniekgehuil van die baba in die agtergrond en ruik terselfdertyd die walglike, helderrooi, vars mensbloed wat ritmies by haar moordenaar se ontblote nek uitspuit.

Hy verslap sy greep om haar keel en gryp na sy eie nek. Bloed pomp, vloei tussen sy vingers deur en bedek die vloeroppervlakte langs Luna se gekneusde lyf. Hy val gesig eerste skuins oor haar regter bors binne die donkerrooi, alreeds stollende, plas bloed.

Luna sukkel-skuif met 'n hortende hoesbui, angsvervuld, onder sy roggelende lyf uit en rol desperaat eenkant. Sy beur hygend orent. Sy strompel paniekerig met haar hand om haar rou keel gevou na waar die baba se huilskreeu opklink, maar struikel onverwags oor 'n vroulike figuur wat half uitgestrek onder die eetkamer tafel lê.

Sy voel die warm gevoel van kots wat in haar rou, gekneusde keel opstoot as sy die mes in die jong vrou se bors opmerk. Sy gryp naar en bewerig na die leuning van die stoel sodat sy haar ewewig behou as duiseligheid haar wil oorweldig. Sy haal 'n paar keer diep, hygend asem as haar benewelde verstand haar dwing om voort te beur na die hoofslaapkamer waar die hulpelose baba, handjies in die lug, luidkeels skreeu.

"Toemaar, toemaar," troos Luna met 'n hees stem en druk die fopspeen wat in die wiegie lê bewerig in die skreeuende baba se mond. Sy merk terselfdertyd dat haar hande met bloed bedek is en gril. Sy gryp die naaste doek en vee dit vlugtig af. Sy handel vinnig en werktuiglik. Dit neem etlike oomblikke voordat die baba tot bedaring kom en die fopspeen suig. Luna kyk verbysterd om haar rond. "Ek moet hier uit!" mompel sy desperaat en draai vlugtend om toe haar oog op die houtkassie val waar die babagoedjies gepak staan.

Sy sien die onoopgemaakte melkpoeierblik en 'n paar leë bottels op die kassie. Sy gryp die babasak langs die wiegie, gooi soveel moontlik babagoed daarin en druk die sak *Huggies* en 'n hopie babakleertjies by die voetenent van die wiegie in. Sy praat tussendeur sodat die baba nie weer huil nie, alhoewel sy self baie na aan histerie is en aanhoudend hoes as gevolg van die irritasie in haar keel. Sy merk terselfdertyd dat haar bloesie plek-plek deurweek is met nat bloedkolle en ongemaklik aan haar bolyf vaskleef.

Sy kyk vlugtig, wanhopig in die deurmekaar vertrek rond, tel die wiegie op, druk 'n nabygeleë babakombers, 'n los trui wat sy kan gebruik om die bloedvlekke op haar bloesie te verberg en 'n handdoek onder haar arm in en skarrel deur toe. Sy vermy die twee stil figure op die grond.

Die baba kyk in haar wiegie rond terwyl sy haar fopspeen gulsig, onseker suig. Luna loer vlugtig by die skuifdeur uit. Die stoep se gang is stil. Sy mik haastig vir die stel trappies wat na die parkeerarea toe lei. Sy is uitasem as sy haar voertuig bereik en plaas die wiegie haastig op die agterste sitplek en sit die sak *Huggies* en babakleertjies wat in die wiegie se voetenent gedruk is, op die vloer. Sy sit die babasak langs die *Huggies* neer. Sy merk dat haar hande onbedaarlik bewe en staar met afgryse na die bloed wat nog daaraan kleef. Sy maak die agterste motordeur vinnig toe, skuif by die stuurkant in en skakel die motor aan. Sy ry stadig, waaksaam by die parkeerarea uit, die nag in.

Luna se Volkswagen Polo spoed blindelings op die N4-snelweg voort terwyl die straatligte van die buitewyke van Pretoria verby haar flits. Die dreuning van die voertuig het die baba tot ruste gebring. Luna se onstuimige gemoed smelt saam met dié van verwarring, skuldgevoelens, paniek en absolute godverlatenheid.

Sy draai na twee ure by die Caltex motorhawe in en vul haar voertuig op. Daarna vra sy die petroljoggie om vir haar twee vyfliter bottels water te bring en die baba se bottels met warm water op te vul. Sy plaas die vyfliter waterhouers op die grond aan haar passasierskant. Dan draai sy die warmwater-bababottels in twee lapdoeke toe en skuif dit by die wiegie in sodat dit regop kan staan langs die vol bottel wat sy van die kassie afgeneem het. Sy merk dat die petroljoggie haar aanstaar. Sy ignoreer sy opsommende blik en draai haar gesig weg sodat dit onsigbaar in die skadu van die motor is. Sy trek haar bevlekte bloesie se kraag hoër teen haar nek op, betaal kontant en vertrek.

Na etlike kilometers ontdek sy 'n grondpaadjie wat na een of ander plaas toe lei. Sy merk geen aankomende voertuigligte nie en trek van die snelweg af. Sy draai by die smal grondpaadjie in. Sy ry 'n entjie verder die plaaspad in voordat sy veilig en beskut tussen die rye mielies, die voertuig tot stilstand bring. Sy maak haar motordeur oop en laat die motor luier terwyl sy die ligte afskakel.

Dan klim sy versigtig uit die motor, stroop die bloedbevlekte bloes van haar bolyf af en gooi koue water oor haar arms en borste uit. Koue rillings spoel oor haar lyf as sy met vinnige hardhandige hale die droë bloed met mening van haar bolyf afwring. Sy spoel haar gesig af en smoor die onverwagte, oorweldigende gesnik in haar handpalms. "Ag Vader… wat het ek gedoen?" huil sy hulpsoekend, ontroosbaar.

Na etlike oomblikke neem Luna die handdoek en droog haar bolyf af terwyl oorblywende snikke nog deur haar liggaam ruk. Sy staan stil langs die motor en wag dat sy tot bedaring kom voordat sy die bebloede klere in die handdoek toevou en dit in 'n plastiek kruidenierswaresakkie toeknoop. Sy plaas dit agter in die motor se bagasiebak en trek 'n loshangende sweetpak-bostuk, wat sy uit haar gimnasiumsak haal, aan.

Sy handel werktuiglik as sy die bagasiebak saggies opknip druk en om die motor stap na die bestuurskant toe. Sy haal 'n paar maal diep asem voordat sy beheersd agter die stuurwiel inskuif en haar motor aanskakel. Die sagte gedreun van die motorenjin bring 'n onverklaarbare troos in haar gemoed en smelt saam met die donker sterrehemel wat beskermend om haar vou.

Sy plaas die motor in tru-rat en stuur die voertuig versigtig agteruit tussen die mielies in voordat sy stadig terugry hoofpad toe. Sy skakel haar hoofligte aan sodra sy die veiligheid van die snelweg bereik. Sy ry verby Middelburg, Witbank en Schoemanskloof se afdraaibordjie, deur Waterval-Boven se kliptonnel, bewus van die klein liggaampie wat agter in haar wiegie lastig raak.

Luna ry stadig verby die ou klipsteenhuis wat aan haar regterkant staan. Die grondpad wat na die huis toe gaan, lyk rybaar. Groot bloekombome staan langs die grondpad geplant en gooi donker skaduwees oor die pad. Luna draai versigtig by die grondpad in en ry stadig dieper tussen die bome in sodat haar voertuig onsigbaar van die snelweg af is. Sy merk dat daar nog 'n paar bewoonde klipsteenhuise verder af staan.

Sy skakel die motor se ligte af en laat die enjin vir 'n oomblik luier. Sy kyk om haar rond om seker te maak dat alles veilig is. Sy skakel die motor af. Sy hou haar hande op die stuurwiel en tuur die nag vir 'n oomblik ongesiens in.

Die baba kla-huil harder. Luna skud haar bang gedagtes af, neem haar selfoon en klim tussen die twee voorste sitplekke deur waar sy haarself langs die wiegie op die agterste sitplek tuismaak. Sy plaas die selfoon binne die wiegie en skakel die flitslig aan. Die wiegie en huilende baba is onmiddellik sigbaar. Luna draai die foon skuins na die voorste sitplekke en bondel die punt van 'n kombers vinnig voor die foon op. Dit verdoof die helder lig in die motor. Sy sug verlig.

Die baba se gehuil ontsenu haar en sy dwing haarself tot kalmte. "Dit help om te praat as jy bang is," herroep sy haar ma se woorde en besluit om die raad wyslik te volg.

Sy neem die baba met haar toegevoude pienk kombersie uit die wiegie en laat haar op haar bo-arm rus. Sy kyk vir 'n oomblik in die skemer na haar huilende gesiggie en haal die bababottel uit die voetenent van die wiegie. Sy lig die baba effens hoër op teen haar arm en druk die fopspeen in haar mondjie sodat die baba kan ophou huil. As sy sien dat die baba kalm is, ruil sy die fopspeen vinnig vir die bottel en laat haar kop 'n bietjie hoër as haar maag lê om te verhoed dat sy winde sluk. Sy glimlag tevrede.

Sy laat die baba 'n kwart van die bottel drink voordat sy die doek oor haar skouer gooi en die baba teen haar bors laat oorleun. Haar gesiggie rus op Luna se skouer. Sy vryf kort hale oor haar ruggie. Die baba kreun en breek 'n wind. Luna lag byna hardop van verligting en praat sag moederlik as sy die proses herhaal totdat die bottel leeg gedrink is.

Nadat die baba klaar gedrink het en sy die laaste paar winde uitgevryf het, trek sy die kombersie teen haar bo-lyfie op. Sy onderneem om haar doek te ruil as sy haar terug in die wiegie plaas. Sy sit die selfoon se flitslig af. Sy skuif gemakliker dieper in die sitplek in en maak haar oë toe terwyl sy die baba se ruggie in kort egalige sirkels vryf.

Na twee-ure se slaap skrik Luna wakker. Sy kyk verward om haar rond en besef dat die baba en sy ewe diep geslaap het. Sy vryf gemoedelik oor die baba se ruggie om te verseker dat die baba ongesteurd voortslaap. Dit is nog donker buite. 'n Bui reën het uitgesak.

Luna draai die selfoon se skerm en merk dat dit 4:34 in die vroeë oggend is. Sy sit nog 'n rukkie na die reën en luister, wetend dat dit haar, komies genoeg, tog in 'n mate beveilig, "want wié sal nou 'n vrou in die vloedreën beroof… of dalk vermoor...?" dink sy en ril by die gedagte daaraan. Sy skud die onaangename gedagte onmiddellik af en skuif versigtig in haar sitplek om die baba saggies terug in haar wiegie neer te lê. Sy verander haar luier en draai die baba op haar sy. Sy sit die fopspeen langs die baba se koppie vir ingeval sy dit nodig kry.

Daarna klim sy weer terug tussen die twee voorste sitplekke na die bestuurskant. Sy strek haarself uit as sy gemaklik voor die stuurwiel sit en rus haar kop vir 'n oomblik terug teen die sitplek. Sy trek haar asem diep in en laat toe dat die gesuis van die reën haar siel *betas*.

Na 'n paar minute skakel sy die motor aan en ry stadig sonder ligte tussen die bome terug na die snelweg. Sy skakel soos die vorige keer, haar motorligte aan sodra sy die snelweg bereik.

TWEE

Die donker nag lig uiteindelik sy sluier en verwelkom die môrestraal oor die nat mistige skynsel van Luna se motorruit. Sy kyk vlugtig om na die wiegie en skuif besorgd die pienk kombersie met haar een hand effens hoër op teen die babalyfie om die koel oggendlug uit die wiegie te hou. Sy draai haar motorruit effens oop sodat die wasigheid op haar voorruit kan opklaar. Die reënspatsels op die voorruit gly by die sykant van haar motorvenster in terwyl sy voort ry Karino toe. Sy behoort die plaas teen ongeveer sewe-uur te bereik.

"Huistoe…" mymer Luna verlangend en byt die binnekant van haar onderlip twyfelagtig vas as sy onseker is of die besluit daarvan 'n goeie idee was. Sy staar ingedagte na die reëndruppels wat op die voorkant van haar hand vorm en stadig oor die stuurwiel afgly en *plomp* in haar skoot val. Sy vryf ingedagte oor haar gesig en voel hoedat die klein druppeltjies spatsels saamsmelt met haar verlange na veiligheid… na huis.

Sy staar strak oor die uitgestrektheid van die nat pad en luister na die teergeluid van die motorbande wat harmonies oor die oppervlakte gly. Dan ervaar sy skielik 'n onverskillige begeerte om die petrolpedaal dieper teen die holte van die paneel vas te trap.

Die motor versnel en daarmee ook haar gevoel van onverskrokkenheid, asof sy die onsekerheid wat in haar woed met toenemende roekeloosheid wil oorrompel. Asof sy die nagmerrie-verskrikking van die vorige nag uit haar geheue wil verjaag. Asof sy donker wil verruil vir lig. "Asof…

grusaamhede nie by dag of nag hoort nie!" skel sy hard, driftig met haarself en ervaar 'n onverwagse naarheid wat teen haar maagwande opstoot. Sy besef dat angs en paniek haar opnuut oorweldig. Sy bereik die hoogte van die bult en bring die voertuig vinnig tot stilstand. Sy stamp die deur van die motor met haar regterskouer oop en ledig haar braaksel oor die naaste afgrond. Sy staar etlike oomblikke daarna voordat sy bewerig terug stap motor toe.

Sy haal 'n vyfliter waterbottel agter uit die bagasiebak en spoel haar mond met skoon water uit. Daarna neem sy 'n paar groot slukke voordat sy die waterbottel terugsit en die kattebak saggies toemaak. Sy loer by die agterste venster van die motor in en besluit om die baba te versorg voordat sy verder ry. Sy leun swak teen die agterste deur met haar rug en tuur vir 'n oomblik die verte in.

Die motreën vorm blink skynsels oor haar deurmekaar gebondelde hare en laat lang sliertstukkies oor haar skouers hang. Sy voel nie die nat koue oggendlug nie. Sy staar vir 'n onbepaalde tyd na die landskap wat soos groen moskomberse om haar vou en uitgestrek oor koppies en vlaktes lê.

Sy verlang inderdaad na die veiligheid van haar ouerhuis, na die vryheid van die plaas, maar besef onwillekeurig dat sy nie haar nood by haar ouers kan gaan bekla nie, veral nie by Jan Barnard, haar pa, nie. "Ek sal eers 'n dag of twee oor my omstandighede nadink voordat ek besluit wat my te doen staan," onderneem sy braaf en verwelkom die onverwagse kalmte wat van haar besit neem. Sy maak die agterste deur van die motor saggies oop.

Sy haal die warm toegevoude bababottels wat sy by die Caltex-motorhawe laat opvul het, tussen die saamgebondelde lapdoeke uit en plaas dit staande op die agterste vloeroppervlakte van die motor. Sy neem 'n warm bottel en gooi water oor die tiet van die bottel. Sy lees die formules op die poeiermelkblik. Dan gooi sy die res van die warm water uit die bababottel totdat sy die geskikte merk volgens die gegewens bereik het en voeg die afgemete hoeveelheid melkpoeier daarby. Sy skud die bottel liggies terwyl sy haar duim op die gaatjie van die tiet hou. Sy glimlag tevrede en vou die oorblywende bababottels weer in die lapdoeke toe. Sy hou die klaargemaakte melkbottel tussen die babagoed op die vloer sodat dit nie te veel hitte verloor nie.

"Ek sal by die volgende vulstasie weer warm water kry," dink sy tevrede as sy haar onderlip ingedagte aan die binnekant van haar mond vasbyt. Sy merk dat die baba saggies kreun en haar voetjies onder die kombersie beweeg. Sy ondervind gemengde gevoelens van opgewondenheid en ietwat onkundigheid as sy die wiegie nadertrek, maar lag verlig as sy sien dat die baba oop ogies vir haar lê en kyk.

"Jou klein rakker," sê sy moederlik, "jy was al die tyd wakker." Sy kyk goedkeurend na die baba terwyl sy 'n waslappie uit die doekesak neem en dit deurweek met spatsels warm water wat sy uit die oorblywende bababottel gooi. Sy blaas vlugtig daaroor om seker te maak dat dit nie te warm is nie en vee die baba se gesiggie en handjies af. Sy ruil haar doek en is verlig as die baba laggeluidjies maak en nie huil nie.

"Hoe oud is jy, kleinding?" vra sy belangstellend en glimlag moederlik. "Vier of vyf maande?" antwoord sy haarself en skuif gemaklik agter op die sitplek in. Sy haal die baba versigtig uit die wiegie. "O jinne, maar jy's klein," lag sy sag-senuweeagtig as sy die baba beter in die daglig sien en voel opnuut onhandig as sy die brose baba in haar arms stut terwyl sy die bottel voor haar mondjie plaas. Die baba is honger en begin gulsig aan die melk drink. Luna verkyk haar aan die volmaakte skepping van die klein wesentjie en haar hart vul met moederlike teerheid.

Sy is terselfdertyd bewus van motors wat op die grootpad verby hulle ry, maar besef dat sy 'n veilige afstand binne die rus-ontspanningsarea gestop het. Tyd het op die oomblik vir haar geen nut nie en sy weet instinktief dat sy haar lewe vir die veiligheid van die klein wesentjie sal gee.

Luna maak seker dat die baba rustig drink terwyl sy haar vingers deur die sagte vorms van die klein handjies knoop. Sy streel oor die struktuur van haar pienk sy-agtige sponsvelletjie en verkyk haar aan die blou ogies wat in háár, Luna, na 'iets soos vertroulikheid of veiligheid' soek. Sy bestee die oggend om die baba se winde uit te vryf en haar doek te ruil. Daarna maak sy haar rustig aan die slaap voordat sy haar motor opruim en sigbare bewyse van die vorige aand se gebeure tot niet maak.

Sy deursoek die wiegie en vee ligte smeer-bloedmerke aan die voetenent van die wiegie en handvatsels af. Sy ril met die wete dat dit die bloed op haar hande was. Daarna gaan sy weer deur die inhoud in haar motor om seker te maak dat alle leidrade vernietig is. Sy vou die los trui wat op die sitplek gelê het netjies op, maar skrik toe sy die naam, *Zoé Prinsloo, Apteker* daarop lees. Sy staar strak, ontnugter daarna en hou haar hand vinnig voor haar mond as die naarheid haar weer wil oorval. Sy frommel die trui op en druk dit onder haar gimnasiumsak in. Dan stap sy vlugtig na die afgrond en gooi die plastiek sak met haar bebloede bloesie en handdoek by die kranse af. Sy kyk vinnig in die rigting van die pad om seker te maak dat haar geheim veilig verdoesel is en stap dan terug motor toe.

Sy sit vir etlike oomblikke stil voor haar stuurwiel om van

haar skok te herstel voordat sy die motor aanskakel en stadig op die snelweg indraai. Sy besef dat die pad intussen meer reisigers bygekry het. Sy beweeg verby 'n aantal swaar gelaaide vragmotors voordat sy onvoorsiens ná die **SAPPI Meule,** regs swaai en vir kilometers tussen plantasies deurry.

Haar voertuig gly deur poorte en klowe, heuwels en vlaktes. Sy adem vars bedekte grondwoud deur die klein opening van haar venster in. Haar waaghalsige besluit om met die baba te vlug is vir 'n wyle vergete en sy voel op die oomblik veilig en beskut tussen die hoë uitgestrekte boomtoppe wat klossies blaartakke op die verste eindpunte uitstoot. "Ons het tot hier gekom," bemoedig sy haarself binnensmonds en glimlag selfs met die wete dat hulle ongehinderd die Laeveld met al sy bekoringe, veilig bereik het.

Sy ry ongeveer 'n uur in stilte verder voordat die baba agter in die motor weer kriewelrig raak. Sy merk dat die pad voor 'n sekelvorm maak en besluit om af te trek sodra sy die veiligheid van die hoogte bereik het. Sy verminder spoed en laat toe dat die klein sinkdorpie voor haar tussen die laaghangende miswolke verskyn. *Pasop - Rondlopende Wilde Perde* lees sy op die verbygaande waarskuwingsbordjie. *"Kaapschehoop,"* fluister sy met genoegdoening as sy haar voertuig by die hoofstraat van die historiese dorpie indraai.

Die motorbande kneus die gruisklippertjies wat op die dorpspad oopgesprei lê. "Nou ja, Kaapschehoop, kom ons kyk hoeveel hoop híer in jou ingewande vir ons skuil," dink sy betekenisvol komies en draai haar voertuig regs in Brinkstraat. Sy stop voor **Silver Mist Country Inn Gastehuis** en besluit om die volgende paar dae daar tuis te gaan totdat sy haar planne agtermekaar het.

DRIE

"Hou jou bek, Greyling," brom Sersant André Jört geïrriteerd, "ek stel nie belang in wat jy dink nie." Die hoofspeurder van die moord-en roofafdeling klap sy notaboek hard en hinderlik toe en staan van sy knieë af op. André Jört is merkbaar in 'n slegte bui.

Hy loop om die tafel en buk belangstellend oor die stil manlike figuur wat uitgestrek, gesig na onder, op die vloer lê. Hy bestudeer die oppervlakte langs die lyk. "Hier was nog 'n persoon," mompel hy onderlangs. "Dis mos wat ek ook sê, Sersant," probeer die konstabel weer. "Sersant moet in die kamer langsaan gaan kyk, daar is bloedmerke op die bed en 'n halfgedrinkte bababottel," sê hy hoopvol as hy sy bevelvoerder afwagtend dophou.

Jört stoot sy junior ondersoekbeampte effens uit die pad om weer by die vrouefiguur onder die tafel te buk. "Ek mis iets," dink hy fronsend, verergd. Hy staar vir 'n geruimde tyd na die jong vrou se gesig. "Greyling, hou jou hande tuis en maak aantekeninge," beveel Jört kortaf en gluur die jong konstabel kwaai aan as hy mik om die stoel langs die eetkamertafel weg te skuif. "Ja, Sersant," antwoord konstabel Greyling afgehaal en stap na die hoofslaapkamer toe. Hy haal sy selfoon uit en neem 'n paar skelm foto's. Dan maak hy belangrike aantekeninge wat ooreenstem met die foto's. Hy stap rustig terug na die woonvertrek toe en betrag die moordtoneel van nuuts af.

Jört draai skuins in sy gebukkende posisie as die forensiese fotograaf van moord-en roofondersoeke in die skuifdeur verskyn. "Jack!" groet Jört hartlik. "Ek het gehoop hulle stuur jou," sê hy terwyl sy oog opsommend tussen die lewelose figuur van die jong vrou en die hoofslaapkamerdeur beweeg. "Neem die vrou se posisie van hierdie kant af af," beveel hy gemoedelik sonder om te wag op die fotograaf se groet terwyl hy met sy hand in die rigting van die hoofslaapkamerdeur wys.

Jack knik sy kop instemmend en stap verby Jört, wetende dat sersant André Jört 'n man is wat van noukeurige en volledige inligting hou. "Hoe meer inligting, hoe sterker die saak," vermaan dié sersant op elke moordtoneel wat hy ondersoek.

Jört staan op. "Let op na die helling wat die mes in haar bors gesteek is… en ook die afstand tussen die liggaam en die skuifdeur," sê hy waarnemend en staan eenkant sodat Jack vrylik om die liggaam kan beweeg terwyl hy foto's neem.

Jack buk oor die vrou se liggaam en neem 'n paar naby bors- en bolyffoto's voordat hy verder wegstaan om sy kamera in te stel vir die afstandfoto's vanaf die skuifdeur na die liggaam toe.

Sersant Jört het intussen voortgegaan met sy ondersoek in die hoofslaapkamer. Sy wakker oë gly oor die bekendheid van die slaapvertrek voordat hy die ligte bloedmerke op die duvet van die dubbelbed en die bloedsmeersels op die babadoek bespeur. Hy draai belangstellend om na die kassie waarop die oorblywende babagoedjies staan. "Gmffff…" blaas-snork hy betekenisvol deur sy neus.

"Sersant?" vra die konstabel dom as sy oë afwagtend na sy bevelvoerder kyk. "Dis 'n vrou se werk," brom Jört onderlangs en betrag die babadoek met vernoude oë. "Die bloedsmeersel op die doek lyk na verfynde vrouehande en vingers," peins hy. "'n Vrou, Sersant?" vra die konstabel lastig. "Ja, Greyling," brom

Jört binnensmonds. "Die mannetjie kan soms so stupid wees," dink hy omgekrap en kniel versigtig langs die bed. "Greyling, sorg dat *forensics* die babadoek ontleed vir vingerafdrukke!" beveel hy streng terwyl sy blik oor die oppervlakte van die bed gly. Hy staan op en loop om die bed terug na die manlike liggaam wat in die woonvertrek lê.

Greyling staan met respek eenkant as sy bevelvoerder verby hom skuur en stap stil opsommend agter Jört aan terwyl hy inligting in sy sakboek aanteken. Jört buk weer langs die lewelose liggaam van die man. Greyling volg sy voorbeeld. Sy vingers jeuk om 'n paar foto's te neem van die liggaam wat met sy voorkant skuins oor die vloer lê, gesig in 'n plas ou gestolde bloed met die skerp glasstuk wat sywaarts by sy nek uitsteek. "Netjiese *shot*," brom Sersant Jört opsommend. Greyling skud sy kop liggies as bevestiging, hy dink ook dis 'n netjiese *shot*.

"Jack, neem foto's van alle kante van sy gesig. Die stuk glas is van onder af in sy nek ingesteek," beveel sersant Jört. Jack kyk belangstellend na die speurder se wakker en blitsige oë. "Sersant Jört het iewers 'n leidraad opgetel," dink hy ingenome. "Veral van hierdie deel van die vloer af. Ek stel belang in die skuifmerke hier langs die liggaam," praat Jört verder en wys met sy wysvinger na die oppervlakte van die vloer, "reg langs die borsgedeelte van die liggaam waar die man se arm weggeskuif langs hom lê."

Greyling kyk bewonderend na sy bevelvoerder se nougesette houding en verstar opsigtelik as hy in die lewelose, oopgestrekte glansoë van die dooie man vaskyk. Speurder Jört merk Greyling se ongemak en glimlag heimlik. "Dié grote was beslis onkant gevang, óf wat sê ek, Greyling?" sê hy droog. Konstabel Greyling sluk ongemaklik. "Ja-nee, Sersant, hy was beslis onkant gevang..." Greyling slaak 'n sug van verligting as die forensiese span die moordtoneel nader.

"Greyling, vat hulle langsaan toe!" beveel Jört streng. "Dan kóm jy, dat ons ry...." Jört stap intussen deur toe, haastig om by sy kantoor te kom. "Moenie talm nie, Greyling, jy't 'n dossier om oop te maak," voeg hy egalig by.

Die forensiese span stap saam met Greyling na die hoofslaapkamer toe. Sersant Jört steek in sy voetspore vas, draai om, staan in die deur en betrag die moordtoneel met 'n waarnemende blik terwyl Jack voortgaan met sy fotowerk. 'n Glimlag speel om die hoeke van Jört se mond. "Indrukwekkend," praat hy saggies strak met homself as hy na die jong vrou kyk. "'n Raaiselagtige moord ...," grinnik hy. "Ek wonder wié het wié betrap ...?" dink hy en wag dat Greyling by hom aansluit.

Hulle stap in stilte saam na die eenheid se ondersoekvoertuig toe. Jört maak sy deur oop, klim in en wag dat Greyling langs hom inskuif. Hy hou sy regterhand uit na Greyling toe. "Jou foon, Konstabel," beveel hy sag streng. "Maar Sersant," rebelleer Greyling magteloos. "Jou selfoon, Greyling!" beveel sersant Jört harder, strenger en kyk die konstabel ongeduldig aan. Greyling plaas sy selfoon met 'n sug en merkbaar afgehaal, in Jört se oop hand.

Jört neem die foon sonder om te praat, blaai ongehinderd deur die moordfoto's en vee 'n paar uit. "Het jy enige identiteitsdokumente van die vermoordes opgemerk, of enige vorm van 'n identiteit opgespoor?" vra Jört terloops en kyk vlugtig op na Greyling. "Wat sê die opsigter wat op die lyke afgekom het?" Hy merk die verwarring in Greyling se blik. "Hmmmm ... so gedink," sê hy gemaak kalm en gee Greyling se selfoon terug aan hom.

Etlike oomblikke se swanger stilte heers voordat Jört sy

humeur onverwags verloor. "Liewe magtig, Greyling! 'n Moordtoneel is nie 'n poppespel nie! Jy kyk vir leidrade, identiteite! Jy soek vir enige iets totdat jou neus bloei van nuuskierigheid!" raas Jört kwaai verergd.

Greyling staar strak by die voorruit uit. "Ja, Sersant. Jammer, Sersant," sê hy verleë. "Môre klop jy aan elke woonsteldeur en jy vra of iemand Vrydagaand iets ongewoons opgemerk het, vreemde besoekers, enige ongewone geluide, enige iets! En as jy nie iets kry nie, skryf jy jou bedanking uit en gaan soek vir jou 'n sussie *job* in 'n Oosterse markplein! Verstaan ons mekaar, Konstabel Greyling?" raas Sersant Jört kwaad en skakel terselfdertyd die motor aan terwyl hy met sy laaste sin omgekrap onder die woonstelblok se parkeerterrein uitry.

Greyling kan hom nie indink om sy beroep in 'n Oosterse markplein te beoefen nie. "Jammer, Sersant," mompel hy weer afgehaal en vra onseker: "Wat is 'n Oosterse markplein?" Hy kyk Jört seunsagtig aan. "'n Kerkbasaar, Greyling," antwoord Jört meer bedaard en kortaf en stop vlugtig by die stopstraat voordat hy weer voet in die hoek sit, sy gedagtes terug by die vermoorde liggame. "Maak seker ons kry die opsigter se verklaring *asap*," sê Jört strak.

Jört is 'n wyse man met 'n flink brein, vinnige begrip en skerp waardering vir wat hy sou dink, 'n poging tot iets goeds is. "Netjiese foto's, Greyling," merk hy terloops op. "Ek dink ons kan van dit wat op jou foon oorgebly het gebruik." Komplimenteer Jört en knik in die rigting van Greyling se selfoon.

Greyling staar Jört oorbluf aan en blaai stadig deur die aantal foto's wat nog op sy selfoon beskikbaar is. Hy glimlag veelseggend en voel skielik eienaardig dankbaar. "Die foto's is inderdaad goed," dink hy trots. Jört hou Greyling onderlangs dop. Sy gelaatstrekke versag. "Greyling, daardie foto's is staatseiendom, onthou dit…, dit lê nie rond nie," waarsku Jört besorgd en voel heimlik tevrede met Greyling se ondersoek. "Die mannetjie het potensiaal," dink hy tevrede en ry verder in 'n beter bui terug kantoor toe.

VIER

Luna stop voor die gastehuis, neem haar handsak en gooi dit vlugtig oor haar skouer. Die baba begin saggies in die wiegie neul-kla. Sy tel die wiegie versigtig van die agterste sitplek af op en stap na die groot uitgekerfde houtdeure van die gastehuis. Sy lui die klokkie ongeduldig en vroetel terselfdertyd tussen die sagte kombersies in die wiegie op soek na die fopspeen. Sy druk dit vertroostend in die baba se mond, net betyds om 'n hewige huilbui te keer. Sy sug verlig en haal diep asem.

Die deur swaai onverwags oop en 'n ouerige man staar vir 'n kort rukkie onseker na haar. Luna merk die opsommende blik wat wissel tussen haar en die wiegie, min lus om iemand wat dalk huis-twis gehad het in sy gastehuis in te neem. "Het u dalk 'n oop kamer vir drie nagte?" vra Luna desperaat, moeg, feitlik beskaafd en wys nie haar ongeduld nie. Sy voel afgemat en sal 'n warm bad verwelkom.

Luna merk dat die ouer man om een of ander rede huiwer om haar te ontvang. "Is hier dalk 'n ander gastehuis wat u kan aanbeveel, Meneer?" vra Luna opsetlik vererg en wys in die rigting van die dorp, ongemaklik bewus daarvan dat hulle op die drumpel van die gastehuis se voordeur staan en praat.

"Liewe land, Kind!" bulder die ouer man onverwags en neem die wiegie joviaal uit Luna se hande. "Jy lyk of die wilde perde jou gejaag het!" lag hy gemoedelik vir sy eie grap en verdwyn met die wiegie die ruim en gesel05lige ontvangsarea binne.

"Mara!" roep hy oppad na die ontvangstoonbank. Luna

bestudeer sy liggaamsbou terwyl sy hom gewillig volg. Lang man - sterk gebou. Dik bos volgrys hare. " Digbegroeide grys wenkbroue," merk Luna terloops op. "Dalk in sy laat sestigs," dink sy. "'n Liggaamsfiguur soos dié van 'n afgetrede rugbyspeler dalk…" som sy haar gasheer swyend op. Sy voel vir 'n oomblik veilig in sy teenwoordigheid.

Hy plaas die wiegie handig op die toonbank neer en kyk ongeduldig in die rigting van die kombuis waar Luna 'n gewerskaf van borde en koppies hoor. "Mara!" roep hy weer, die keer minder geduldig. "Kom! Vat die vrou en kind na kamer drie-en-twintig!" beveel hy kortaf terwyl hy die skryfding en besprekingsboek nader trek.

"Nooientjie, wat het jy gesê is jou naam?" vra hy en kyk vlugtig afwagtend bo-oor sy bril na Luna. "Ek het nie gesê nie, Meneer …," antwoord Luna kalm terwyl sy hom strak aankyk, "maar my naam is Luna Barnard," sê sy en wag geduldig dat hy die bespreking in die boek skryf. Sy verskaf haar selnommer op aanvraag en glimlag gemaak-vriendelik as sy die wiegie van die toonbank aftel.

"Wat skuld ek?" vra sy. "Ons kan later die skade bespreek," antwoord hy verras as haar voorkoms vir hom maar bra deurmekaar lyk en haal sy pyp uit die asbakkie uit. "Mara, maak seker ons gaste is versorg. Die vroutjie lyk so dun soos 'n uitgehongerde speenvark," sê hy opsommend en wys met die agterkant van sy pyp oor haar lyf. Hy skud sy kop ontevrede en blaai verder deur sy besprekingsboek.

Luna kyk hom verontwaardig aan. Mara neem die wiegie glimlaggend uit Luna se hande. Hulle oë ontmoet. Luna voel 'n sagte bekoorlike warmte wat haar wese vul as hulle hande terloops aan mekaar raak. Sy glimlag verleë vir die ouer vrou. Luna stap agter Mara die gang af na hulle slaapeenheid toe.

Mara skuif die deur met haar vry hand oop en plaas die wiegie op die bed.

Die baba is erg kriewelrig en lastig. Luna kyk besorgd in die wiegie in en tel die baba versigtig op. Mara skuif die gordyne oop. "Kan ek maar vir haar 'n bottel gaan maak, Mevrou?" vra Mara beleefd. "Asseblief," antwoord Luna kalm en verlig en vroetel in die doekesak met haar vry hand. "As jy dié bottel net kan opwarm," vra sy, "en noem my asseblief, Luna," voeg sy terloops by as sy die klaargemaakte bottel met melk aan Mara oorhandig. Mara knik beleefd en stap die kamer uit. Sy trek die deur agter haar op knip.

"Toemaar, Kleinding," troos Luna en wieg die baba saggies heen en weer. Dit neem nie lank voordat Mara terugkeer met die warmgemaakte bottel nie. Sy oorhandig die bottel aan Luna. "Wat is haar naam?" vra die ouerige kleurlingvrou belangstellend. Luna aarsel vir 'n oomblik, onkant gevang en kyk vlugtig na die baba. "Nunus...," antwoord sy sag terwyl sy aan haar gunsteling pop uit haar kinderjare dink. "Haar naam is, 'Nunus'," herhaal Luna harder en stap tydsaam rusbank toe met die baba in haar arms, waar sy gemaklik terugskuif onder die wakende oog van Mara uit.

Luna toets die melk se temperatuur op die agterkant van haar hand, soos sy vele ma's sien doen het en vestig weer haar aandag op die baba. Sy skuif Nunus in 'n gemaklike posisie. Mara kyk goedhartig na hulle en glimlag vriendelik. "Kan ek maar u bagasie uit die motor gaan haal?" vra sy. "Nee dankie, Mara. Ek sal dit doen sodra Nunus slaap," antwoord Luna ingedagte en kyk terselfdertyd hoedat die baba honger teue uit die bottel suig. Sy vermy Mara se blik opsetlik en glimlag tevrede as Nunus klein genotvolle babageluidjies maak terwyl sy drink.

Mara talm vir 'n wyle terwyl sy opsommend na Luna en die baba staar. Sy kyk vir 'n oomblik in die kamer rond en trek die deken onnodig reg voordat sy die vertrek met gemengde gevoelens verlaat.

Toe Luna uit die badkamer kom lê Nunus rustig op die dubbelbed op haar sy en slaap met 'n sagte kombersie by haar gesiggie ingevou. Sy merk dat die fopspeen stewig gerieflik teen die kombersie stut en frons onrustig. Sy kyk onseker na die deur, maar merk dat dit stewig opknip is. "Alles is presies soos wat ek dit gelaat het," dink sy en trek haar warm klere van die vorige dag aan. Sy skuif langs Nunus in, bondel haar kussing op en vou dit dubbeld onder haar kop en nek in. Sy sit haar arm saggies beskermend oor Nunus se sagte klein lyfie en raak onmiddellik aan die slaap.

"Mevrou, Luna. Mevrou...," skemer die vroulike stem vaagweg deur Luna se onderbewussyn. Luna maak haar oë traag deurmekaar oop. Sy kyk vinnig om haar rond en herken Mara se besorgde gesig as sy nader aan Luna staan. "Mevrou, ek het tee gemaak," glimlag Mara verskonend en wys na die skinkbord met tee op die houtkassie. Luna sug vakerig en vryf met haar hande oor haar oë. Sy kyk vlugtig na die baba en merk tot haar verligting, dat Nunus oop ogies vir haar lê en kyk. Mara lag moederlik. "Nunus is darem 'n soet baba," kloek sy en buig versigtig oor die bed. Luna is waaksaam. Sy vertrou nie Mara se besorgde houding nie en sy verwelkom veral nie Mara se betrokkenheid by haar en Nunus nie.

"Mevrou, mag ek maar haar doek ruil?" vra Mara hulpvaardig. Luna kyk na Mara se moederlike gesig. "Dalk bedoel sy goed," dink Luna. "Natuurlik kan jy, Mara," gee Luna gemoedelik toe en skuif gemaklik van die bed af. Sy neem haar egter voor om Mara onder oog te hou. "Asseblief,

noem my net, Luna," versoek sy afsydig, "ek's nie getroud nie."
Mara kyk Luna betekenisvol aan en knik haar kop liggies.

Sy skuif Nunus versigtig nader en verwyder die babaslaapbroekie. "Hoe laat is badtyd?" vra Mara belangstellend onderlangs terwyl sy die nat babadoek verwyder. Luna is vir 'n tweede keer onkant gevang en neem 'n vinnige slukkie tee terwyl haar oog die skerm van die selfoon vang. *3:17 pm.* "Vieruur," antwoord sy kalm en neem nog 'n slukkie tee. "Ek sal 'n waskommetjie bring," bied Mara aan en kloek verder oor Nunus.

Luna merk dat Mara die doek liggies vasmaak en net die kombersie oor Nunus se kaal beentjies gooi. Dit amuseer Luna. "Het jy kinders, Mara?" vra sy nuuskierig. "Nee," antwoord Mara ontwykend. Luna frons. Sy is seker Mara was kortaf en ontwykend. "Het seker ook een of ander teleurstelling gehad," dink Luna en drink haar tee in stilte.

Luna merk hoedat Mara die fopspeen saggies in Nunus se mondjie sit en haar weer op haar sy draai. Sy druk die lapdoek netjies onder Nunus se gesiggie in sodat die fopspeen daarteen kan rus. "Dieselfde posisie waarin Nunus was toe ek klaar gebad het," dink Luna en betrag Mara belangstellend.

Mara neem die blik melkpoeier wat op die houtkassie staan en 'n leë, skoon bababottel. "Ek gaan solank die aandbottel maak," bied sy aan en stap deur toe. "Hoe oud is Nunus?" vra Mara toe sy in die deur omdraai. Luna kyk haar vreemd aan sonder om haar onsekerheid te wys. "Vier maande," antwoord sy. "Hoe maak ek die formule aan?" vra Mara. "Dit staan op die blik," antwoord Luna afsydig en sit haar teekoppie in die skinkbord neer. Mara trek die deur saggies agter haar toe.

Luna kyk opsommend om haar rond en merk dat die doekesak netjies uitgepak is. Die bottels is netjies in 'n ry gepak op die houtkassie en die babakleertjies opgevou in die hangkas. Sy frons liggies en stap badkamer toe. Sy merk dat die baba badgoedjies, die baba-olie, poeier en room, babamedisyne, asook die waslappie op 'n muurrakkie uitgepak is. Sy voel skielik onrustig en stap terug na die hangkas toe. Sy maak die hangkasdeur agterdogtig oop. Sy merk dat haar gimnasiumsak onaangeraak onder in die kas staan soos wat sy dit neergesit het.

"Snaaks," dink sy. "Die baba items word versorg, maar my goed is onaangeraak." Sy frons. "Behalwe as sy daarin gekrap het," fluister Luna ingedagte en haal haar gimnasiumsak onder uit die kas uit. Sy skuif die ritssluiter behoedsaam oop en kyk opsommend na die inhoud daarvan. Haar oog val op die opgefrommelde trui onder in die sak. "Dit lyk onaangeraak," dink sy en trek die ritssluiter weer vinnig toe. "Ek sal meer waaksaam moet wees," besluit sy omsigtig.

"Mara moes in die kamer gewees het terwyl ek geslaap het," weeg sy die moontlikheid op, "maar het ek regtig so diep geslaap?" worstel sy teen die kommerwekkende gedagte. Sy loop saggies deur die vertrek terwyl sy inligting verwerk sedert haar aankoms vroeër die oggend. Sy haal die opgevoude babakleertjies uit, vou dit oop en weer netjies toe terwyl sy vir bloedmerke, of enige-iets verdags, soek. Sy pak dit weer terug in die kas as sy tevrede is dat daar niks ongewoons op die kleertjies is nie.

Sy stap saggies na Nunus toe en staar vir 'n oomblik na haar rustige klein liggaampie. Haar gevoel van beskerming oorheers die gevaar waarin sy haarself bevind. Sy gaan sit langs Nunus op die bed, wagtend dat Mara die waterkommetjie bring.

Mara maak die deur saggies oop. Luna sprei die handdoek oop oor die bed en wag dat Mara die waterkommetjie daarop neersit. "Dankie, Mara, ek sal regkom," bedank sy sag, sit die badgoed en skoon kleertjies op die bed neer en wag dat Mara die vertrek verlaat.

Luna neem haar tyd om Nunus te versorg. Sy werk sorgvuldig en draai Nunus styf in die handdoek toe nadat sy haar lyfie en haartjies gewas het. Sy gesels sag vertroetelend sodat Nunus rustig kan bly. Haar vertroue neem toe namate sy Nunus versorg.

Die aand nader vinnig. Luna raak saam met Nunus aan die slaap. Sy wissel doeke teen twaalfuur, gee Nunus 'n vars bottel toe sy kriewelrig raak, slaan winde uit en sus haar weer aan die slaap.

VYF

"Wat maak jy in my kamer?" vra Luna kwaai as sy haar bedliggie aanskakel en terselfdertyd merk dat dit 3:10 op haar selfoon wys. Mara wip soos sy skrik en laat die flits uit haar hand val. "Mensig, Luna! Hoe laat jy my nou skrik!" roep Mara verontwaardig uit en buk vinnig om die flitslig weer op te tel. Luna gluur Mara woedend en agterdogtig aan. Mara beur orent en staar in die dowwe lig van die kamer na Luna. "Ek het net kom kyk of jy nog hier is," verduidelik Mara vinnig en lyk ongemaklik en skuldig. "Nou waar dink jy sou ek wees, Mara?" vra Luna driftig en klim uit die bed.

Sy merk dat Mara na haar kaal bobene kyk en trek haar loshangende sweetpakbostuk laer oor haar onderlyf. Sy gaan sit op die rusbank met haar bene onder haar ingevou en kyk afwagtend, met gevoude arms, na Mara. Luna lyk boos en geïrriteerd. Mara swyg en loop na die houttafel toe, waar sy laataand die ketel neergesit het. Sy skakel dit aan. Sy skuif twee bekers nader en gooi die gebruiklike vol teelepels koffie en twee suikers daarin.

Luna hou haar bewegings opsommend dop. Sy het glad nie gehou van Mara se opmerking nie en besluit om aan te dring op 'n verduideliking. Sy weet ook nie wat om te dink van Mara se stilswye nie en dit laat haar ongemaklik voel. Sy wag dat Mara warm water in die bekers gooi en merk tot haar verbasing, dat sy ook 'n klein houertjie met vars melk vroeër die aand by die drinkgoed geplaas het.

"Dié vrou is skerp," dink Luna versigtig op haar hoede en

ondervind 'n kriewelrige onrustigheid oor Mara se besoek. Mara gooi ongestoord 'n bietjie melk in elke beker en oorhandig Luna se koffie aan haar. Luna kyk Mara stip aan. "Ek wag vir 'n verduideliking, Mara," dring Luna ferm nadruklik aan.

Mara knik liggies met haar kop en stap hangkas toe waar sy 'n wolkombers van die boonste rak afhaal. Sy gooi dit liggies oor Luna se kaal bobene. "Die mis is besig om oor die berg op te skuif. Dit gaan môre reën," sê Mara beheersd, "dan is die koue hier," voeg sy onnodig by om tyd te wen, maar ook om Luna voor te berei vir die koue wat aan die kom is.

Mara se rustige houding ontstel Luna verder. Sy wys nie haar onsekerheid nie. "Moenie die onderwerp verander nie, Mara," waarsku Luna dreigend en staan op om Oubaas, die eienaar van die gastehuis, te skakel. "Ek wag vir 'n verduideliking, Mara!" herhaal Luna streng harder en tel die gehoorstuk van die telefoon op. Hulle oë ontmoet. Mara stap stadig nader aan Luna en trek haar kraag liggies na onder. Luna se nek is ontbloot. Die wurgmerke toon vars oor Luna se keel. Sy skrik en stamp Mara se hand onwrikbaar weg. Sy plaas die telefoon vinnig terug op die mikkie.

Mara se oë word emosieloos en kil as sy betekenisvol in Luna se skuldige gesig afkyk. Haar mondhoeke is 'n dun lyn van weersin en Luna merk die doodsheid om haar lippe as sy haar asem stadig uitblaas en antwoorde in Luna se oë soek. "Nou kan jy my alles vertel," eis Mara strak en trek die stoel langs die tafel nader. Sy neem haar beker koffie en skuif gemaklik terug teen die leuning van die stoel.

Luna sak terug op die bank, staar ingedagte na die oorkantste muur en sluk onseker en tydsaam aan haar koffie. Mara se optrede het haar onkant betrap en haar hande begin liggies bewe. Dit neem tyd voordat sy haar kalmte herwin, haar oë nou starend op die baba-bondeltjie wat op die groot dubbelbed lê. Dit is stil tussen die vroue. Mara merk die innerlike stryd wat Luna met haarself voer en besluit om geduldig te wag.

Na 'n wyle ontmoet Mara Luna se afsydige blik. "My kêrel het my gewurg," jok Luna afwykend, "toe vlug ek," volg sy vinnig verdedigend en kyk ongesiens teen die toegetrekte gordyn vas om Mara se blik te vermy. Mara frons, maar swyg. Luna neem nog 'n slukkie koffie. Dit is weer stil tussen die vroue. Die atmosfeer ongemaklik.

Luna se gedagtes raak stil en sy draai afgemete na Mara. Sy praat sag, duidelik en in volle beheer van haarself. "Ek kan eerlik nie sien wat my persoonlike sake met jou te doen het nie, Mara" sê Luna kalm en streng. "Ek stel voor jy verlaat my kamer onmiddellik óf ek laat die eienaar kom," dreig sy minagtend en kyk Mara stil vyandig aan.

Mara staar opsommend na Luna en behou haar self-beheersing. "Jy lieg," sê sy ewe sag en kalm. Luna gluur Mara berekenend aan en is net van voorneme om Oubaas te skakel toe Mara haar van plan laat verander. "Sê my, Luna, watter vrou sal van haar kêrel af wegvlug met net die klere aan haar lyf, 'n gymsak as haar enigste reisbesitting en nét die noodsaaklikste goed vir haar baba, bykans vierhonderd kilometer van haar huis af?" Mara merk dat sy Luna se aandag het en gaan voort. "'n Vlugtende vrou boek nie drie nagte by 'n gastehuis in, bykans vierhonderd kilometer van haar huis af nie." Luna lyk skuldig. Mara wys na buite waar die voertuie geparkeer staan terwyl sy voortgaan om Luna te konfronteer. "Jou motor het 'n GP registrasie nommer… ma's met babas vlug gewoonlik na die naaste familie of vriende toe wanneer hulle mishandel word…." Stilte. "En hoe verduidelik jy die bloedmerke op jou bra…?" vra Mara verwytend.

Sy merk dat Luna opvallend verbleek het. Sy besluit om onverpoosd voort te gaan met haar konfrontasie. "Wat nie eers seker is van haar baba se naam of ouderdom nie." Mara haal diep asem as sy sien dat Luna haar vir 'n oomblik onseker, selfs verwese, aankyk. Haar stem versag. "Ek het die melkformules van Nunus se laaste twee bottels versterk na 'n baba van vyf maande toe," erken Mara openlik. "Nunus was minder lastig," staaf Mara sagter prominent en kyk Luna met deernis aan.

Die atmosfeer in die kamer is gespanne, ongenaakbaar en 'n deursigtige werklikheid. Dit sny deur Luna se gewete soos wat daardie skerp stuk glas deur die vlees van haar moordenaar se ontblote nek gegly het. Sy ervaar weer dieselfde gevoel van weerloosheid toe haar hand wegsak in sy vlees en sy roggelende speeksel by die kante van sy mond uitgeloop het. Sy ril en staan vinnig op. Sy staan vir 'n oomblik stil om haar ewewig te behou en terselfdertyd haar ontstellende gevoelens te onderdruk.

Dan stap sy regop, uitdagend en gedetermineerd tot voor Mara. Sy kyk Mara koud uit die hoogte aan. "Verwyder jou verfoeilike lyf uit my kamer of ek lê 'n klag van versteuring teen jou!" sis sy deur haar tande en gluur Mara kwaad aan. Mara staar terug na Luna, klik haar tong en stap saggies by die deur uit. Sy trek die deur op knip, maar nie voor sy weer vinnig in Luna se rigting kyk nie. Sy weet sy het Luna ontsenu en dat haar waarnemings korrek was. Sy stap ongesiens vinnig terug na haar eie kamer toe.

Luna bewe onbedaarlik en sluk die oorblywende beker koffie wat op die tafel staan, vinnig af. Nunus kreun onrustig en swaai haar armpies in die lug. Luna staar na die bewegende bondeltjie. Sy dwing haarself tot kalmte, uiters bewus dat haar liggaam liggies bewe. Sy voel oorweldig deur die konfrontasie en verskans haar ongesteldheid as sy op die bed langs Nunus gaan sit. Sy wag 'n oomblik voordat sy die kombersie saggies ooptrek en Nunus optel. Sy kyk in die onskuldige gesiggie van die baba en ervaar een-of-ander liefdesbinding met haar. Sy druk die liggaampie vir 'n oomblik beskermend teen haar vas om ook daardeur selfbeskutting te verkry.

Luna besef instinktief dat sy vasgevang is in ongewenste omstandighede waaruit sy tans geen uitkoms sien nie. Sy lê Nunus versigtig op die bed neer en ruil haar doek tydsaam. Daarna skuif sy gerieflik terug teen die bedleuning en lê Nunus in haar arm terwyl sy haar bottel in haar mondjie sit. Sy verkyk haar aan die baba se onskuld. Nunus staar oop ogies na Luna en kreun genotvol terwyl sy haar melk met lang teue drink. Dit verlig Luna se bekommerde gemoed. "So jy is eintlik vyf maande oud," lag Luna saggies ingenome en ook verlig noudat sy weet dat Nunus die regte hoeveelheid van voeding ontvang.

"Ons gaan vandag huistoe," beloof sy inskiklik en besluit inderdaad om plaas toe te gaan waar sy die ou opstal vir hulle kan inrig as 'n permanente woonplek. Sy sal later kontak maak met haar ouers as sy haar omstandighede meer uitgepluis het. Sy voel verlig oor haar besluit, veral met haar ouers nader aan haar. Sy raak 'n rukkie later rustig aan die slaap nadat sy Nunus snoesig tussen die komberse lê gemaak het.

Luna droom dis middernag, die kamer is donker. Sy hoor iewers 'n baba histeries huil. Staal vingers druk diep in haar keel in. Die vel van haar nek span styf onder sy greep, smoor haar. Die bomenslike wese bokant haar lyf ontaard in 'n gruwel monster. Hy lag, koggel en spoeg ou roubloed bo-oor haar gesig. Dit bedek haar gesig, loop in haar neus en mond in. Sy hoor iemand onbeheerbaar gil, 'n koue vlymskril geskreeu. Sy voel hoedat sy verwoestend skop om die menslike-gedierte van haar lyf af te beur terwyl die gille deur die donkerte van die nag sny. Die hulpkrete van die skreeu meng met dié van die baba, maar sy kan nie onder die mag van die boosaard uitkom nie. Sy kan nie die baba help nie. Sy is vasgevang. Sy swaai haar hande in die lug en koue sweet vorm oor haar voorkop en lyf.

"Luna, Luna, word wakker!" hoor sy 'n besorgde vrouestem roep wat haar ferm aan die skouers skud terwyl die beddegoed terselfdertyd van haar bolyf afgetrek word. Luna beur orent in die bed, onder die nagmerrie uit. Haar klere en laken is klam, haar gesig bleek en nat gesweet. Sy ruk onbedaarlik en begin sag huil terwyl sy haar kussing voor haar gesig vasdruk. Sy laat toe dat die vrees van die nag in haar kussing uitstort totdat sy stelselmatig tot bedaring kom.

Mara neem die huilende baba uit die bed en wieg haar vertroostend heen en weer. "Nagmerrie?" vra Mara beleefd as sy merk dat Luna kalmer is. "Ja…," snik Luna en skud haar kop liggies. "Ek kry dit gereeld," jok Luna verskonend en klim uit die bed. Sy stap vinnig badkamer toe en spoel haar gesig af. Sy talm 'n paar oomblikke totdat sy haar volle selfbeheersing herwin het.

Toe Luna terugkeer uit die badkamer, het Mara vir haar warm soet tee gemaak. Luna merk dat die baba weer rustig is. Sy sien tot haar verligting dat die son deur die gordyne glim en skuif die gordyne opsetlik wyd oop. Sy verwelkom die vroegoggend son - die daglig. Sy gaan sit op die rusbank en staar ongesiens voor haar uit. Mara besluit om nie die onderwerp van die vorige aand aan te roer nie en swyg verstandig. "Ek maak vir jou 'n stewige ontbyt," sê sy bemoedigend as sy Luna se stil figuur merk en verlaat die kamer met 'n bekommerde sug. "Iets is nie pluis nie," mor Mara sag bekommerd en stap flink kombuis toe. Sy onderneem om Luna en Nunus se versorging op haar te neem. "Vandag gaan ons beskuit en koekies bak," besluit sy op die daad met die gedagte dat daar deurgaans vars vrugte en peuselgoed in Luna se kamer sal wees.

SES

"Sersant, watsenaam…, ek sê jou mos ek ken nie 'n Elizabeth Susara Magdalena Haasbroek nie… het ook nooit so 'n gas gehad nie!" raas die eienaar, Oubaas, van die **Silver Mist Country Inn Gastehuis**, ongeduldig oor die foon.

Mara kyk onderlangs na die groot man by die toonbank. Hy wys met sy duim dat sy kombuis toe moet gaan. Sy rol haar oë in haar kaste en frommel haar afstoplap verergd in haar hande op. "Ja-ja, ek sal jou bel," eindig Oubaas die gesprek en sit die telefoon hard onbeskof op die mikkie terug.

"Vir wat rol jy jou oë vir my, Mara!" raas-vra Oubaas omgekrap en gluur haar kwaai aan. Mara stap ongeërg kombuis toe en voel 'n eienaardige onrustigheid in haar broei. Sy besluit om Oubaas vir die res van die dag te ignoreer. "Hy is in elk geval vandag vol nonsens," dink sy self omgekrap.

"Hy wat Oubaas is, het genoeg *onstuimighede* wat sy aandag eis en boonop het hy 'n snaakse gevoel oor die vroutjie wat in kamer drie-en-twintig ingeboek is. Mara is bowenal ook deesdae buite haarself knorrig en danig met die baba, so asof dit haar eie is," maal sy gedagtes.

"Die vroutjie wou al 'n slag vertrek het, maar reëls is reëls!" redeneer hy vies binnensmonds met homself. "Het selfs kontant betaal vir die drie dae wat sy bespreek het," brom hy verder ontevrede. "En wragtig, daar staan sy met 'n helse sny in haar *tyre* langs die pad…," grom hy onderlangs, opnuut weer vies vir die wêreld. "Dié moes Gert op die dorp laat regmaak en nou sit sy haar volle drie dae in die gastehuis," dink hy kopskuddend. "En Mara kloek soos 'n wafferse vroedvrou agter 'n afspeen-koei aan," dink hy verder omgekrap. Net die gedagte daaraan laat hom sy pen op die besprekingsboek neersmyt.

Mara stap uit die kombuis uit en sien hoedat Oubaas die goed op die toonbank ongeduldig rondskuif. "Vir wat is jy so bedonnerd, Oubaas?" raas sy ongeduldig en uiters sat vir sy knorrige houding. Sy plak die beker met koffie vlak voor hom neer en stort 'n druppel of twee op die toonbank uit.

"Mara, jy moet nie vandag met my sukkel nie!" baklei hy kwaai en swaai sy vinger in die lug. Hy kyk terloops deur die venster. "Maak jou uit die spore, hier kom die polisie!" waarsku hy ongeduldig en kwaad. "Vandag is dit ék en daardie Konstabel Abel," mompel hy met gebrek aan verdere geduld en storm op die hoofdeur af. Mara se oë rek groot. Sy drafstap haastig kombuis toe en maak skaars haar draai om die hoek van die kombuis toe sy Oubaas hoor swets.

"Vandag is daardie uniformpie 'n blou stukkie singende tinktinkie-eier iewers tussen die hemelruim en woudlande," dink Mara komies en is nou self ook goed omgeklits as sy die spens se deur angstig van binne-af sluit. Sy maak haarself stil tuis op die deksel van die meeltrommel terwyl haar hart onstuimig in haar ore klop. Sy sal volgende keer 'n beter wegkruipplek moet kry, want "die blik druk 'n onuithoudbare dimpel in my sitvlak," dink sy kriewelrig opstandig en versit haar onderstel versigtig terwyl sy haar ore spits op die voordeur.

Oubaas staan hande gevou in die deur, afwagtend dat die konstabel nader stap. "Middag, Oubaas," groet die konstabel hoflik en tog ook onseker. Hy kan sien Oubaas se moermeter is weer hoog vandag. "Ek sien die weer is besig om op te klaar," sit hy die gesprek ongehinderd voort.

"Konstabel!" val Oubaas hom onbeskof in die rede. "Jy's nie hier om die weer te bespreek nie, kom tot 'n punt," raas Oubaas en staan opsetlik die deur vol sodat die konstabel gedwing is om op die tweede trap te bly staan. Die konstabel merk Oubaas se versette houding en sit sy een been rustend op die eerste trap terwyl hy sy liggaam op die ander been stut. Oubaas kyk hom stil opsommend en verergd van kop tot tone.

Die konstabel besef dat Oubaas vandag wragtig moeilik is en skuif sy voet weer terug in sy vorige posisie. Hy staan gemaklik regop. Hy kyk vanaf die tweede trap op na Oubaas. "Speurder-Sersant André Jört, van die Moord-en Roofafdeling in Johannesburg, het my geskakel om inligting by Oom te kry," sê hy strak en saaklik. Hy maak sy keel ongemaklik skoon. "Ek weet wie die sersant is, Konstabel," val Oubaas hom ongeduldig in die rede.

Die jong konstabel lyk ongemaklik en maak sy keel vir 'n tweede keer verskonend skoon tot verdere ergernis vir Oubaas. "Die sersant wil weet of oom 'n sekere Elizabeth Susara Magdalena Haasbroek ken en..." Oubaas snork minagtend en vee sy neus met die swaai van sy hand af as blyk dat hy hoogs geïrriteerd is. "Kyk, Konstabel, ek sê vir jou nou presies wat ek vanoggend vir die sersant gesê het... ek weet nie wié die persoon is nie."

Oubaas se stem het 'n gevaarlike onderliggende toon van ergernis as hy die laaste paar woorde duidelik en afgemete uitspreek. "Totsiens, Konstabel," groet Oubaas kortaf en draai om. "Totsiens, Oom," groet die konstabel afgehaal. "Ek doen net my *job*, Oom," voeg hy verskonend by. Oubaas knik sy kop verstaanbaar terwyl hy 'n vinnige blik in die konstabel se rigting gee. Hy verdwyn die gastehuis binne. Die konstabel sug, draai om en stap moedeloos terug na sy voertuig toe, min lus om verslag te doen oor sy besoek aan Oubaas.

Luna laat die gordyn ongemerk terugval as sy die oop venster saggies opknip trek. Sy frons liggies en staar ingedagte deur die kantgordyn na die polisiemotor wat so flussies uit die parkeerterrein vertrek het. Sy skrik as die kamerdeur na 'n ligte klop, onverwags oopgemaak word en beweeg doelbewus van die venster af weg.

"Waarmee kan ek help, Mara?" vra sy gedemp en versteur. "Ek sien daardie rokkie pas jou goed," ignoreer Mara Luna se vraag opsetlik en knik met haar kop in Luna se rigting terwyl sy haar voorkoms betrag. Luna staar terug na Mara, duidelik geïrriteerd deur haar ontydige besoek. Sy merk terselfdertyd die klein deurskynende houer in Mara se hande. Mara glimlag heimlik tevrede met haarself en plaas die houer met los grimering op die kant van die bed. Luna kyk haar wantrouig aan.

"Jy dra klere aan, kwansuis van gaste wat dit hier agtergelaat het, en nou die grimering. Hoekom?" vra sy agterdogtig.

Mara lyk verbaas en voel terselfdertyd gekrenk. "Want jy's bleek en 'n mooimaakding doen wonders vir 'n vrou," antwoord sy afsydig en kyk Luna liggeraak aan terwyl sy twee rooi *Alma* appels uit haar voorskootsak haal en dit op die tafel langs die ketel neersit. Sy stap die kamer uit sonder om in Luna se rigting te kyk, maar merk nogtans dat Luna van die tuisgemaakte baksel geëet het. Sy glimlag tevrede.

Luna staar ongesiens na die toe deur en voel opnuut onrustig. "Elizabeth Susara Magdalena Haasbroek," herhaal sy saggies en stap ingedagte terug na die gordyne toe. Sy merk dat daar geen onbekende voertuie op die parkeerterrein staan nie en dat die omgewing rustig voorkom. Die tuinier fluit saggies deur sy tande as hy sy kop agter 'n wit *bougainvilleabos* uitsteek. Luna hou hom belangstellend dop en sien 'n skaduwee uit die hoek van haar oog wat aan die kant van die gastehuis tussen die bome beweeg. Sy fokus op die skaduwee en glimlag betekenisvol as sy Mara vinnig sien drafstap oor die laaste gedeelte van die parkeerterrein. Sy kyk vlugtig om voordat sy agter die wit *bougainvilleabos* verdwyn.

Luna draai van die gordyn af weg en buig liggies sorgsaam oor Nunus. Sy voel gerus as sy sien dat Nunus rustig slaap. Sy stap by haar kamer uit en trek die deur stewig op knip. Sy loop rustig deur die ontvangsarea na die groot houtdeure van die gastehuis.

"Ek sien jy het darem ontwaak," sê Oubaas onverwags van agter die toonbank. Luna se moed sak in haar skoene as sy haar pas vertraag. "Ja, ek gaan 'n bietjie in die tuin stap," jok sy, "terwyl Nunus slaap," voeg sy terloops, gemoedelik by en haas haar na die voordeur voordat Oubaas 'n geselsie probeer aanknoop.

Sy sug van verligting as sy ongehinderd by die voordeur uitstap en onopvallend in die rigting van die wit *bougainvilleabos* kyk. Sy merk geen beweging daar nie. Sy stap wandelend langs die parkeerterrein af en besluit om dan in die skaduwees van die groot bome te bly sodat sy onopsigtelik nader aan die *bougainvilleabos* kan kom. Sy hou die groot wit bos in sig terwyl sy ongesiens nader beweeg. Sy skuil agter 'n struik naaste aan die *bougainvillea*.

"Ek sê jou, Siem, die polisie is op my spoor." Hoor sy Mara desperaat fluister. "Oubaas het gesê ek moet my uit die voete maak." 'n Oomblik se stilte. Luna hoor hoe Mara snuif en haar neus liggies uitblaas. 'n Sagte geskuifel langs die *bougainvilleabos* trek Luna se aandag. Sy buk laer af en loer onderdeur die struik. Sy merk hoedat Oubaas skuilend op sy hurke gaan sit, langs die *bougainvillea*. Sy besef onmiddellik tot haar ontnugtering dat as sy sou beweeg, Oubaas haar onmiddellik sal sien. "Ek sê jou die polisie het snuf in die neus," neul Mara weer en snuif dié keer onbeskaamd.

"Sus, Mara, sê vir Oubaas jou má is siek en jy gaan huis toe… hy kan jou nie langer hier hou nie," beveel Siem dringend en bekommerd aan. Hy sit sy arm beskermend om Mara se skouers. "Siem, as die polisie my kry gaan ek lááánk sit," hoor sy Mara huilend en hulpsoekend deur haar gesnuif fluister. Oubaas sit stil en aandagtig en luister. "Tji…," bevestig Siem kopskuddend en spoeg die tabakpruimpie tot vlak langs Luna se voete uit. Luna kyk vieserig daarna.

"As jy nie die vreksel keelaf gesny het nie, sou ek hom met 'n doopsel petrol aan die brand gesteek het," hoor sy Siem opstandig sê en gril by die aanhoor van sy woorde. Oubaas staan geluidloos op en stap ongehinderd terug gastehuis toe. Luna besluit om nog 'n rukkie te talm nadat Mara snuif-snuif agter die *bougainvilleabos* uitgekom het en ongemerk oor die parkeerterrein terugstap gastehuis toe.

Luna stap versigtig weer tussen die skadu van die bome terug. "Het jy vir Siem gesê hy moet die vullis hek toe sleep, Mara?" vra Oubaas kortaf en maak asof hy nie Mara se rooigehuilde oë sien nie. Hy hou hom doenig met die besprekingsboek. "Ja, Oubaas," antwoord Mara ontwykend en kry stil koers kombuis toe. "Maak seker kamer drie-en-twintig kry 'n goeie bord kos," praat hy agter Mara aan en blyk nie sy bekommernis nie. "Ja, Oubaas," antwoord Mara afsydig.

Luna frons liggies agterdogtig as sy Mara en Oubaas se gesprek hoor en hulle houdings vinnig opsom. "Mara, kan ek jou vandag in die kombuis help?" bied Luna gemaak vriendelik aan as sy verder deur die ontvangsarea stap. Mara draai verras om. Oubaas kyk verbaas van agter sy toonbank uit.

"Ek maak 'n *mean* pampoenslaai," glimlag Luna paaiend en trek haar wenkbroue vermakerig in die lug. "Wragtig nê," laat Oubaas sarkasties van hom hoor, "nes ek dink jy's gevrek, gooi jy my met 'n lewendige *surprise...*" Oubaas lag gemaak opgewek en staar Luna geamuseerd aan. "Het jy jou stappie geniet...?" vra Oubaas en swaai sy pyp in die rigting van die tuin.

"Pragtige tuin," komplimenteer Luna ewe vermakerig en wys haar beste glimlag ooit. Mara se oë wissel opsommend tussen Luna en Oubaas, nie seker wat om van Luna se skielike vriendelikheid te verwag nie. Sy kug en stap die kombuis binne. Luna volg Mara en was haar hande in die kombuis se wasbak.

"Vir jou, Mara, hou ek met valkoë dop," besluit Luna vasbeslote en kry 'n gevoel van weldoening as sy langs Mara inskuif en die pampoen oopkloof en behendig skil. Mara hou haar onderlangs dop en merk hoe vlugtig Luna met die mes deur die snysel skille werk. Luna ervaar 'n gevoel van triomfantlike genot as sy bewus is dat Mara haar onderlangs dophou.

"Ek eet saam met jou en Oubaas in die kombuis vandag, Mara," sê sy rustig bevelend terwyl Mara langs haar die beetslaai opsny. "Dek vir my ook 'n eetplek hier," wys Luna met die mes se punt na die eettafel in die hoek. Sy ruim haar werksoppervlakte vinnig op, sit die pampoenslaai in die yskas en stap met 'n regop uitdagende houding na haar kamer toe. Sy skuif die stoel onder die deurknip in en kry Nunus se bottel gereed vir haar volgende voedingstyd.

Luna glimlag tevrede as 'n gevoel van braafheid haar

bemeester. "As jy kan moor en daarmee wegkom," dink sy met weldoening aan haar nuutgevonde ontdekking, "kan ek ook." En daarmee skop sy haar skoene selfvoldaan langs die bed uit en skuif tot digby Nunus op die bed.

"Monopolie," dink sy ironies. Tevrede om die gevoel van beheer of 'n soort van manipulasie te kan hê op die geheimsinnige, tog gevaarlike inligting wat sy toevallig vandag bekom het. Sy kyk met genoegdoening betekenisvol na Nunus se babagesiggie en neem haar klein vingertjies in haar hande terwyl sy dit beskermend deur hare vleg. Sy verlustig haar aan die volmaaktheid daarvan. "Ek sal jou nie laat gaan nie," fluister sy vasbeslote en oorgehaal, gereed vir die volgende geveg.

SEWE

"Moordenaar en dwelmsmokkelaar," mompel Speurder-Sersant André Jört terwyl hy die dossier van Gert Stander deurgaan en noukeurig bestudeer. "Sersant, is dit dié Gert Stander wat ook jong meisies ontvoer en verkoop het?" vra konstabel Greyling belangstellend. "Hmmm," kreun Jört belangeloos en ignoreer Greyling se vraag.

"Wie hom ookal met daardie glas geklits het, het ons *job* makliker gemaak," praat Jört onderlangs met homself. Greyling kyk hom aandagtig aan. André Jört voel vandag lig geïrriteerd omdat hy nie veel met sy ondersoek vorder nie. Hy staan op en loop brom-brom kombuis toe en skink vir hom 'n beker sterk swart koffie terwyl hy fronsend die moord besonderhede in sy gedagtes nagaan.

Konstabel Greyling neem sy kans waar en kyk belangstellend deur die forensiese foto's wat oop in die moorddossier lê. Hy gril liggies. Hy blaai deur die opsigter se verslag, die onvoltooide ondersoekverslag, die vermoorde se identiteitsdokument en trek sy lip op 'n krul as sy oog op haar skoonheid val. Hy klik sy tong jammerlik en skuif die geboortesertifikaat van die baba nader. "Zoné Prinsloo Jört. Gebore...." "Greyling, bring vir my jou selfoon ek wil daardie foto's van jou bekyk!" onderbreek Jört Greyling se aandag en gooi die teelepel in die opwasbak nadat hy sy koffie geroer het. Hy stap lang haastige treë terug na sy lessenaar toe, skuif agter sy tafel in, sit sy koffie voor hom neer en stoot die half oopgemaakte dossier eenkant, vasbeslote om die moord op te los en die baba op te spoor.

Konstabel Greyling glimlag ingenome met homself, trots op die foto's wat hy geneem het by die moordtoneel. "Dit kom beslis handig te pas," dink hy grootmoedig en oorhandig sy selfoon aan Jört. Hy hou Jört afwagtend dop en voel hoedat frustrasies by hom sterker word as Jört veelseggend en herhaaldelik onderlangs *hmmmm* mimeer sonder om 'n enkele woord verder te sê. Greyling skrik as Jört onverwags van sy sitplek af opstaan en sy baadjie van sy stoel se leuning afhaal. "Kom, Greyling," beveel hy streng en loop met lang vinnige treë langs Greyling se lessenaar verby.

"Het jy al die DNA van Stander se moordenaar terug gekry?" vra Jört vlugtig. "Nee," antwoord Greyling ewe vinnig en skuif sy stoel met 'n geraas agter hom uit. Hy draf-stap agter Jört aan. "Waarheen gaan ons?" vra hy uitasem. "*Ice-cream* koop," antwoord Jört kortaf en druk die knoppie van die motor wat vlak voor die gebou geparkeer staan om die deure automaties oop te sluit. "Hugh?" vra-frons Greyling skaapagtig. "Terug moordtoneel toe, Greyling," antwoord Jört ongeduldig en klim in die motor.

Greyling klap net betyds sy motordeur toe, toe Jört haastig uit die parkeerspasie wegtrek. Jört ry vinnig en vleg gemaklik tussen die stadig bewegende voertuie deur. Hy parkeer onderdak naaste aan die trappies van die woonstelblok, skakel die motorenjin af en draf-stap die trappies twee-twee uit. Hy sluit die skuifdeur van die woonstel oop en stap direk na die eetkamer tafel. Hy hurk gemaklik en bestudeer die wit lyn wat om die vrou se liggaam afgeskets is, noukeurig en ingedagte.

Greyling sluit by hom aan. "Greyling moenie met jou moeë asem in my nek blaas nie," raas hy hinderlik. "Gee vir my jou selfoon," beveel hy na 'n rukkie kalmer terwyl hy die skets op die grond van alle kante af bekyk. "Nes ek gedink het," mompel hy en kyk weer betekenisvol na die foto's op Greyling se foon. Hy staan op en stap na die hoofslaapkamer, maar draai in die deur terug en stap stadig na die eetkamertafel toe. "Sy het nie Stander verwag nie," sê hy sagter en frons jammerlik.

Jört draai sy rug opsetlik na die skuifdeur toe en swaai dan skielik om. Hy demonstreer sy waarneming deur sy regterarm onverwags in die lug te druk asof hy 'n aanval wil afweer mits hy die lengte van die vermoorde in ag neem. "Dit verklaar die helling van die mes in haar bors en die sny aan haar arm." bevestig hy sy vermoede en staar na die fyn afronding van die buitelyne van haar liggaam. "Sy het geen kans gehad nie," mompel hy verfoeilik.

"Hoe lank was Stander?" vra hy onderlangs aan Greyling en kyk op as Greyling hom nie antwoord nie. "Sy lengte, Greyling?" vra hy ongeduldig. "Een punt agt, Sersant," antwoord Greyling vinnig op Jört se gebrek aan geduld. "Hmmm," brom Jört weer onderlangs en kniel onder die tafel in.

"Die aptekertjie het nog geleef toe sy halflyf onder die tafel ingeskuif het," bevestig Jört sy vermoede kalm kopskuddend. "Die skuifdeur staan oop, sy word vermoor en Stander word verras met 'n besoeker." Jört herdink sy veronderstelling. "Of die aptekertjie maak die skuifdeur oop vir haar besoeker en Stander verras hulle." Hy wys met sy hand minagtend na Stander se afgesketste beeld teen die vloer. "Neeeee, onwaarskynlik," sê hy kopskuddend.

Hy staan hande in die sye by die skuifdeur en betrag die toneel opnuut. Greyling merk sy skerp oë wat opsommend deur die vertrek beweeg. "Wat het die personeel by die apteek te sê oor die aptekertjie Zoé Prinsloo, behalwe dít wat in die dossier staan, Greyling?" vra hy gemoedelik.

"Sersant, dat sy 'n ordentlike persoon was en dat niemand

iets van haar persoonlike lewe af geweet het nie, blykbaar het sy nie ge-*social* nie." Dit is vir 'n oomblik stil. "Die woonstelbewoners…?" vra Jört na 'n rukkie. "Dat sy wel van tyd-tot-tyd besoekers ontvang het," antwoord Greyling ingedagte. "Stander was 'n gereelde besoeker," verklaar hy sagter en wys met sy vinger na die afgesketste liggaamslyne van Stander. "Hmmmm," mompel Jört ingedagte, opsommend.

"En die kind se pa?" vra Jört belangstellend. Greyling kyk verras op, "Sersant, ek het nog nie navrae gedoen nie," antwoord hy onkant gevang en verwag 'n oorveeg van Jört, maar glimlag verlig as Jört gemoedelik voortgaan. "Ek wil álles weet, Greyling," sê hy waarskuwend. "Ja Sersant," antwoord Greyling en frons onverwags. Hy staar na die merke op die stoelleuning. Dit lyk soos dowwe vingermerke wat in die fluweelagtige bekleedsel van die stoel verdwyn het.

Jört merk Greyling se veelseggende blik en gaan langs hom staan. "Jy hoef net na Greyling se gesig te kyk om te weet waar die hond sy been begrawe het," dink Jört komies as hy belangstellend oor die stoel se leuning buig. Hy leun nog nader aan die donkergrys materiaalleuning as hy donker vingerlyne op die stoel se bokant merk. "Greyling, hierdie is vingerafdrukke…," sê Jört verras en verlig met gebrek aan voldoende vingerafdrukke van Stander se moordenaar. "Ek wil weet wie se DNA dit is," beveel hy streng en staan eenkant sodat Greyling die weefselmonster kan neem. Hy hou Greyling ingedagte dop. Dit pla hom dat die vingerafdrukke nie geneem is die dag toe forensies hier was nie. Verder is hy ook oortuig daarvan dat die verslag nie by die dossier ingesluit is nie – dat daar, inteendeel, geen melding gemaak is van die stoel in die verslag nie.

Greyling haal sy knipmes tydsaam uit sy broeksak en sny 'n

stukkie van die materiaal versigtig van die stoelleuning af. Hy *zip* dit in 'n klein sakkie toe. Jört wag geduldig dat Greyling by hom aansluit voordat hy die deur van die woonstel opknip trek en sluit.

Hulle ry in stilte terug kantoor toe. "Greyling, jy't goeie werk gedoen," sê Jört saaklik as hy uit die voertuig klim en by die polisiekwartiere instap na sy kantoor toe. Hy maak die dossier oop en wragtig... daar is geen aanduiding van die vingerafdrukke nie. "Iemand konkel met my ondersoek," dink hy gefrustreerd en skop sy stoel kru agteruit as hy strek om die telefoon nader te trek. Hy skakel die interne lyn.

"Bekker, as jou manne inligting weerhou wat my ondersoek in die wiele ry draai ek hulle nekke duskant hulle anusse af!" dreig hy gevaarlik kwaai. Greyling luister belangstellend na die eenmansgeprek. "Nee man, ek dink nie jy verstaan nie, kry daardie snuiters van jou aan die gang, die vingerafdrukke is al verbleik teen die tyd dat ek kry waarna ek soek!" sê hy briesend en sit die telefoon hard en kru op die mikkie terug. Hy blaas sy asem, soos wat sy bevelvoerder sou gesê het, soos 'n *moeg lokomotief* uit, en plaas sy hande frustrerend weerskante van sy kop. Hy stut sy kop in sy hande en laat sy elmboë in die lug hang terwyl hy agteroor teen sy sitplek leun.

"Die saak knaag aan my gemoed," dink hy opstandig, "en my geduld raak al hoe korter," mor hy onderlangs. Hy besluit om koffie by die hoekwinkel te gaan drink en skraap die dossier van sy lessenaar af. Hy voel soos "'n bul wat hopeloos te lank op hok staan," dink hy en kry haastig koers buiten toe, besig met sy eie gedagtes en vasbeslote om by die hoekwinkel te kom waar hy rustig deur die bewysstukke kan werk.

Hy oorweeg om langverlof te neem sodra die ondersoek afgehandel is. Dalk gaan kuier hy vir sy broer op die plaas, vir 'n onbepaalde tyd. Sy eie plaas lê en verwaarloos. Sy vingers jeuk hoeka om weer in die grond te krap met 'n plantding - dalk 'n mielie, sonneblom of sojabone. Miskien weer met rooivleisbeeste boer, dink hy knorrig terwyl hy vinnig straataf loop. Die gedagte daaraan laat hom in ieder geval ontspan. En daarmee sluit hy sy selfgesprek af sodra hy die koffiewinkel binne stap.

Hy loop direk na sy gewone sitplek, die tafel in die hoek, waar hy sonder steurnis deur die inligting in die dossier kan werk. Die kelnerin groet vriendelik met 'n kopknik en plaas na etlike minute 'n ketel met sterk koffie voor hom. Met hulle eerste ontmoeting het sy besef dat dit beter is om sy koffie voor hom neer te sit en spore te maak.

"Hy praat mos nie," dink sy, "brom net." Sy hou hom onderlangs dop vir ingeval hy iets ekstra wil bestel. Sy merk die lang lenige jong man wat na 'n rukkie op die stoel oorkant hom plaasneem. Sy sug as sy omdraai en nog 'n beker van die rak afhaal en vars koffie in die ketel skink.

"Koffie *customers* betaal moeilik *tips*," dink sy afgehaal en stap met die skinkbord na die hoektafel toe. Sy ruil koffieketels en sit skoon bekers voor hulle neer. Hulle praat nie. Niemand praat nie. Sy staar na die dossier. Greyling trek sy oë skrefies as 'n teken van dankbaarheid en tuit sy mond terwyl hy sy voorvinger daarop plaas.

"Sjuut…" mimiek hy. Sy snap onmiddellik sy gebaar en skud haar kop in bevestiging. "Seker maar boosaard se junior," dink sy geamuseerd en gaan weer by die toonbank staan waar sy hulle stil betrag. "Nogal 'n *sexy* knaap," glimlag sy opsommend en besluit om later, as die geleentheid dit voordoen, van nader kennis te maak.

"Die kind blyk nie Stander sin te wees volgens die tydraam wat hulle mekaar gesien het nie." Deel Greyling die inligting versigting met sy bevelvoerder. Jört rus sy elmboog op die tafel met sy vuis voor sy mond terwyl hy Greyling lank ingedagte aanstaar. "En wat is die tydraam, Greyling?" vra Jört effens sarkasties. Greyling laat hom nie van stryk bring nie. "Volgens die opsigter kuier Stander die afgelope vier maande by die aptekertjie." Greyling trek die geboortesertifikaat onder die stapel inligting uit. Volgens die geboortesertifikaat is die kind vyf maande oud." sê Greyling gelykmatig. Jört is stil.

"Sou jy reken dat die kind wel Zoé Prinsloo sin is?" vra Jört bykans ongeloofwaardig deur die holte van sy vuis met die hoop dat dit nie haar kind is nie. "Jip," skud Greyling sy kop. "Sy was beslis sigbaar *pregnant* volgens haar kollegas en die opsigter," bevestig Greyling kopskuddend en voel gevlei dat Jört belangstel in sy deelname aan die ondersoek. "Die ou het haar blykbaar *gedump* toe hy uitvind sy is *pregnant*," voeg hy selfvoldaan by en neem 'n slukkie koffie terwyl hy Jört dophou. Jört is vir 'n oomblik stil.

"Die bliksem," sê Jört onverwags sag en aangeraak by die gedagte dat die kind moederloos is. 'n Ander onwelkome gedagte tref hom onverwags dat die kind dalk iewers onder 'n brug of sloot weggegooi lê, teen hierdie tyd alreeds dood. Hy skud dadelik die kriewelrige moontlikheid af en blaai weer, hierdie keer tydsaam, deur die los bladsye wat versprei oor die tafel lê. Sy houding is gespanne en sy aandag toegespits op die inligting voor hom.

"Wat was jou verhouding met die apteker, Stander?" vra hy ingedagte. "Dalk het hy die aptekertjie afgepers," sê Greyling nadenkend en skud sy kop, gefassineer deur die gedagte daaraan. "En toe sy nie meer kon *supply* nie, druk hy 'n mes in haar lyf," staaf Greyling sy mening, trek sy skouers op en voel terselfdertyd hoe hy kan bars van genoegdoening as die gebeurtenis voor hom ontvou. Jört kyk op en merk Greyling se opgesmukte en selfvoldane houding. Dit irriteer hom.

"Greyling, jy's 'n genie," sê Jört gemaak opgewek. "Is dit jou motief agter die moord?" vra Jört en kyk Greyling stip aan. Greyling dink lank na en besluit wyslik dat dit tyd is om te eet. "Twee groot borde *russian* en *chips*, asseblief!" bestel hy met sy hand in die lug as hy sien dat die kelnerin by die toonbank hulle in oog het. Sy knik en skryf die bestelling neer. Sy skuif die stukkie papier oor die toonbank na die kombuis toe.

Jört hou Greyling ingedagte dop. "Die moontlikheid is nie uitgesluit nie," gee hy toe en plaas die papiere tydsaam terug in die dossier. "Dit kan 'n sterk motief wees."

Die kelnerin sit hulle bestelling voor hulle neer en stap weg as sy sien dat hulle nie nog iets wil bestel nie. "Greyling," sê Jört saaklik terwyl hy 'n aartappelskyfie in sy mond sit. "Volg Stander se bloedspoor. Vind alles uit rondom sy dwelmbedryf," beveel Jört ernstig en hou Greyling dop om seker te maak hy verstaan sy opdrag en die erns daarvan.

Jört kou klaar en vat nog 'n aartappelskyfie uit sy bord. "Ek dink jy het 'n punt beet," sê hy en druk die eetding in sy mond. Hy ignoreer opsetlik Greyling se "sê ek ook mos" en kan nie help om aan die veelseggende uitdrukking *die eier wil slimmer wees as die hen,* te dink nie. Hulle eet in vrede verder, elk besig met sy eie gedagtes.

"Dit is tyd om Zoé se ouers te ontmoet," dink Jört in stilte. Die gedagte gee hom weer rigting en sy gemoed verlig. Hy glimlag selfs as Greyling uitwei oor sy persoonlike sportaktiwiteite. Nadat hulle klaar geëet het, neem die kelnerin die borde van die tafel af. Jört betaal die rekening. "Greyling, trek rekords van *drugs* wat deur Zoé voorsien is by die apteek," beveel hy kalm as hulle regmaak om terug te stap kantoor toe.

AGT

Die nag is stil. Nunus slaap rustig in haar wiegie waar Luna haar geplaas het. Luna vou die laaste paar kledingstukke wat Mara haar gegee het in haar gimnasiumsak. "Dit sal handig te pas kom, vir eers," dink sy dankbaar en trek die ritssluiter toe. Sy plaas die gymnasium- en babasak by haar kamerdeur.

Dan neem sy die oorblywende pak *Huggies* en melkpoeierblik en plaas dit in die wiegie se voetenent. Sy kyk in die kamer rond en trek die duvet gelyk. Daarna sluit sy haar kamerdeur saggies oop, hang die twee sakke en haar handsak oor haar skouer, neem die wiegie en sluip stilletjies by haar kamer uit, deur die ontvangsarea, na die voordeur. Sy weet waar Oubaas die voordeur se sleutel hang en haal dit in die verbyloop onder die toonbank se hakkie af.

Sy sit die wiegie versigtig op die grond neer as sy die voordeur stilletjies oopsluit en die sleutel in die deur laat. Sy tel weer die babawiegie versigtig op en trek die voordeur sag agter haar opknip. Sy sug verlig as sy haar motor in veiligheid bereik. Sy plaas die wiegie versigtig op die agterste sitplek, sit die *Huggies* en blik melkpoeier weer op die grond, soos in die vorige keer en plaas die gimnasium- en babasak langs dit. Sy druk die motordeur saggies toe en glimlag tevrede as sy haar motordeur oopmaak.

"En waar dink jy gaan jy?" hoor Luna Mara vlak agter haar in die donker praat. Luna skrik en verstyf vir 'n oomblik. Sy kyk om en merk Mara onder die boom naaste aan haar motor staan. "Wat de *heck* het dit met jou te doen, Mara?" sis Luna verergd en gluur haar aan. "Ek weet daardie kind is nie joune nie," sê Mara beskuldigend en stap uit die donkerte uit. Luna voel 'n warm gloed van ergernis teen haar nek opkruip. "Ek sal my bek hou as ek jy is, Mara," dreig Luna gevaarlik naby Mara se gesig en skuif opgeruk agter haar stuurwiel in. Sy skakel die motor aan en plaas dit terselfdertyd in trurat.

Skielik swaai die linkerdeur van die motor oop en Mara skuif langs Luna in. Luna kyk geskok en oorbluf hoedat Mara haar gerieflik maak en met hande oor haar bors gevou en onversetlik voor haar uitstaar. "Ek gaan saam," sê sy vasbeslote. "Saam waarheen?" vra Luna erg omgekrap. "Waarheen jy ookal vlug," antwoord Mara opgeruk. "Vlug!" roep Luna ergerlik uit. Sy staar Mara woedend aan. "Uit!" sê sy kwaai en buig oor Mara om haar deur oop te maak.

"Jy kan my nie nou uitsmyt nie. Jou bagasiebak is vol gelaai met my *belongings*," sê Mara selfvoldaan en ignoreer Luna wat bo-oor haar buig. Sy staar voor haar die donkerte in. Luna kyk Mara swyend aan en sak moedeloos terug in haar sitplek. "Jy kan nie saam met my gaan nie, Mara," sê Luna sag en desperaat, "jy's...," Luna bedink haar woorde betyds. "Ek's wat...?" vra Mara aanmatigend en draai haar kop skerp sywaarts sodat sy Luna direk kan aankyk.

Luna is vir die eerste keer dankbaar vir die mag van donkerte wat haar gesig verskans. Sy voel skuldig as sy Mara se geheim verklap. "Ek weet jy's voortvlugtend...," erken Luna sag en betekenisvol in die hoop dat Mara van besluit sal verander en uit die motor klim.

"Nou goed! Dan kan ons ry," antwoord Mara meer beslis en ongeduldig om te vertrek. Luna staar Mara onthuts aan, nie seker wat om te doen nie. "Jy sal hierdie kar moet rol of my met 'n pan bewusteloos oor die kop moet slaan, maar ek is *geplak* om te bly!" dreig Mara vir 'n laaste keer sagter en uiters oorgehaal om voet by stuk te hou.

Luna sug moedeloos en gee die stryd gewonne. Sy stuur die motor saggies agteruit. "Ek weet nie eintlik waarheen ek wou gaan nie," probeer Luna weer. "Net waarheen jy sou gaan sonder my," antwoord Mara onwrikbaar en trek die veiligheidsgordel oor haar skouer en middellyf. Sy skuif gemaklik in haar sitplek terug en trek haar asem diep in wat sy dan stadig weer uitblaas. Luna voel bykans haar verligting aan toe hulle veilig uit die parkeerarea uitry die nag in.

Die mis trek sy donskombers stywer hoër op teen die kaal helm van die berg. Luna se siel voel vreesloos koud soos die nag. Sy blaas haar ingehoue asem lank en stadig uit sodat die stoom drentelend oor die oppervlakte van die aandlug speel. Mara se woorde het ystervingers om haar hart kom vou terwyl sy haar *voortvlugtende* verhaal vlak voor Luna se voete kom lê het. Die wind sprei sy tergende angsvingers oor die skadu's van die boomtoppe en skreeu sy weëmoed deur die plantasies uit. Luna luister na sy klaaglied en die sout van haar onderdrukte trane vul die smeking van sy hart. "Ons is een, wind van die nag...," fluister haar gees heimlik gekrenk terwyl sy uitgestrekte warrelwind die angsvervulde kreun van die nag begroet.

Die maan buig sy kop eerbiedig en sprei sy Godsvervulde donker skadu oor die troebelhorison van die aarde neer. "Here, U het ons een gemaak," bid sy swyend. "Een van hart, een van lag en een van huil," fluister sy sag terwyl sy die motor versigtig deur die plantasies plaastoe stuur. Mara draai haar gesig ongemerk in die rigting van Luna en bestudeer die vars lyne van verdriet oor haar gelaat. Sy sit haar hand vertroostend op Luna se been en druk dit bemoedigend terwyl haar eie hart in stukke skeur vir die nag van gister. Luna snik ongemerk en ry in stilte verder.

Mara skuif terug en vroetel in die babasak vir Nunus se bottel. Luna swenk die motor ongemerk na links en volg 'n tweespoor-pad wat plek-plek toegegroei is, tussen ou lemoenbome deur. "Dit was eens op 'n tyd 'n spogplaas met lemoenboorde," verduidelik Luna as sy Mara se vraende blik op haar merk. "My oupa se plaas," verduidelik sy verder. "En nou myne," eindig sy die gesprek en bring haar motor tussen die bome tot stilstand.

"Is Nunus se bottel nog warm," vra sy belangstellend as haar oog op die tydwyser van die motor val. "Ek gaan agter in die motor klim en haar versorg," bied Mara aan en maak haar deur terselfdertyd oop. Sy skuif langs die wiegie in. Nunus kreun saggies as Mara haar doek verander. Luna luister na Mara se sagte stem terwyl sy troetelwoordjies vir Nunus fluister. Dit maak Nunus rustig. Luna maak haar deur oop en druk dit dadelik weer opknip sodat die naglug nie in die motor ingaan nie. Sy staan vir 'n oomblik buite en bekyk die skadubeelde van die eens bekende boord.

Sy kan nie verhelp om die sagte vloei van die Krokodilrivier laer af in die boord te hoor nie. "Die grens tussen dié plaas en Niemansland," dink sy ingenome en wonder of die seekoeigat nuwe babas opgelewer het die afgelope aantal jare en hoeveel mense tragies die spyse van krokodille geword het. Sy glimlag afgetrokke.

Sy hoor die geskommel van die trein wat van Mosambiek af kom en enige oomblik oor die soliede steenklip-treinbrug wat in 1989 gebou is, gaan ry. Sy dink heimlik verlangend terug hoe haar oupa met trots vertel het van die eerste spoorlyn wat vir stoomaangedrewe lokomotiewe hier op die plaas aangebring is. Sy onderneem om ook met dieselfde trots van haar oupa, die geskiedenis van die plaas aan Nunus oor te dra. Sy vertoef nog 'n wyle buite die motor.

Die plaashuis is nie ver van hulle af nie, maar sy wil nie aandag trek deur ligte in die ou onbewoonde huis aan te skakel nie. "Dit sal beter wees as ons vroegoggend daar aankom," dink sy. Haar ouers woon op die buurplaas en dié word deur die naburige plaaseienaar bewerk, ook 'n lemoen- en beesboer. "Blykbaar 'n knap boer," herroep sy haar laaste gesprek met haar pa, bewus daarvan dat dit een van die minder aangename gesprekke was.

"Jy is maar eenmaal hardkoppig soos jou pa," sal haar ma toegeeflik sê as Luna dwarsvoetig by haar standpunt hou. Luna glimlag gemoedelik as sy aan haar ma dink. Die sagmoedige vroutjie wat *vleis en been* aan mekaar hou, veral as dit by pa en dogter kom.

"Daar's soveel loshangende drade," mompel Luna kopskuddend en draai om, om weer die hitte in die kar op te soek. Sy wil in elk geval nie vir Nunus te lank alleen by Mara los nie.

Sy ril liggies as sy in die motor klim. Sy draai die truspieëltjie sodat sy Mara in sig het. "Ons sal inry huis toe sodra die son kop uitsteek," deel sy haar voorneme met Mara en wys in die rigting waar die huis staan. "Ek stel voor ons probeer 'n uur of twee se slaap inkry," sê sy sag en kyk of Mara en Nunus gerieflik is. Sy sien dat Mara agteroor leun teen die sitplek terwyl Nunus rustig op haar bors lê. Sy glimlag tevrede.

Luna sak terug teen haar leuning en skuif die sitplek na agter. Sy draai skuins op haar sy en stut haar arms onder haar kop. Sy staar na Mara terwyl sy saggies neurie. "Hoe het jy by Oubaas beland?" vra Luna belangstellend. "Hy't my langs die pad opgetel," antwoord Mara sag en gaan voort met neurie. Luna voel aan dat Mara nie verder oor die saak wil praat nie en besluit om dit vir eers daar te laat.

"Is jy 'n gelowige, Mara?" probeer Luna die gesprek in 'n ander rigting dryf. "So gelowig soos wat die omstandighede my toelaat," antwoord Mara eerlik en effens afsydig. Sy verskuif haar liggaam sodat sy gemakliker kan terugleun. "Ek was 'n volbloed volgeling van Christus tot daardie nag...," voeg Mara nogtans by en sluit haar oë.

Luna voel haar onrustigheid aan en maak ook haar oë toe. Sy dink aan haar ma Miems se sagmoedige gees, haar ongelooflike geloof en skielik verlang sy intens na haar *ma se Here.* Dié Een wat sy soms in die kombuis mee gesels as sy kos maak, dié Een wie se Naam sy hulpsoekend noem as hulle laat is vir Luna se skool, as daar rusie heers, as die volk opstandig is en as Luna met nat traanogies haarself in haar ma se voorskoot toevou omdat sy nie saam met haar pa vandisie toe kan gaan nie. Ja, sy verlang na die Vader van Alles, die Een wat sy ook lank terug geken het. Sy knyp haar oë eerbiedig stywer toe, maar die woorde van gebed stol op haar lippe.

'n Traan gly ongemerk oor Luna se wange. "Ek sal Nunus leer bid, soos wat Ma bid," neem sy haarself voor en raak met dié gedagte aan die slaap.

Die dag kruip ongesiens nader en skyn geheimsinnig deur die toegewasemde motorruite. Mara skuif Nunus van haar bors af en plaas haar versigtig in haar wiegie. Sy kyk na Luna en merk dat sy ook ontwaak het. "Die slapie was nodig," groet Luna met 'n glimlag en trek haar sitplek orent. Sy strek haarself uit. Sy hoor dat Mara haarself ook gerieflik versit.

"Mara is ongewoon stil," dink sy en skakel die motor aan. Sy ry versigtig verder na die groot aankomende oopswaai hekke toe. Sy skakel die motor na 'n wyle af nadat sy die omgewing verken het. Sy stap na die hekke toe om die loshangende slot oop te sluit. Sy voel onverklaarbaar opgewek en veilig. Sy klim terug in die motor en ry deur die hekke. "*Welcome home, honey*" hoor sy haar oupa spottend denkbeeldig sê en glimlag kinderlik. "*I'm home, granny,*" antwoord sy sag en klim uit die motor om die hekke agter hulle te sluit. Sy ry tot voor die dubbele motorhuis en skakel die motor af.

"Stjjjjjjeee," fluit Mara saggies deur haar tande. "Dis 'n *mansion,*" sê sy beïndruk. Sy kyk om haar rond en merk dat die eens gevestigde tuin, verwaarloos daarna uitsien. Die huis kort ook van buite af verf. "Hier's werk, Luna," voeg sy opgewonde by. "Ja, Mara," antwoord Luna verlig en lag selfs as Mara weer haar ou self is.

Luna klim uit die motor en stap vinnig om die voordeur oop te sluit. Sy vroetel onder 'n klipsteen en sug van verligting as sy 'n toegedraaide plastieksakkie uittrek. Sy haal die voordeursleutel uit die sakkie en draai die sleutel in die slot. Die slot klik oop en Luna swaai die deur gemaklik met haar hand oop. "Kom ons laai af," beveel sy opgewek en loop om die kar om Nunus se wiegie te neem.

Luna sit die wiegie op die groot kombuistafel neer. Dis stowwerig, maar dit verhinder nie haar gevoel van opgewondenheid nie. Sy stap deur die gerieflike kombuis en die oop ruim woonvertrekke na haar oupa se studeerkamer. Sy vryf oor die el-vormige skryfblad, kyk na sy hoë regop stoel, na die oopskuif-vensters wat op die lemoenboorde afkyk en die rye boeke wat op die boekrak staan. Dan draai sy om en stap na die slaapeenhede toe. Mara volg haar sonder om te praat. "Die tweede spaarkamer is joune, Mara," sê sy sag voordat sy by haar grootouers se kamer instap. Ek en Nunus gaan hier slaap. Sy glimlag tevrede en stap terug kombuis toe.

Mara trek die kosmandjie nader en haal 'n plastiese houer met toebroodjies uit. Sy haal die deksel af en hou die houer uit na Luna toe om vir haar 'n toebroodjie te neem. Luna wys nie haar verbasing oor die eetgoed nie. "Sy het haar beslis voorberei vir 'n lang reis," dink Luna heimlik en is dankbaar dat Mara tog saam gekom het.

"Watter werk doen jy?" vra Mara onverwags en neem 'n hap van haar toebroodjie as sy belangstellend na Luna kyk. Luna sluk swaar aan haar droë toebroodjie en neem die laaste slukkie swart koffie uit haar blikbeker.

"Ek's 'n vryskut misdaad-joernalis," antwoord Luna onsamehangend. "Somtyds snuffel ek misdadigers uit en werk nouliks saam met die polisie," voeg sy egalig by. "Dis nogal komies," dink sy. "Die saak waaraan ek gewerk het en boonop van voorneme was om oor te skryf, het amper my lewe geneem." Sy gril ongemerk. Sy kyk opsommend in die kombuis rond.

"Ons sal 'n paar noodsaaklikhede moet kry," verander sy die trant van haar gedagtes. "Die meeste goed is hier," antwoord Mara droog en wonder of Luna die hart het om haar uit te lewer aan die polisie. "Ek gaan nou in die kombuis invaar en die huis leefbaar maak," stel Mara Luna nogtans gerus. "Jy kan julle slaapkamer gerieflik kry," voeg sy by en neem die laaste deel van haar toebroodjie. Sy het haarself voorgeneem om die huis- en tuinpligte op haar te neem en na Nunus om te sien. Sy staan op en stap spens toe om die kosmandjie met die oorblywende eetgoed vir eers daar te bêre.

"Ons moet die gordyne dig toetrek in die aand sodat die lig nie aandag trek nie, Mara," vermaan Luna streng. "Totdat ek by my ouers uitgekom het," voeg sy nadenkend by. Mara kyk haar opsommend aan. "Gaan dit oor Nunus?" vra Mara versigtig. "Ja..., hulle weet nog nie van haar nie," sê Luna vinnig en staan van die stoel af op. Sy stap na die hoofslaapkamer toe.

Luna glimlag goedkeurend as sy Mara hoor werskaf in die huis. "Waar sy alles uitkrap sal net sy weet," dink Luna gelukkig en trek self 'n wasemmer nader om die klerekaste uit te was voordat sy Nunus se klere daarin pak. Sy gebruik die res van die dag om Nunus te versorg en hulle kamer gerieflik te maak. Daarna stap sy buitentoe om die verwaarlosing van nader te besigtig.

"Ek kon vir ons 'n paar tamaties uit Oupa se groentetuin kry, die res is oorgeneem deur onkruid," sê Luna glimlaggend as sy die kombuis binnestap. "Jy't die marog mis gekyk," lag Mara gemoedelik. "Vanaand eet ons pap en marog," voeg sy opgeruimd by en haal sowaarlik 'n sakkie mieliemeel uit die kosmandjie in die spens uit. "Het jy ooit sout ingepak?" vra Luna skertsend. "Alles wat ek my hande op kon lê in Oubaas se kombuis is in daardie mandjie," antwoord Mara en wys in die rigting van die spens. "Ngeeee," lag Luna verbaas en stap spens toe. Sy maak die mandjie se deksel oop.

"Dis omtrent sy hele kombuis," sê Luna skertsend en krap in die mandjie rond. "Nou hoekom het ons droë toebroodjies geëet?' vra sy grappig. "Omdat ek die botter en smeergoed mis gegryp het," klets Mara saam. "Ek's beïndruk," skud Luna haar kop goedkeurend en stap die gang af as sy Nunus se gekreun hoor. "Botteltyd!" roep sy opgewek. "Ek bring!" antwoord Mara ewe kordaat terug.

"Jou oupa was 'n rommelaar," lag Mara goedkeurend toe sy die babawiegie uit die stoor snuffel en dit met die kruiwa tot by die kombuis se agterdeur stoot. Die wiegie hang weerskante van die kruiwa oor. Luna kan kwalik haar verbasing beteuel. "Dit was mý bababed!" roep sy verbaas uit. "Wel, dis nou

Nunus sin," kondig Mara selfvoldaan aan en wag dat Luna haar help om die wiegie in die kombuis te dra. "Kom nou, Luna, vat daardie kant. Die kind moet nog skoon beddegoed ook kry," raas Mara gemaak kwaai as Luna te lank talm.

Dis laataand as die twee vroue tot ruste kom. Nunus is gebad en in haar nuwe kinderwiegie. Altwee vroue voel moeg, voldaan en tevrede waar hulle op die agterste stoeptrappies sit en na die sonsondergang kyk. "Gister is verby en môre lê onvoorsiens voor," dink Luna innerlik sag en neem die glasie wyn wat Mara iewers uitgekrap het.

"Waar het jy dit gekry?" vra Luna belangstellend. "In die stoor," antwoord Mara egalig. "As dit te veel na *spirits* smaak is dit ook *allright*," klink Mara sag teen Luna se glas, haar ou ledemate styf gewerk. Stilte daal tussen die vroue neer, elk besig met haar eie gedagtes.

"Luna?" sê-vra Mara sag. "Hmmm?" antwoord Luna. "Sal jy my oorgee aan die polisie?" vra Mara bekommerd. Luna kyk Mara verbaas aan. "Nee, Mara, ek sal nie," antwoord Luna en merk nie dat Mara 'n dankbare, verdwaalde knop in haar keel saam met 'n slukkie wyn wegsluk nie.

NEGE

"Wat de hel soek jy hier, Siem!" raas Mara ontsteld en terselfdertyd verbaas as sy die agterdeur oopmaak en Siem, haar broer, met sy hoed in die hand op die drumpel van die agterdeur sien staan.

Sy sluk haar skrik weg en slaan die agterdeur vinnig agter haar toe. Sy trek Siem haastig aan sy voorarm om die hoek van die huis. "As Luna jou hier kry, jaag sy ons albei landuit!" raas Mara gedemp en staan hande in die sye voor Siem se groot gespierde lyf.

"Jou *location* op jou foon is nog aan," verdedig hy bedaard en wys na haar oorjas se voorsak. Mara gluur hom aan. "Gaan stoor toe, ek kom!" beveel sy streng en kry vinnig koers terug kombuis toe. Sy kyk om om seker te maak dat Siem haar opdrag uitvoer voordat sy die deur agter haar toemaak.

"Vandag is die moer vierkantig los," dink sy ontsteld en kry die koffiebone uit die spens. "Wragtig ook die laaste spulletjie bone uit die stoor," dink sy opnuut omgekrap en moker die koffiebone in die ou koffiemasjien wat sy ook uit die stoor uitgehaal en reggemaak het. Haar gedagtes erg doenig met Siem.

"Siem is uiters handig met plaaswerk," dink sy kalmer. "Die tuin kort 'n kennershand… die geute en dak moet herstel word…." Sy sug. "En iewers moet daar ekstra geld inkom vir al die *maintenance* op die plaas…," mompel sy ongeduldig as sy die laaste bietjie melk in die koffiebekers gooi en op dieselfde tyd aan die hoop geroeste ystergoed agter die stoor dink.

"Vir wat raas jy vanoggend so in die kombuis?" vra Luna onverwags en trek 'n stoel langs die tafel uit. Mara skrik liggies en vermy Luna se blik opsetlik. Sy plak die beker met koffie voor Luna neer. "Ek kon nie slaap nie," jok sy afsydig en is inderdaad van vooraf kwaad omdat Luna haar gedagtes tot halt geroep het. Sy drink haar koffie staande by die wasbak. "Nou waar was ek weer met Siem," wonder Mara versteurd en staar stip na die grond.

Luna sug moedeloos. Sy verstaan nie Mara se buie nie. "Ons moet dorp toe gaan, Mara..., ons het 'n paar goedjies vir die huis nodig…," sê Luna en kyk afwagtend na Mara wat nog steeds na die grond staar. "Ek moet ook werk inkry," voeg Luna onrustig by en wag op Mara se reaksie. Mara swyg. Luna sug saggies en staan skouerophalend van haar sitplek af op nadat sy haar laaste slukkie koffie weggesluk het, min lus vir Mara se omgekrapte bui.

"Wanneer wil jy ry?" vra Mara meteens belangstellend toe Luna omdraai om uit te stap. "Oor 'n uur," antwoord Luna oor haar skouer. "Ek wil ook by die plaaslike koerant 'n draai maak," voeg sy by en stap die gang af.

Mara wag geduldig totdat Luna in haar kamer is voordat sy die agterdeur stilletjies oopmaak en stoor toe haas. "Siem!" roep sy sag. "Siem!" herhaal sy harder. "Hier," antwoord Siem in 'n fluistertoon. Mara stap vinnig na die ou trekker toe waar sy Siem se stem gehoor het. Sy sien hom een been opgetrek teen die groot wiel leun en *zol* draai.

"Nou kyk," sê Mara streng en nukkerig met haar hande in haar sye, twee-voetig en stewig gegrond reg voor Siem. "Skrop vir jou 'n slaapplek agter daardie ou diesel dromme…," beveel sy streng en wys in die rigting van die groen afgedopte dromme. Sy hou Siem afwagtend dop effens geïrriteerd met sy niksbeduidende houding en die *zol* wat hy tydsaam en netjies oprol. Dit jaag haar moermeter etlike duisendstes van 'n meter op.

Siem knik liggies dat hy verstaan en lek die sykant van die *zol* deeglik nat sodat dit stewig kan plak. Sodra Mara merk dat sy Siem se aandag het, wys sy in die rigting van die groentetuin. "Daarna maak jy daardie groentetuin netjies skoon en plant *whatever* eetbaar is vir ons om te eet… en verder hou jy jouself uit die voete totdat ek aan 'n plan kan dink hoekom jy hier moet bly!" beveel sy kragtig en kortaf. Die laaste vyf woorde van die sin heelwat harder. "Geen bossies nie, Siem!" voeg sy ergerlik by en gluur hom astrant aan.

Siem staar na haar en skud sy kop liggies in ongeloof. "Hoe de duiwel kry Mara dit reg om soveel woorde in een asem te praat," dink hy in bewondering en druk die punt van die *zol* in sy mond, wetend dat teëpraat Mara tot raserny sal dryf.

"Weet Oubaas waar ons is?" wil Mara sagter en kalmer weet. "Nee!" antwoord Siem oorbluf en onthou skielik van sy rugsak. "Ek het blikkies kos uit die kombuis in my rugsak uitgesmokkel, genoeg vir 'n paar dae," verklaar hy braaf en wil net sy rugsak nader trek toe Mara haar hand op sy arm sit. "Bravo!" prys Mara blymoedig en steur haar nie aan die *zol* wat by Siem se mond uitsteek nie, al irriteer dit haar. Sy is nogtans verlig dat Siem haar gevolg het.

Siem kyk haar verbaas aan. "Eers wil sy my kop van my lyf af raas en dan is ek 'n hero…," dink hy verstom. Hy haal die *zol* in gedagte uit sy mond en staar haar kinderhartig aan. Dit versag Mara se opstandige gemoed. "Toe, ek moet nou loop," sê Mara kortaf en ewe skielik haastig. "Onthou die groentetuin!" vermaan sy vinnig voordat sy by die stoor uit draf-stap. Sy trek die stoordeur styf agter haar toe. "Net vir ingeval," dink sy. "As die polisie by Oubaas uitkom en Siem se *skoensole* volg, is ek *tickets*," dink sy nogtans bekommerd en afgehaal.

Luna frons as sy Mara deur die kombuisvenster by die stoor sien uitstap. Sy merk haar befoeterde bui, haar vinnige stap terwyl sy aanhoudend omkyk stoor toe. Luna frons. "Sy's baie danig oor die stoor," dink Luna agterdogtig en neem haarself voor om ondersoek in te stel sodra sy'n kans het.

"Is jy reg om te ry?" vra Luna toe Mara by die agterdeur instap. "So te sê," ontwyk Mara Luna se vraag en draf-stap om 'n kam deur haar deurmekaar hare te trek voordat sy Nunus se bottels voorberei. Luna neem die wiegie van die bed af op en stap voordeur toe. Mara volg haar. Hulle klim in die motor en ry in stilte dorp toe, elk met haar eie gedagtes.

"Luna, ek wil saad koop by die koöperasie, asseblief?" onderbreek Mara die stilte as hulle die dorp nader. Luna kyk belangstellend na Mara. "Vir die groentetuin …" antwoord Mara ontwykend en kyk by die venster uit. "Ons kan kry, Mara," antwoord Luna goedkeurend en frons liggies. "Sal jy tyd kry om die groentetuin ook in stand te hou?" vra Luna besorgd. "Mara neem net meer-en-meer pligte aan," dink sy en wonder of dit nie die rede is waarom Mara sleg slaap nie. "Ons kan by die kwekery 'n paar plantjies en saad kry op ons pad plaas toe," voeg Luna by as Mara nie antwoord nie.

Luna parkeer voor die plaaslike koerant, **Die Laevelder**, se kantore. "Ek gaan net my inligting by die Redakteur afgee," sê sy as sy die wit koevert onder haar sitplek uithaal. Sy sug verlig as sy vlugtig daarin kyk en merk dat haar volledige resumé nog ongeskonde daarin is. "Dankie tog," dink sy met die gedagte dat sy in elk geval op die uitkyk was vir meer vryskutwerk toe sy in Pretoria was. Sy laat die motorenjin luier sodat die verkoelingsisteem aangeskakel bly. Mara hou Luna ingedagte dop as sy die trappies van die gebou uitdraf.

Dit neem nie lank voordat Luna terug is by die motor nie. "Kom ons gaan *shop*," nooi sy laggend en ry in 'n ligte stemming uit die parkeerarea. Mara ontluik soos wat die oggend verloop en Luna laat toe dat hulle 'n paar ekstra goedjies vir die huis aankoop.

"Jy het goeie smaak, Mara," komplimenteer Luna Mara as sy 'n paar vatlappies en oondhandskoene in die trollie sit. Mara glimlag gelukkig en lyk tevrede met haar keuse. "Ons sal die huis nog mooi maak," beloof Luna impulsief en self gelukkig. Sy kyk hoedat Mara vir Nunus 'n babaspeelding by die inhoud van die trollie sit.

Luna verwelkom Mara se vrypostigheid. Alhoewel sy wat Luna is die betaalwerk doen, gun sy Mara nogtans die bietjie ekstra goedjies. "Dit sal ons verseker nie armer maak nie," dink Luna gemoedelik. "Sy het darem ook nog die nes-eiertjie wat Oupa vir haar nagelaat het," dink sy tevrede.

"Mara, ons moet vir Nunus ook nog 'n paar stukkies kleertjies bykry," byt sy die oomblik uit, "en 'n stuk of twee werksklere vir ons twee," voeg sy gelate by. Mara kyk Luna onseker aan. "Ons kan die arm vandag 'n bietjie draai …, maar binne perke," vermaan Luna goedkeurend en verskuif Nunus versigtig van die een arm na die ander. Sy plaas met haar vry hand 'n noodsaaklike pak *Huggies* in die trollie. "So ja …." dink sy tevrede en stap rustig saam met Mara wat die trollie gemoedelik deur die rakke stoot. Mara se bui van vanoggend heeltemal vergete.

TIEN

"**O**om Jan, ek hoor die volk sê daar is mense by die ou opstal," groet Theuns Jört, Jan Barnard se voorman. "Nee ou maat, hulle maak verseker 'n fout," lag Jan Barnard, die eienaar van **Katkop Farms**, gemoedelik.

Jan Barnard, beter bekend as Barries onder sy ouer vriende, is 'n welbekende en goed befoeterde ou man wat sy duim stewig op al sy belange hou. Die jonger geslag noem hom pleinweg, Oom Jan. Dit geval hom ook beter so, want "hy's niemand se *speelmaat* nie," is hy van mening.

"Ek sal in elk geval later vanmiddag daar 'n draai gaan maak," stel Jan Barnard sy voorman gerus. "Die opstal kort seker ook weer 'n behoorlike skoonmaak," voeg hy neutraal by en stap na sy plaasbakkie toe. "Dis tyd dat Luna haar paar skoene kom volstaan op haar erfporsie," brom hy onderlangs en stamp sommer die bakkie se deur ekstra hard toe.

"Verdomde hardkoppige meisiekind," mor hy onderlangs en draai die sleutel hardhandig in die slot sodat die enjin nie 'n ander keuse het as om met die eerste slag aan te skakel nie. Hy raak sommer erg omgekrap as hy dink hoe Luna onnodige en waardevolle jare in die stad mors. Dit pla hom ook dat die jare hom inhaal en Theuns se werk meer raak.

Die mannetjie sit al lank agter hom om Luna se stuk grond oor te koop. "Oor my dooie Alzeimer's liggaam," knor hy minagtend en frons opnuut bekommerd as hy besef dat die siekte een of ander tyd sy tol gaan eis. Hy besluit om sommer direk na die ou opstal toe te ry. Net om himself "te vergewis dat alles pluis is," dink hy.

Siem sien die stof in die twee-rigting paadjie opslaan en koets net betyds agter die stoor in voordat die Isuzu Hilander bakkie voor die groot hek tot stilstand kom. Hy kyk vlugtig oor die groentetuin en sien niks wat ongehoords rondlê nie, behalwe die hoop vuilgoed wat hy uit die tuin geskoffel het. Hy hoop die besoeker besluit om onverpoos sy ry te kry, want daardie hoop vuilgoed moet vinnig in die asgat gedamp word voordat Mara hulle terugkom. Hy't hoeka lus vir 'n "behoorlike komposgat," dink hy terwyl hy deur die opening van die stoorsinkplaat hek toe loer. Die bakkie ry in. Siem sug bekommerd.

Jan Barnard klim uit sy bakkie en stap voordeur toe. Hy druk sy hand onder die klipsteen in en frons as hy sy hand weer uittrek. "Nou waar het ek die sleutel gesit?" dink hy bekommerd en stap terug bakkie toe. Hy kyk in die paneelkassie en gooi sommer die inhoud daarvan op die voorsitplek uit. "Niks," brom hy ietwat vies en stap terug voordeur toe. Hy buk laer en druk sy hand dieper onder die klipsteen in. "Wragtig niks," mompel hy harder en stap lang treë terug bakkie toe. Hy klim fronsend in die bakkie en stop anderkant die hek. Dan grendel hy die hek met 'n slot en 'n los ketting wat agter sy bakkie se sitplek gelê het. Hy glimlag tevrede "net vir die wis-en-die-onwis" dink hy selfvoldaan en klim in sy bakkie.

"Neewat, Theuns sien spoke," gesels hy goedsmoeds met homself en ry tydsaam terug huis toe met Luna in sy gedagtes. "Vanaand bel ek Luna en stel haar voor 'n yslike ultimatum. As sy dan nie wil boer nie, moet Theuns maar die grond koop!" dink hy vasbeslote, wetende dat Luna nimmer as te nooit haar grond sal verkoop nie. Hy glimlag selfs met die gedagte dat dit Luna sal aanspoor om terug te kom plaas toe. "Hy wat Jan

Barnard is, het immers die laaste seggenskap oor die grond," dink hy gemoedelik.

"Wie de hel het 'n ketting om die hek gesit?" raas Mara verbaas as hulle die hek nader. "Jou taal, Mara," vermaan Luna streng en bring die motor tot vlak voor die hek tot stilstand. Luna klim uit en stap hek toe. Nunus raak weer kriewelrig en Mara is heelwat geïrriteerd met die hitte wat om haar ronde lyf saamkloek.

"Die dag was goed, maar dalk té lank," dink Luna hinderlik as sy die slot wat die twee punte van die kettings bymekaar bring, in haar hande neem. Sy kyk hulpeloos om na waar Mara nog in die voorste sitplek van die motor sit.

Mara klik haar tong vies in haar kieste en klim haastig uit die kar uit. Aan haar houding kan Luna sien dat sy goed omgeklits is. Sy kom staan hande in die sye voor die hek, gluur na die stoor en plaas haar twee vingers tussen haar getuite lippe.

Luna gryp na haar ore as Mara onverwags, vlak langs haar, 'n harde en hoë uitgerekte fluit in die rigting van die stoor gee, gevolg deur twee middelslag kortes. Luna kyk Mara verbaas aan, maar staan onmiddellik 'n tree terug as Mara die fluit met dieselfde volume herhaal.

"Liewe magtig, Mara!" raas Luna ontsteld. "Wat de hel doen jy?" vra Luna kwaai. "Jou taal," vermaan Mara doodluiters. Toe sy merk dat Luna haar woedend aangluur voeg sy ongehinderd by. "Ek roep my broer." "Jou wat?" vra-raas Luna heeltemal ontsteld en buite haarself. "My broer, Siem," antwoord Mara effens ongeduldig en wag dat Siem om die hoek van die stoor aangedraf kom. Luna staar woordeloos na die aankomende jong man en erken hom dadelik as die tuinier wat in Oubaas se tuin gewerk het. Sy verloor haar humeur en kners dreigend op haar tande van kwaadheid. "Mara, jy sorg dat jou broer nóu padgee terug na Oubaas toe!" beveel sy streng en erg beduiweld.

"Wié dink jy gaan die groentetuin omklits en plant?" gluur Mara Luna aan en sy's nog nie klaar nie. "En wié dink jy gaan die geroeste pype regmaak en die onbewerkte boorde *lewe* gee?" raas Mara ewe kwaad. Luna kyk hoe Mara in die rigting van die stoor wys. "Daardie trekker binne die stoor kort 'n *mechanic* en jý…!" vaar Mara verder uit. Sy druk haar wysvinger teen Luna se bors, "kort 'n voorman…!" En daarmee het Mara dié saak beslis.

"Hi, jy! Bring die *spanner* en maak hierdie verdompte hek oop, voordat ek my moer verloor!" skreeu Mara op Siem wat onmiddellik in sy spoor omdraai om 'n knyptang uit die stoor te gaan haal. Luna staar geskok na Mara wat 'n hele toon hoër as haar normale stem kan gil. Luna draai stil om en tel 'n huilende Nunus in die kar, uit haar wiegie.

Siem klouter pens eerste oor die laagste heining en knip die ketting en slot los. Mara jaag hom aan voordeur toe waar hy die bagasie uit die kar moet laai sodra hulle gestop het. Daarna klim sy terug in die warm motor en gluur Luna afwagtend aan waar sy buite die motor met Nunus, huilend in haar arms, staan en wieg.

Luna sug en klim swyend agter die stuur in. Sy gee Nunus oor aan Mara en ry stadig tussen die hekke deur. Mara het op een of ander manier die fopspeen in die hande gekry en Nunus se huil gestop. Niemand het lus vir praat nie.

Siem drafstap tussen die huis en kar om al die pakkies in die kombuis in te dra. Mara kook die ketel vir 'n bottel en drie koppies sterk boerekoffie. "Vandag sal daar gepraat en koffie gedrink word," mor Mara onderlangs en handig die klaargemaakte bottel aan Luna. Sy kyk Luna stil en kwaad aan.

Sy wag dat Luna die bottel neem en uit die kombuis verdwyn kamer toe om Nunus te versorg. Dit gee Mara genoegsame tyd om kalm oor Siem se blyery te dink.

Skaars was Nunus rustig aan die slaap of 'n Mahindra Jeep met tralies op die agterste bak stop voor die hek. Luna kyk deur die kamervenster en sien hoedat 'n jong sterkgeboude man die hek oopmaak en die bakkie tot voor die voordeur stop. "Ek kort 'n groot kwaai hond," betreur Luna haar lot.

Mara maak die voordeur oop voordat die besoeker sy hand kon lig om te klop. Sy staar swyend en nuuskierig na die besoeker. Haar voorskoot netjies oor haar dorpsklere aangetrek. Sy vee haar nat hande aan 'n vadoek af.

"Waarmee kan ons help?" vra Luna as sy die ingangsportaal binnestap. "Ek is Theuns Jört, Meneer Jan Barnard se voorman," stel hy homsef voor en betrag Luna vir 'n oomblik bewonderend. Hy steek sy hand beleefd uit na Luna. "Ek weet wie jy is," antwoord Luna en skud sy hand liggies. "Ek is Luna Barnard, bly te kenne," voeg sy by en lê ekstra klem op die Barnard. Dan volg sy Mara se voorbeeld en staar Theuns afwagtend aan.

As Luna hom onkant gevang het met die wete dat sy Jan Barnard se dogter is, "steek hy dit goed weg," dink sy. Hy kyk beurtelings van Mara na Luna. Luna stel Mara nie voor nie en nooi Theuns opsetlik ook nie in nie. "Hoe minder mense weet van ons, hoe beter," dink sy. Hy kug en vryf met sy een hand vlugtig oor sy ken. Dit amuseer beide Mara en Luna. "Ek wou net seker maak dat alles pluis is," sê hy gemaklik. "Hoekom sou dit nie wees nie?" vra Luna glimlaggend. Theuns glimlag skrams terug. "'n Mens weet nooit…" sê hy egalig en kyk Luna stil aan. Na 'n oomblik van algehele stilte is dit Mara wat kug, min lus vir die man se geselskap.

"My ouers is nog nie bewus daarvan dat ons terug is op die plaas nie. Uiteraard sal ek hulle self wil meedeel dat ons besluit het om voort te gaan met my oupa se boerdery." Sê Luna ferm en beleefd. Mara glimlag tevrede as Luna haar en Nunus insluit by die *ons-* gesprek.

"Daarom sal ek dit waardeer as jy nie vir my ouers sê dat ons hier is voordat ek hulle gesien het nie," voeg sy bedaard en selfversekerd by. Theuns knik sy kop verstaanbaar en kyk ongemerk in die rigting van die boorde. "Dan groet ek vir eers," sê hy vriendelik en stap in gedagte terug na sy bakkie.

Luna wag geduldig totdat die wit Mahindra deur die hekke is voordat sy die voordeur op knip trek. "Mara, sê vir Siem hy't 'n *job* en maak seker dat hy die ketting styf om die hek draai. Daar behoort nog slotte in die stoor te wees," beveel sy streng en tevrede. Sy stap kombuis toe. Mara kan skaars haar eie geluk beteuel as sy haastig by die agterdeur uitdraf stoor toe.

Nadat die hek op ketting en grendel is roep Luna vir Mara en Siem bymekaar. Siem staan in die agterdeur, Mara by die wasbak en Luna leun teen die spens se muur. "Wat is alles in die stoor, Siem? Vra Luna belangstellend. Siem antwoord en brei uit waar dit nodig is. Sy skud haar kop goedkeurend en besef terselfdertyd dat Siem genoegsame ondervinding van boerdery en algemene handewerk het. Mara is stil en luister aandagtig na die gesprek. Die drietal kom ooreen dat hulle vir eers van die *plaas af* sal leef tot na die eerste oes. Dan sal die noodsaaklike implemente aangekoop word. Siem groet en verdwyn stoor toe. Sy geluk ken geen perke nie.

Luna stap tevrede na haar oupa se studeerkamer. Sy skuif agter die hoë toonbank in en staar vir 'n oomblik oor die verwaarloosde boorde voordat sy die dubbeldeurkassie langs haar oopsluit. Sy haal haar oupa se dagboeke uit en blaai belangstellend daarin. Sy merk die belangrikste gedeelte wat vir die seisoen van nut kan wees en merk dit met 'n rooi pen. Daarna trek sy 'n skoon stukkie papier nader en maak 'n paar somme.

Sy sal die koerant dophou vir die volgende veevandisie, neem sy haarself voor. "Daar behoort rooivleis-kalwers te wees," dink sy as sy die agterkant van die pen tussen haar lippe plaas. "Vleisbeeste is altyd winsgewend," herhaal sy haar oupa se woorde en stoot haar stoel ingedagte agteruit. Sy wil gou die toestand van die voerkraal gaan inspekteer voor dit donker word.

Luna frons as sy haar selfoon hoor lui en haas haar daarheen. Sy sien dat dit haar pa se nommer is en besluit om dit vir die oomblik te ignoreer. Mara staan onverwags langs haar. "Gaan jy nie antwoord nie?" wil sy nuuskierig weet. "Dis my pa," antwoord Luna. "Jy sal hom een-of-ander tyd moet *face*," sê Mara skouerophalend en stap spens toe. Luna laat die foon lui en neem haar voor om hom later terug te skakel.

"Die huis ruik na gekookte boerekos," verlustig Luna haar aan die reuk as sy van die voerkraal af terugkom. Sy merk die stootwaentjie in die kombuis en tel Nunus op. Dit is telkens vir haar 'n opwindende oomblik as Nunus wakker is. "Het jy lekker gedoedoe?" vra sy moederlik en soen Nunus liggies weerskante op haar rooi wangetjies terwyl sy haar liefdevol teen haar vasdruk.

"Dit gaan 'n ontploffing wees as ons jou voorstel aan oupa Jan en ouma Miems," glimlag Luna neutraal, wetend dat die ontmoeting binnekort sal plaasvind en onvermydelik is. Sy neem die baba-eetbordjie met twee lepels saggemaakte groente wat Mara voorberei het en voer Nunus klein happies daarvan. Sy vee Nunus se spoegmondjie terselfdertyd met die sagte voerlepel af en lag sag ingenome as Nunus alles opeet. Mara hou hulle onderlangs dop, beïndruk met die wyse waarop Luna Nunus hanteer. Sy glimlag tevrede en droog die laaste skottelgoed met sorg af. Die plaaskombuis hou vir haar 'n geheime bekoring in. Dieselfde tipe van kombuis waar haar ma emmers vol beskuit gebak het vir die boeremark.

ELF

"Hoe bring jy die kloutjie by die oor, Greyling?" vra Sersant Jört skepties. "Haasbroek is vermoor dieselfde tyd toe die plaaslike polisie 'n klopjag op Stander uitgeoefen het in die Napier distrik," verduidelik Konstabel Greyling en tuit sy mond beterweterig. "Almal weet hy was die *main* dwelm *supplier*," voeg Greyling snipperig by.

Jört betrag hom swyend en maak Haasbroek se dossier oop. "Jy weet hierdie saak is twee jaar gelede gesluit," herinner Jört sy junior en kyk vlugtig op na waar Greyling bene gekruis langs sy lessenaar sit. "Ja, weens onvoldoende getuies," bevestig Greyling en swaai sydelings sodat hy sy een been onder die lessenaar kan sit.

Jört het onlangs 'n vars leidraad ontvang waar Haasbroek se weduwee haar bevind. "Dis één saak wat nie deur my opgelos kon word nie," dink hy liggeraak en daarom het hy die saak op grond van die nuwe leidraad heropen, vasbeslote om dié keer 'n deurbraak te maak.

"Net soos wat Stander aan Haasbroek dwelms kon voorsien het, het hy ook aan talle ander dwelms voorsien, Greyling," sê Jört fronsend. "Die moontlikheid is nie uitgesluit nie," voeg hy sagter by.

Greyling knik sy kop tevrede. "Die baas is aan die dink," sê hy en glimlag. Greyling voel tevrede en skuif sy sitplek weer netjies voor sy lessenaar in. Hy blaai belangeloos deur die Prinsloo dossier terwyl sy gedagtes iewers elders is.

Jört neem sy baadjie van sy stoel se rugleuning af en gooi

80

dit oor sy skouer. Greyling kyk nuuskierig op. "Die mannetjie hou van gatskuur," dink Jört hinderlik en wys met sy hand dat Greyling moet bly sit. "Ek ry net 'n draai," stel hy Greyling gerus, min lus vir 'n geklets op die pad. Hy stap uit die kantoor na sy privaat voertuig toe.

Hy ry tydsaam apteek toe waar Zoé Prinsloo werksaam was. Sy gedagtes by die moord. Hy oordink elke moontlike leidraad, feite, verslae, wie wát gesien het, elke optrede wat moontlik daardie aand kon plaasgevind het. Alhoewel hy alle waarneembare gebeurtenisse feitlik kan staaf, is hy nog steeds verbysterd hoe 'n persoonlikheid soos Zoé Prinsloo betrokke kon raak by 'n karakter soos Stander, ongeag die alibi van die moord. "Waarom twee moorde? Was die ander persoon ook deel van Stander se bende?" wonder hy. "Nee, Stander was 'n geheimsinnige skim. Hy't sy vuil moorwerk self gedoen," antwoord hy homself.

"Hallo, André," groet Vanessa, die hoofapteker, vriendelik as Jört by die apteek instap. Jört groet kortaf met 'n knik van die kop. "Is jy hier vir Zoé se saak?" vra Vanessa belangstellend en plaas die wit kapsules versigtig terug in die boksie. "Ja," antwoord Jört egalig en kyk rond. "Is jy lus vir koffie?" vra hy onverwags. Vanessa glimlag. "Ek kan 'n plan maak," sê sy en verdwyn tussen die talle rye rakke waarop verskeie botteltjies en boksies met pille en medisyne staan. Jört stap ingedagte deur toe.

Hy wag dat Vanessa by hom aansluit. "Die gewone plek?" vra Vanessa as sy hom tegemoet stap. "Ja," antwoord Jört en val langs haar in. Hy kry 'n geringe, skoon en aangename reuk van *apteek* as Vanessa langs hom loop. Hy verwelkom die bekendheid daarvan.

Hulle groet die eienaar van die koffiewinkel as hulle

binnestap. Hy glimlag en groet vriendelik terug en knik terselfdertyd in die rigting van die kelnerin sodat sy vir hulle 'n geskikte tafel kan wys. Vanessa stap voor Jört tot by die agterste koffietafel waar hulle in privaatheid kan gesels. Die kelnerin wag dat hulle plaasneem en sit 'n spyskaart voor elkeen neer. Vanessa kyk onderlangs na Jört. Sy merk die fyn moeë lyntjies om sy oë.

"Vertel my meer van Zoé," val Jört met die deur in die huis nadat hulle koffie bestel het. "Zoé was 'n privaat mens, soos wat jy self weet," sê sy sag verwytend. "Sover ek kon vasstel was daar geen ongerymdhede rondom haar werk nie." Sy huiwer en hou Jört aandagtig dop. "Ek twyfel of sy haar sou ophou met enige dwaashede," voeg sy nadenkend by. "Veral omdat sy ook 'n verantwoordelikheid gehad het … dié kind bedoel ek," stamel sy as sy merk dat Jört haar stip dophou. "Weet jy of sy 'n kêrel gehad het?" vra Jört met 'n somber gelaat. Vanessa trek haar skouers op. "Ek weet nie," antwoord sy.

"Vanessa, ek soek 'n grondige alibi vir die moord… hoekom Stander doelbewus agter Zoé aan was," praat Jört dringender, effens geïrriteerd en staar Vanessa hulpsoekend aan. Vanessa sit haar hand vertroulik op Jört sin. "André, dalk moet jy 'n bietjie wegbreek. Die saak uit 'n ander oord bekyk," beveel sy besorgd aan. "Ja, ek oorweeg dit," stem hy kopskuddend saam, glimlag liggies en trek sy hand gemoedelik onder hare uit as die kelner hulle tafel nader. Hy bestel vir hulle elkeen 'n geroosterde hoendertoebroodjie.

"Jy't dit nog nooit maklik gehad met die nooiens nie," pla Vanessa onnodig as sy Jört aandagtig dophou. "Ek's 'n speurder, Vanessa. My kop werk anders," antwoord hy kalm. "Nee… Jy's net doodeenvoudig bot as dit by die vrouegeslag kom," terg sy liggies. Hy lag skrams vir haar stelling. "Is dit hoekom my verhoudings kortstondig is?" vra hy komies en trek sy bord nader. Hy kyk onderlangs na haar terwyl hy 'n gemaklike hap van sy toebroodjie neem, nou ook self in 'n ligter bui. "Ja," lag sy opgewek, "jy's veels té ernstig." Jört glimlag breed. "Sê 'n ou skoolkys wat self sukkel om 'n kêrel vas te trek," skerts hy liggies. Vanessa skop hom speels blinkoog onder die tafel terwyl hy gemaklik vir haar lag. "Vanessa het maar net die manier om my uit my somber gedagtes te boelie," dink hy dankbaar.

Nadat Vanessa onderneem het om deur die voorskrifte te werk wat Zoé onderteken het, voel Jört meer gerus. Hulle groet by die apteek se deur voordat Jört terugry na die moordtoneel toe. Hy het 'n behoefte om ongestoord en tydsaam deur die gebeurtenisse van die spesifieke aand van die moord te peins.

Jört sit op die kant van die bed en trek die laaikassie oop. Hy gaan deur elke item en rekening wat in die laai is. Hy doen dieselfde met die res van die laaikaste. Hy voel in die sakke van Zoé se klere wat in die hangkas hang. Gaan deur die baba se besittings. Lees die etikette van die medisyne in die badkamerkassie. Draai die stortknop af en aan. Hy kyk selfs agter al die skilderye. Lig los matte op. Ondersoek moontlike wegsteekplekke in die kombuiskaste totdat hy volkome tevrede is en helaas op die bank in die woonvertrek gaan sit waar hy na die afgesketste figuurlyne op die vloer staar.

"Alles maak sin," fluister hy sag en vryf oor sy gesig. Hy sit etlike oomblikke in verwondering voordat hy sy selfoon uit sy sak haal en twee verskillende nommers skakel. Dan neem hy die wit koevert wat op die bank langs hom lê en stap skuifdeur toe. Hy sluit en stap die trappies af na die grondvloer toe.

Jört klop liggies aan die opsigter se woonstel. Dit neem etlike oomblikke voor die deur oopgaan. Die ouerige dame,

Tannie Bets, groet hoflik as sy Jört vir 'n oomblik betrag. Jört groet beleefd terug en stel homself bekend. "Ek is hier om oor Zoé Prinsloo te praat." verstrek hy die rede van sy besoek. Sy glimlag gemaklik en nooi hom in. "Ek verstaan julle was goed bevriend," sê hy matig en stap voorhuis toe. Hy maak die wit koevert oop en hou die inhoud daarvan in sy hand sodra sy by hom aansluit.

Tannie Bets verstar en kyk geskok daarna. Haar gelaat is bleek. Sy kyk vlugtig weg as trane haar onverwags oorval. Sy snuif liggies en neem Jört vertroulik aan die hand. Sy lei hom na die groot sonkamer naas die sitkamer, waar hulle ongesteurd kan praat. Sy maak die deur styf toe. Jört gaan sit gemaklik op die rand van die rusbank en wag dat sy in die stoel oorkant hom plaasneem. "Hierdie gaan 'n lang en vrugbare gesprek wees," dink hy tevrede.

Jört luister belangstellend en laat toe dat Tannie Bets ongestoord voortgaan terwyl haar gemoed gevul is met oneindige swaarmoedigheid. Hy vind dat sy eie gemoed onstuimig raak en 'n onverklaarbare weersin van hom besit neem. Hy onderdruk sy gewaarwording en fokus strak op die inligting wat sy verskaf.

Dit is heelwat later toe Jört Tannie Bets se woonstel verlaat. 'n Voortdrywende angstigheid om Zoé se baba op te spoor en die saak tot 'n einde te bring. Hy sug toe hy in sy motor klim. Sy hande is klam as hy aan die stuurwiel vat. Hy skakel die motor aan en ry ingedagte terug kantoor toe. Dit is net na nege as hy die kantoor binnestap en Stander se profiel voor hom oopmaak.

Jört hou Stander se gesigprofiel voor hom met die verskillende vergrote foto-insetsels wat daarby aangebring is. Hy skuif gerieflik agteroor en kruis een been dwars oor die ander. Dan neem hy die gesigontleder se verslag en lees aandagtig. *Met die studie het die gesigontleder tot die gevolgtrekking gekom dat Gerhardus Stander iemand is wat daarvan hou dat dinge volgens 'n spesifieke volgorde verloop. Hy het die vermoë om pro-aktief te dink. Hy beplan sy misdade deeglik. Sy kort neus dui daarop dat hy vinnige resultate verwag en raak gou ongeduldig as dinge nie na sy sin verloop nie. Sy klein ore dui daarop dat hy belangrike inligting mag oorsien, maar die toewydingslyn wys dat hy wel toegewyd is aan sy taak of projek. Sy ronde neuspunt dui behoefte aan geld, besittings of selfs erkenning aan. Die reguit wenkbroue wys dat hy op brutale feite ingestel is. Hy het geen sensitiwiteit teenoor ander se gevoelens nie. Sy ongeduld word bevestig deur sy wenkbroue wat laag sit. Hy raak ongeduldig met mense wat nie vinnig tot die punt kom nie. Die regteroog is bolvormig dus laat hy niemand toe om hom in die rede te val nie en hy hou niks daarvan om verontagsaam te word nie. Sy bolip is baie meer dominant as sy onderlip, menend dat hy 'n goeie persepsie het en mense kan hom nie maklik mislei nie. Sy kenvorm is reguit. Dit dui daarop dat hy sy besluite op feite grond, dat hy idealisties is en maklik betrokke kan raak by radikale of rebelse dade of organisasies en vir die saak daarvan sal veg of moor.*

TWAALF

Luna en Mara hardloop met vlieënde vaandels by die agterdeur uit toe daar 'n swart golf rookwolk by die stoor se deur uitkom. Die rasende geskarrel van 'n proesende dieselengin, sonder uitlaatstelsel, ontmoet die ongenooide twee vroue by die ingang van die stoor. Hulle stik-hoes en keer die rook erg weg met hulle swaaiende hande as hulle agter die ou 1951 GMC HCW404 Tadem Drive 400 Vintage tot stilstand kom. Dié staan reg in die opening van die stoor getrek. Hulle merk vir Siem waar hy gebukkend aan die voorkant binne die ejinkap rondkrap.

"Wat de hel vang jy aan, Siem?" gil Mara met haar hande in haar sye, maar besef dat haar geskreeu skaars hoorbaar is bo die gejuig van die brullende geraas. Luna kan skaars haar lagbui beteuel as sy met verbasing besef dat haar oupa die ou plaastrok jare terug in die stoor parkeer en daar laat staan het vir eendag as hy kans het om hom weer rybaar te maak.

Die trok vrek. Siem se kop kom onder die enjinkap uit. Mara en Luna stap geïnteresseerd nader. Siem lyk teleurgesteld en kyk die vrouens niksseggend aan. "Wat gaan jy met die ding maak as jy hom aan die loop kry?" vra Mara belangstellend, heeltemal vergete dat sy so flussies kwaad was. "'n Plaasbestuurder moet 'n trok hê," antwoord Siem neutraal en stap na die kas met gereedskap toe. Mara knik beïndruk en knipoog vir Luna.

Luna buig oor die enjin. "Liewe aarde, Siem, wanneer het jy tyd gehad om die enjin so netjies skoon te maak?" vra sy verbaas. "In die nag as julle slaap," mompel Siem terwyl hy met sy rug na hulle toe staan. Mara kyk ook in die enjinkap en gee 'n welverdiende fluit van weldoening as sy alle kante van die enjin betrag. "Kom, Mara, die man is besig," raas Luna kamstig en hits Mara aan sodat hulle kan loop.

"Siem was 'n goeie aanstelling," dink Luna waarderend. "Siem het sy gewig ingegooi by die groentetuin. Selfs die verwaarloosde beddings rondom die huis lyk heelwat beter," sluit sy haar gedagtes af.

"Mara, is jy reg om my ouers te onthaal?" vra sy onverwags langs Mara as hulle terugstap huis toe. Mara kyk haar eers verbaas aan, maar besluit dan dat dit 'n goeie plan is. "Ek's reg," stem sy oorgehaal in. "Niks gebeur in *singles* met Luna nie," dink Mara en glimlag gemoedelik. "Wanneer?" vra Mara belangstellend. "Môreaand," antwoord Luna gemaklik met haar besluit.

Luna stap direk na haar studeerkamer toe as hulle die huis binne gaan. "Volgende maand moet die lemoenboorde gespuit word en daar is binnekort 'n vee-vandisie," dink Luna berekenend en trek haar oupa se dagboek nader. Sy maak die bladsy oop waar sy haar oupa se aantekeninge oor lemoengifstowwe gemerk het. Sy lees aandagtig. **DANTOP 20SC**: 'n Sistemiese suspensiekonsentraat insekdoder vir die beheer van sitrusplae.

Sy lees die waarskuwings noukeurig deur gevolg deur die herbetreding, voorsorgmaatreëls en die weerstands-waarskuwings. Daarna maak sy duidelike aantekening oor die gebruiksaanwysings wat die meng- en toedieninginstruksies insluit. Sy dink vir 'n oomblik na of sy die geskikte apparate het om die bome te spuit, maar besluit dat sy daarvoor 'n oplossing sal vind teen die tyd dat sy die boorde moet spuit.

Daarna skakel Luna haar ouers.

"Jan Barnard." Hoor Luna haar pa se diep bedaarde stem as hy kortaf antwoord. "Hallo, Pa," groet Luna neutraal en kan op die manier hoor wat Jan Barnard die foon geantwoord het, dat hy omgekrap is.

Jan Barnard haal diep asem en besluit om onverpoosd voort te gaan met sy plan om Luna op die plaas te kry. "Dit is tyd dat jy bel, Luna. Ek dog die Sodom- en Gomorra-werk het jou ingesluk," verwyt hy kwaai. "Jy beter jou goed oppak en plaas toe kom...,"

Luna bly stil as sy die dringendheid in Jan Barnard se stem hoor. "Theuns is agter jou grond aan en ek is kapabel en verkoop dit onder jou sterre uit!" dreig hy kwaai met die hoop dat dit Luna sal oorhaal om die stad te verlaat.

"Kind, jy moet plaas toe kom. Jou oupa se grond verwaarloos," versag Jan Barnard sy pleitrede en wag in stilte, bykans angstig, dat Luna moet praat.

Dit is selde dat Jan Barnard se sagte kant te voorskyn kom, 'n kant wat hy nie maklik wys nie. Die einste kant wat Luna min in haar lewe ervaar het. Vandag is een van daardie oomblikke.

Luna haal sag en diep asem. "Pa, ek ís op die plaas," stel sy Jan Barnard gerus. Daar heers 'n oomblik se stilte voordat Luna bedaard voortgaan met die gesprek. "Ek wil julle nooi vir ete môreaand. Hier by my op Oupa se plaas," voeg sy afwagtend by. Jan Barnard is vir 'n oomblik verbysterd.

"Hoekom môreaand en nie vanaand nie?" wil hy weet. "Want ons het plaassake om te bespreek en Ma moet by wees." antwoord Luna. "Hoekom jou ma?" wil hy weer weet. Luna ervaar, tot haar teleurstelling, dat Jan Barnard se nukkerige bui weer sterk na vore kom.

"Omdat dit haar ook raak," antwoord Luna moedeloos en hardkoppig. "Anders gaan ek terug Pretoria toe," dreig Luna moedswillig. Jan Barnard sug hardop. "Goed dan," willig hy fronsend in. "Ek verstaan nie jou uitnodiging nie, maar sal daar wees," sê hy strak en lui af.

"Dit het makliker gegaan as wat ek gedink het," deel Luna Mara mee as Mara die studeerkamer met 'n koppie tee binnestap. Mara glimlag tevrede. "Môreaand gaan sy wat Mara is, 'n uithaler-ete voorberei. Dis nie altemit nie," dink Mara ingenome, "en Nunus gaan 'n spogbaba wees." Sy trek die oopswaai blinders in die studeerkamer sywaarts sodat die daglig helder kan deurkom. Luna kyk haar snaaks aan. "Hoekom doen jy dit?" vra Luna. "Die *skaap* is mos uit die mou," antwoord Mara welgedaan. "Ons hoef mos nie meer weg te kruip nie."

Nunus is erg knieserig en wissel tussen Mara en Luna se arms deur die nag. Mara vat raak terwyl Luna sus. "Gee vir haar Lennons," troos Mara en oorhandig die medisyne-fopspeen aan Luna. Luna neem dit by Mara. "Sal dit help?" vra sy bekommerd. "Ja, dit het 'n kalmerende uitwerking en sal haar rustig laat slaap," antwoord Mara terwyl sy oor Nunus se voorkop voel. "Sy het nie koors nie. Ek dink dit is 'n bietjie koliek," deel Mara haar mening. "Of tande," voeg Luna besorgd by en druk haar wysvinger liggies in Nunus se mond. Sy voel niks. Om eerlik te wees het sy nie 'n benul hoe tandekry moet voel nie.

"Nee," skud Mara haar kop. "Haar wange en tandvleis sou rooi en opgehewe gewees het," antwoord sy wys. Dit stel Luna gerus. Na 'n wyle raak Nunus rustig aan die slaap. Luna lê haar versigtig in haar bababedjie neer. "Kom, Mara, ons moet ook nou gaan rus, môre is groot dinge aan die gebeure."

Die son het skaars sy strale oor die koppie gegooi of Luna is uit die bed. Sy kry Mara in die kombuis. "Vir wat is jy so vroeg op?" vra Luna vriendelik as sy die kombuis binnegaan en by die tafel gaan sit. "Die kooi het klippe," mor Mara en skink vir Luna 'n sterk koppie koffie. Sy skuif die beskuitblik nader. Luna frons en kyk onverstaanbaar na Mara.

"Siem het 'n klomp dinge wat vandag gedoen moet word," verduidelik Mara. "Die groot hek moet geverf word, die gras moet tussen die plaveisel uitgehaal word en die bakstene moet weer behoorlik vasgestamp word waar dit losgekom het."

"Stadig, Mara," val Luna haar in die rede. "Dit is mý plaas en niks sal gebeur nie," paai Luna. "Die huis moet skoon kom, die skaapboud is gestop en in die oond en…," gaan Mara van vooraf voort. Luna hou haar hand in die lug. "Stop, Mara!" raas sy. "Alles sal goed verloop." Sy kyk haar streng aan.

Mara sug lank en diep en gaan sit langs Luna by die kombuistafel. Sy haal vir haar 'n beskuitjie uit die blik. "Eet is 'n goeie middel tot troos," sê Mara sugtend. "Hmmm," stem Luna saam en haal nog 'n beskuitjie uit die blik, self ook maar bra onseker oor die ontmoeting met haar ouers vanaand. Die res van die dag snel vinnig verby.

Dit is 'n skoon en netjies geklede groepie wat die besoekers angstig inwag. Luna stap haar ouers tegemoet nadat haar pa die Isuzu Hilander gestop het. Haar ma is sienbaar aangedaan as sy Luna groet en druk haar vir 'n oomblik langer teen haar vas. "Dit is aangenaam om jou terug te hê, my kind," groet sy.

Jan Barnard groet Luna strak deur haar vlugtig op haar wang te soen. Hy onderdruk weereens sy emosionele kant van die manlike geslag meesterlik om nie sy sogenaamde swakheid te wys nie. Tog voel hy in 'n mate aangedaan. "My dogter is tuis om haar pligte op die plaas op te neem. Dit vat verseker *balls,* of beter verstaanbaar – brute toewyding, wat min mans in elk geval het," dink hy trots en loop agter Luna aan.

Hulle kyk op na die voordeur waar Siem uitgevat in 'n swart pak klere en strikdas staan. Mara het 'n eenvoudige goedversorgde rok en pofskoentjies aan. Siem se arms hang gemaklik voor hom waar sy hande oorkruis bymekaar kom. Mara staan penregop met haar hande langs haar sye.

Luna merk dat haar pa onverhoeds gevang is en haak by Jan Barnard se arm in. Haar ma stap langs haar. "Pa…, ma…, dit is my mense," sê sy sag en ferm. Die erns van haar stem ontglip Jan Barnard nie. "Daarvoor is die hardkoppige Barnard trek hopeloos te sterk in Luna se bloed," dink hy aanmatigend en bestudeer die omgewing ongesiens terwyl hulle die res van die groep nader.

"Ontmoet Siem, my plaasbestuurder en Mara, my tuis-uitvoerendebestuurder," stel Luna hulle bekend en kan terselfdertyd bars van genoegdoening as sy die triomflike blik van Siem en Mara tergelyk opmerk. Jan Barnard kug saggies. Miems Barnard glimlag vriendelik en steek haar hand na Mara uit. "Bly te kenne, Mara," groet sy beleefd. Mara se verbaasde gesiguitdrukking is vir 'n oomblik sigbaar voordat sy Miems se hand met 'n welkome handdruk ontvang. "Bly te kenne, Mevrou," sê Mara vriendelik.

Daarna kyk Miems Siem stip aan as sy sy hand in 'n groet neem. "Ek is seker Luna kon nie vir 'n beter plaasbestuurder gevra het nie," komplimenteer sy hom opreg. Siem glimlag van oor tot oor en voel inderdaad welkom. Jan Barnard trek sy asem stadig in en blaas dit vinnig weer uit. "Bly te kenne, Mara, Siem," groet hy deftig strak en trek 'n skuins glimlag aan die eenkant van sy mond. "Luna moet nie te tuis raak met haar werkers nie," dink hy inderdaad en neem homself voor om dit dringend onder haar aandag te bring.

Met die verwelkoming agter die blad, stap die gaste die ruim sitkamer binne. Miems ruik die bekendheid van haar skoonouers se huis en komplimenteer Mara persoonlik vir die wonders wat sy aan die vertrek aangebring het. Mara glimlag tevrede. Siem verdwyn vinnig om die huis stoor toe, te bly om van sy warm pak klere ontslae te raak. Hy weet Mara sal vanaand vir hom 'n heerlike bord kos bring. Hy brand om die trok aan die gang kry en is min lus vir mense.

Miems stap deur die sitkamer na die woon- en eetkamer toe terwyl sy die inhoud daarvan met heimweë betrag. "Mara vat raak," dink sy ingenome. Jan Barnard het op die rusbank gaan sit en trek sy pyp uit sy broeksak. "Pa, nie in die huis nie," vermaan Luna sag en streng. "Gmpf," snork hy minagtend en sit sy pyp terug. Mara glimlag onderlangs.

Miems dwaal dieper die huis binne. Mara skarrel haastig in die kombuis om die borde warm te hou en die geroosterde skaapboud in netjiese stukkies te sny. Luna sluit by haar aan. "Hoekom het jy nie vir jou 'n plek aan tafel gedek nie?" raas sy sag langs Mara. Mara kyk haar hinderlik aan. "Want dis 'n familie *do*," antwoord Mara vinnig. "Jy is familie, Mara!" help Luna Mara reg en neem die elektriese snymes uit haar hande. "Toe-toe laat jy gaan," beveel Luna streng en wys in die rigting van die eetkamertafel.

Luna sny die skaapboud sonder versuim. Mara merk vir 'n tweede keer hoe akkuraat en vinnig Luna met 'n mes kan werk. "Verstommend," mompel sy sag en haal 'n ekstra bord uit die kombuiskas, maar moet vinnig keer om dit nie te laat val as Miems met Nunus in haar hande in die gang afgestap kom kombuis toe nie.

"Luna!" roep-waarsku Mara sag onderlangs deur haar lippe.

Miems glimlag en gesels liefies met Nunus totdat sy by Mara kom. "Is dit joune, Mara?" vra sy belangstellend. Stilte. Luna sit die elektriese snymes neer. "Nee, Ma, dis myne," antwoord Luna kalm en stap verby Mara na Miems toe. Mara staan agter Luna, gereed vir wat ookal mag kom. Luna mik om Nunus by Miems te neem, maar Miems hou die baba terug terwyl sy Luna onverstaanbaar aanstaar.

"Sy is die rede hoekom ek plaas toe gekom het," sê Luna ferm en deins nie terug vir die oomblik van waarheid nie. Miems is totaal verbysterd en kyk van Nunus na Luna. "Haar naam is, Nunus," gaan Luna ongehinderd voort en hou haar hand vir 'n tweede maal uit om Nunus by haar ma te neem. Weer weier Miems en druk Nunus stywer teen haar vas. Die gebaar was Luna nie te wagte nie.

"Wat gaan aan?" vra Jan Barnard wat intussen in die opening van die kombuis kom staan het. Miems draai om om Jan beter te sien. "Dis Luna se baba," antwoord Miems sag en onseker. Jan Barnard frons en gluur Luna verdwaas aan. Luna laat haar nie daardeur ontsenu nie. "Julle is Nunus se grootouers," sê Luna hardvogtig. "As julle dit wil wees," voeg sy by en gluur haar pa uitdagend aan.

"Luna!" roep haar pa geskok uit en moet hom beteuel of hy gee haar 'n oorveeg. Dit por Luna verder aan, wetend dat sy volmag het tot die plaas en haar eie lewe. Sy is immers die enigste erfgenaam. Dit is duidelik so gestel in haar oupa se testament in die kluis. Haar pa het geen houvas meer op haar nie. "As julle nie deel van Nunus se lewe wil wees nie, moet julle aanvaar dat ek ook nie deel van julle lewens kan wees nie," stel Luna die ultimatum en beslis daarmee Jan Barnard se lot.

Mara verdwyn ongesiens in die spens en knyp haar vingers

styf en bekommerd oorkruis agter haar rug. "Vandag gaan waters van waters geskei word," dink sy ontsteld as Genesis se eerstedag-skepping ongenooid haar gedagtes penetreer. Sy verlang sommer op dieselfde oomblik ook na die tyd toe die Here nog vir haar saak gemaak het. "Maar hoe kan 'n moordenaar dan nou die Here dien?" kla haar gewete haar weer opnuut aan en sy klik haar tong ekstra hard en vies agter in haar kieste.

Dit bring die drietal grootmense in die kombuis tot besinning. "Ek kan nie," sê Jan Barnard teleurgesteld en tree agteruit met sy hande in die lug en wil net omdraai om uit die huis te stap toe Miems se streng gedienstige stem hom tot halt roep. "Jan Barnard!" sê sy hard en beslis met Nunus styf in haar arms. "As jy vandag uit hierdie huis van Luna stap sonder om haar kind as jou eie kleinkind te aanvaar, kan jy maar my tasse laat bring, want my voete sal ek nie weer by jou aan huis sit nie!" Dit was die finale troefkaart wat Jan Barnard vir 'n derde keer, kort agtermekaar, van sy kosbare hoogmoed beroof het.

Jan Barnard stop in sy spoor, draai om en kyk Miems, heeltemal onkant gevang, aan. Miems se dreigement was hy nie te wagte nie. Luna staar haar ma openlik verbaas aan. Sy het Miems nog nooit teen haar pa hoor opstaan nie. Mara kug sittend op haar hurke in die spens en verskuif haar posisie om beter te kan hoor.

Jan Barnard stap gevaarlik nader aan Miems en gaan staan grootman uitgestrek voor haar. Hy kyk van Luna na Nunus en dan vir 'n strak wyle na Miems. Sy merk, tot haar verbasing, die weerloosheid in sy oë. Dit versag haar hart. "Is jy seker?" vra hy kalm. "Ja Jan, ek is," antwoord sy ewe kalm terug. "Ek stuur môre jou goed," sê hy gevoelloos en stap uit die huis.

Miems staar hom agterna. "Pa, asseblief?" keer Luna agter haar pa aan, maar die groot regop skouers loop voort na sy bakkie toe.

"Ma …" probeer Luna desperaat terwyl sy omkyk na haar ma toe. "Gee hom 'n dag of twee," antwoord Miems sag beheersd. "Mara is daar wyn vir die tafel?" roep Miems spens se kant toe. "Ma!" roep Luna geskok uit tussen die voordeur en die kombuis, nie seker wie die meeste hulle verstand verloor het nie. "Ja, Mevrou," antwoord Mara braaf uit die spens. "Dis 'n *damn* goeie rede vir 'n dop," dink sy en bring twee bottels wyn tevoorskyn.

"Kom ons gaan eet," nooi Miems as Mara by haar aansluit en stap vooruit eetkamertafel toe. "Dan vertel jy my hóé jy aan my kleinkind gekom het," gesels Miems al lopend en knik net vlugtig in Luna se rigting voordat sy aan die hoof van die tafel gaan sit.

Luna verstar. Sy gaan liggies aan die bewe en neem die bottel wyn by Mara wat op haar pad na die eetkamertafel toe is, draai die prop oop en sluk drie groottes. Mara kyk haar oopmond aan. Luna druk die bottel wyn terug in Mara se hand en neem die drie glase wat op die rak staan. Sy knik met haar kop in die rigting van die eetkamer en volg Mara daarheen.

Miems vryf moederlik oor Nunus se ruggie. Eintlik gee sy nie om hoe Nunus in hulle lewe gekom het nie, die feit van die saak is, sy was heimlik bang dat sy nooit oumaskap sou ervaar nie.

"Toe," por Miems die twee vroue aan en wag dat Mara die wyn skink. "Vol glase, Mara," beveel sy sag as die glase net die gebruiklike halwe merk haal. Mara gee nie om nie en maak die glase tot by die goue randjie vol. Miems glimlag tevrede en lig haar glasie vir Luna en Mara. Luna lig haar glasie. "Op

Nunus," klink sy die glasies en kyk hoe Mara 'n lekker groot sluk vat. Sy volg Mara se voorbeeld. "Op Nunus," mompel Luna en maak haar glasie vinnig leeg. Sy skink 'n tweede. Miems kyk bekommerd na Luna.

Mara kug en bring die geroosterde skaapboud in die kombuis, tafel toe. Sy plaas al die voorbereide eetgoed op die tafel en gaan haal Nunus se stootwaentjie. Luna verwelkom Mara se bedrywighede en sien toe hoedat Miems en Mara Nunus gerieflik in die stootwaentjie plaas. Dit gee haar tyd om te dink. Mara hou Miems se aandag so gevange met al die bedrywighede op die plaas dat Miems se glasie ongemerk vinnig sak. Mara skink 'n tweede vir haar en Miems en stoot die skaapboud nader aan Miems. Miems skep haar bord middelmatig vol. Sy lag gemaklik vir Mara se stories. Luna lag saam. Sy het haar ma selde so ontspanne gesien. Mara en Miems se glasies word beurtelings opgevul totdat Mara, tot haar ontsteltenis, vir Siem in die stoor onthou.

Mara haas haar na die kombuisdeur toe en gee 'n lang uitgestrekte fluit sodat Siem uit die stoor nael om te kom kyk wat aangaan. "Jy's gesuip!" raas hy ontsteld as Mara sy bord kos aan hom oorhandig. "Soooo," sê Mara skouerophalend en trek haar wenkbroue vermakerig skeef oor haar voorkop. "Ag, sies man!" raas Siem en loop kop onderstebo terug stoor toe met 'n stuk skaapboud sonder groente of vleissous in sy bord. Hy klik sy tong ontsteld.

"Mara, gaan klim in die bed, ons kan môre opruim," stel Luna voor en help haar ma terselfdertyd na haar kamer toe. Sy trek haar ma se skoene uit en laat haar gerieflik op die bed lê. Sy sal kort-kort inloer, onderneem Luna. "Ek is in elk geval die nugterste van almal," dink sy effens lighoofdig, maar gelukkig. Nunus se verhaal is vir eers vergete.

DERTIEN

Theuns druk ongeduldig die Mahindra se toeter as hy by die groot hek van Luna se plaas stop. "Iemand steel my trekker se parte!" skree Theuns kwaad van die hek af. Luna haas hek toe. Sy druk haar vingers weerskante van haar slape om die kloppende hoofpyn te verlig. "Babalas?" vra Theuns geamuseerd en vergeet van sy woede. Hy lag spottend. "Moenie vir jou stupid hou nie," verdedig Luna kortaf en merk Siem vlugtig by die stoor op waar hy om die hoek van die sinkgebou loer.

"Vir wat soek jy jou trekkerparte by my?" skel Luna as sy onthou wat die doel van Theuns se besoek is. Sy is in elk geval nie lus vir die man se geneul nie. "Dis net snaaks dat daar van aldrie die New Holland trekkers by jou pa parte kort, maar die Landini is ongestoord. Het jou oupa nie 'n New Holland gehad nie?" vra Theuns agterdogtig.

Maar voordat Luna kan antwoord kom Siem rustig om die stoor gery met die ou, nou werkende, New Holland trekker. Die roterende snyer netjies aan die hak gekoppel. Theuns verstar voordat hy in ongeloof na die transformering van die ou New Holland staar. Sy blik wissel vlugtig tussen Siem en Luna. Hy lek kwaad oor sy droë lippe.

Luna kyk om. "Verseker die enigste ou op die plaas wat nie babalas het nie," dink Luna komies en staar Siem self in ongeloof aan. Die kloppende hoofpyn erg hinderlik. Sy draai terug na Theuns en merk die onderdrukte rooi-woede op sy gelaat. Dit skep 'n genotvolle gevoel by haar. "Dit lyk my my oupa se trekker is toe *after all* in 'n werkende toestand," sê sy sarkasties en glimlag vermakerig.

Theuns kyk haar kil aan. Luna stoot haar ken uit en gluur hom ewe vyandig terug. Miems trek die gordyn voor haar kamervenster weg. Theuns merk Miems by die venster en besluit om te ry. Hy draai om, maar voordat hy die bakkie bereik, volg die Landini kort op Siem se hakke - Mara agter die stuur. Luna knip haar oë in verdere ongeloof en merk dat dié ook 'n roterende snyer aan die hak het. Vir 'n tweede keer verstar Theuns se gelaat. Mara lyk erg babalas en drink 'n slukkie groen doepa as sy verby Luna ry.

"Theuns!" roep Miems onverwags van die voordeur af. Luna draai om. Miems stap met Nunus in haar arms hek toe en gaan langs Luna staan. Dit is duidelik dat Miems self 'n kloppende hoofpyn het. Sy trek haar oë skrefies en hou haar hand bak oor haar voorkop om die skerp lig uit haar oë te hou. Theuns het intussen nader gestap. Hy groet Miems beleefd en staar haar strak aan, nie naastenby 'n idee wat om te dink nie. Miems lyk onversorg.

"Theuns, die New Holland trekker is op die inventarislys van Luna se Oupa se boedel en die Landini trekker gaan ten einde ook Luna se erfgoed word. So waaroor die bohaai?" vra Miems kalm tog ferm. Sy laat haar hand laer oor haar voorkop sak. Theuns is vir 'n oomblik stil. Luna kyk haar ma rustig aan. Sy verberg haar verbasing terwyl sy Miems se innerlik krag terselfdertyd bewonder. "Ek verstaan, Tannie Miems," antwoord Theuns koel. "Ek is net nie seker of oom Jan dit so sal aanvaar nie," voeg hy by. "Ons sal dit hanteer as hy hier kom," antwoord Miems en glimlag sag. Hulle groet en Miems stap rustig met Nunus terug huis toe.

Theuns kyk Miems agterna, klim in sy motor en ry

ingedagte op die tweery-spoor terug na Jan Barnard se plaas. Miems verdwyn in die huis. Luna staan nog by die hek. Sy kyk oor die plaas en merk dat Siem een ry tussen die bome sny en Mara die ander ry langs hom. Sy skud haar kop liggies terwyl sy die gebeure van flussies herdink en stap huistoe. "Elke dag iets nuuts," dink sy en druk weer hard teen haar lastige kloppende slape.

"Luna, kom drink jou koffie en eet beskuit!" roep Miems toe Luna die voordeur opknip trek. Luna gaan stil by die kombuistafel sit. Sy tel die bottel met groen mengsel op. "Mara se doepa?" vra sy sonder veel belangstelling. "Ja," antwoord Miems laggend en knoop die voorskoot oor haar gekreukelde rok agter haar rug vas.

Die eetkamer tafel is nog net so deurmekaar met die wynbottels en glase daarop. Miems merk Luna se bleek gesig en sit 'n glas met Mara se brousel voor haar. "Probeer dit," beveel Miems aan. Sy stoot Nunus se stootwaentjie tot by die wasbak waar sy 'n ogie oor Nunus kan hou terwyl sy die kombuis en eetkamer opruim.

"Toe, Luna, jy't 'n boerdery om na om te sien," moedig Miems Luna aan sodra sy merk dat Luna haar koffie, beskuit en twee hoofpynpille saam met Mara se mengsel afgesluk het. Luna kyk haar ma rusteloos aan.

"Ma, dinge gebeur vinnig hier op die plaas," sê Luna sag samehangend. "Wat sê jy eintlik, Luna?" vra Miems jammerlik. "Pa en ma," antwoord Luna, nie seker wat om te sê nie. Sy dink aan die voorval die vorige dag met Jan Barnard. "Luna-kind, ons het almal keuses...," sê Miems en hang die vadoek langs die wasbak op. Sy trek die stoel langs Luna uit. Sy merk dat Nunus rustig slaap.

"Wie neem jy die meeste in ag as jy 'n besluit neem?" Luna

kyk onseker na Miems, maar voordat sy kon antwoord gaan Miems voort. "Hoekom het jy plaas toe gekom, Luna?" dring Miems op 'n antwoord aan. "Vir Nunus," antwoord Luna sag en ontwyk Miems se blik. "Alles wat jy doen en nog gaan doen is vir Nunus. Dit is wat ouers doen," sê Miems moederlik en sit haar hand moedig op Luna se arm. Luna kyk vlugtig op en ontmoet haar ma se sagte gelaat. "My keuse is om hier by jou en Nunus te wees." Miems bly vir 'n oomblik stil terwyl sy lieftallig na Luna kyk. "Jou pa se keuse was om te gaan. Gee hom 'n paar dae kans. Hy sal 'n manier vind om dinge weer reg te maak," troos Miems.

Luna knik haar kop liggies en vee 'n verdwaalde traan met die agterkant van haar hand af. Sy snuif saggies. "Haar ma was nog altyd die buffer tussen Jan Barnard en haar," dink Luna bewoë. Sy druk haar ma se hand wat nog op haar arm rus, liggies. "Ek is bly ma is hier," erken Luna en staan vinnig op, erg ontroerd. Sy stap badkamer toe, spoel haar gesig vlugtig af en loop na haar studeerkamer toe nadat sy haar emosies weer onder beheer het. Sy stoot die stoel onder haar lessenaar in en skakel die plaaslike koöperasie.

Sy bestel genoegsame diesel vir die plaas en reël dat hulle aflewer. Daarna haal sy die lêer met haar oupa se testament uit die kluis. Sy bestudeer die inventarislys. "Siem moet uitgooi wat ons nie gaan gebruik nie. Ons kan dit op die veiling verkoop," dink sy en merk af wat sy dink Siem moet oorweeg om te verkoop.

Die boerdery is voldag aan die gang met altwee trekkers in die boorde. Dit skep 'n gevoel van genoegdoening by Luna. Mara lyk gehawend gebrand deur die son, maar tou opgooi is min. Luna los Mara tussenposes op die trekker af. Siem wil nog 'n stuk land voorberei om voer te plant vir die beeste wat hulle onderneem het om te koop. Miems neem Nunus se versorging oor.

"Het jy gif bestel vir die bome?" skree Mara bo die trekker se geraas uit. "Siem moet spuit!" hoor sy Mara se skril stem. "Ja!" knik Luna, nog nie seker hoe hulle die boorde gespuit gaan kry nie. Sy het haar pa nie weer gesien nie en haar ma se persoonlike goed is ook nie oorgestuur nie.

Luna hoor Nunus huil as sy die huis binnestap. Miems druk haar wysvinger liggies in Nunus se mondjie. Sy trek haar bo- en onderlippie effens oop. Nunus se mondjie kwyl. "Haar onderste tandvleisie is rooi en geswel," sê Miems en vryf haar vinger aan haar voorskoot af. Luna tel Nunus besorgd uit haar stootwaentjie uit. Sy sus Nunus saggies en troos moederlik. Nunus se wange is rooi. Miems smeer heuning op Nunus se onderste tandvleisie. "So ja, Ouma se kleinding. Dit sal help vir die eina," troos Miems. Luna staar Miems dankbaar aan. "Snytande," sê Miems betekenisvol en sit Nunus se koue waslappie in haar handjie sodat sy daaraan kan kou. Sy neem Nunus by Luna.

"Hoe vorder julle in die boorde?" vra Miems belangstellend. "Goed," antwoord Luna trots. "Ek sien Siem het die buitekamer uitgeverf en die stort reggemaak," gaan Miems onverpoosd voort. "Ja," antwoord Luna en gaan sit op die gemakstoel by die tafel. "Hy sê 'n plaasbestuurder kan nie in 'n stoor bly nie," lag Luna. "Hy's handig," stem Miems gemoedelik in. "Ek het gedink om Mara vanaand uit te klits met haar eie slaap *remedy*," deel Miems haar voorneme met Luna. "Ja," antwoord Luna. "Sy mag dit dalk nodig hê." glimlag Luna, wetend wat 'n diep rus na drie dae op 'n trekker vir 'n mens kan beteken.

Nunus raak slaperig in Miems se arms. Luna neem haar by

Miems en stap kamer toe. Sy lê Nunus by haar op die bed en klop liggies op die agterkant van haar doek. Nunus veg nog 'n klein rukkie teen die slaap voordat sy rustig en diep asemhaal en uiteindelik slaap. Luna vleg Nunus se klein pofhandjie en vingers liggies deur hare. Sy verwonder haar opnuut aan die volmaaktheid van die klein mensie. Dan trek Luna 'n kussing nader en stut dit onder haar kop.

Die trekkers se gedreun in die boorde stil haar gemoed. Sy verwelkom die wete dat Miems by haar aan huis is. "Nie lank van nou af nie gaan die huis gevul wees met gekookte kos," dink sy lomerig. "Siem moet saam gaan vandisie toe," drentel haar gedagtes voordat sy wegsink in 'n rustige middagslaap.

VEERTIEN

Luna voel gelukkig as sy deur die boorde saam met Siem in die ou 1951 Vintage trok ry. Siem gesels een strook deur en wys met trots hoe skoon die rye tussen die lemoenbome is. "Die reën moet nou kom sodat ons 'n goeie oes kan hê," sê hy geesdriftig. Luna luister na sy opgeruimde luim. Dit is aansteeklik en sy glimlag tevrede saam. "Ek wens Oupa was hier om al die bedrywighede te sien," dink sy heimlik.

Siem ry na 'n ander gedeelte van die plaas toe. "*Mam* Luna, ek wil weiding hier plant," deel hy sy voornemende planne en wys met sy hand oor 'n groot stuk oop grond. Luna knik ingedagte.

"Siem, wie gaan jou help met die boerdery?" kan Luna nie verhelp om te vra nie. Jy kan nie Mara gebruik nie," voeg sy streng by. "Ek weet, *Mam* Luna," antwoord Siem laggend. "Ek het Mara teruggejaag kombuis toe. As dit reg is met *Mam* Luna sal ek ons kleinboetie uit Napier laat kom …," skimp hy en kyk Luna hoopvol aan.

Luna kyk vir 'n oomblik weg, bekommerd oor die spoor wat na haar plaas toe mag lei as gevolg van Mara se geskiedenis en die nagevolge wat dit vir haar kan inhou. Siem voel haar onrus aan. "Jakkels boer op 'n proteaplaas. Hy kan saam met die trok ry na die Kaapse mark toe, dan kan hy **Intercape** vat tot in die dorp, *Mam* Luna. Ons ouers is albei dood en die klong is alleen daar," probeer hy weer, gevul met afwagting.

"Goed, Siem, ek sal jou sê wanneer ek reg is," stem Luna na 'n rukkie in. "Maar ek soek geen kleintjies hier op die plaas nie," voeg sy streng by. "Dis reg, *Mam* Luna. Ek sal hom dit goed laat verstaan. As hy wil kleintjies teel, moet hy teruggaan Napier toe." sê Siem ernstig en kyk strak voor hom in die pad, self nie lus vir 'n klomp kleintjies op die plaas nie. Hy stop by die hek en wag dat Luna uitklim. Luna loop vinnig en regop huis toe. Haar gedagtes by die boerdery.

"Luna, kan jy my huis toe neem ek wil my kar en 'n paar kledingstukke gaan haal?" hoor sy Miems uit die kombuis praat. Luna stap fronsend kombuis toe. Sy kyk onseker na Miems. "Is ma seker dit is wat ma wil doen?" vra sy besorgd. "Ja, Luna," antwoord Miems ongeërg. Luna sug en neem haar karsleutels van die hakkie af. "Behalwe as jy my nie hier wil hê nie, Luna," voeg haar ma met 'n verspotte trek op haar gelaat by en vee haar hande aan haar voorkoot af. Sy ontknoop haar voorskoot terselfdertyd agter haar rug los. Sy glimlag vir Luna. "Kom hartjie dat ons ry," sê sy en stap voordeur toe. Luna volg haar.

Die groot herehuis se voordeur staan oop as Luna haar motor voor in die rylaan stop. "Jy kan maar ry, Luna," sê Miems bevelend. "Jy het baie om te doen op die plaas en Nunus is alleen by Mara." Miems maak haar deur oop en klim uit die kar. "Ek kry net 'n paar goed dan is ek daar," stel sy Luna gerus en maak die motordeur agter haar toe. Luna trek stadig weg as Miems die huis binnegaan. Die hele ding met Jan Barnard verontrus haar.

"Wat maak jy hier, Miems?" wil Jan Barnard weet as Miems by die voordeur instap. Hy sit in sy gemakstoel deur die Landbouweekblad en blaai. "Dis my huis ook, Jan," antwoord sy. "Ek kom net 'n paar goed haal," sê Miems strak.

"Ek sal die kind aanvaar as julle vir my 'n geboortesertifikaat bring," eis Jan effens onbeskof. "Luna, sal dit doen op haar tyd," antwoord Miems ewe ongeskik terug en stap deur die ruim woonvertrek. "Gmpf," snork Jan Barnard hard minagtend vanuit sy gemakstoel. "Ek weet nie eers wie die pa is nie. Een of ander lieplapper, skorriemorrie… of fortuinsoeker!" roep hy hard verontwaardig uit en volg Miems met 'n woedende blik.

Miems draai kwaad om en kyk hom koud en uitdagend aan. Haar hande in haar sye. "Is dit wat jy van ons dogter dink, Jan Barnard?" vra sy teleurgesteld en gluur hom met afsku aan. "Het jy vir een oomblik gedink waar ons was toe Luna se nood op haar hoogste was?" vra Miems en kyk Jan Barnard kwaai aan. Haar vreemde houding ontstig hom vir 'n oomblik en hy staar stip na haar. "Ek is nie meer lus vir jou befoeterde buie nie, Jan," sê Miems sag en beslis. Sy stap slaapkamer toe.

"Wat sal die mense sê?" dink hy omgekrap en volg Miems gedwee. "Die mense gaan praat, Miems," probeer hy op 'n sagter toon, maar wyk nie van sy knorrige houding af nie. Hy voel verontreg. Miems loop aspris vinnig onder hom uit tot in die kamer.

"Liewe allemiskis!" dink sy, "vir jare hou ek my mond! Ja-en-amen op al Jan Barnard se giere! Genoeg is genoeg!" En met hierdie gedagtes bars die bom vir die eerste keer in Jan Barnard se huishouding toe hy hom tromp-op teen Miems se wysvinger, wat ferm teen sy groot harige mansmensborskas druk, vasloop net toe hy hulle slaapkamer binnegaan.

"Nou luister jy vir my, Jan Barnard!" sê sy kortgebonde. "Jou dogter," kners sy deur haar tande, "het meer *guts* in daardie klein lyfie van haar as wat jy óf jou plaasvoorman met julle buffelagtige bombastiese-houding ooit kan hê!" sê sy kil en gevaarlik kalm, onkant gevang deur haar eie waaghalsige houding. Sy laat sak haar hand langs haar sy. "Jy is 'n goeie man en pa, Jan. Maar jy is besig om jou eie mense van jou af weg te dryf en daarmee kan ek nie saamleef nie," voeg sy sag en beslis by.

Jan kyk haar oorbluf aan en Miems merk die verbysterde kyk in sy oë. Sy stap sydelings by hom verby na haar hangkas toe, tevrede met haarself. "Jan Barnard se ego is gekwes," dink sy stil en haal 'n paar kledingstukke uit. Sy neem die tas bo van die kas se rak af.

"Bring maar net die geboortesertifikaat," mompel Jan afgehaal en stap uit die slaapkamer. Miems voel oorbluf en teleurgesteld. Sy antwoord nie en pak tydsaam in.

Dit is middernag toe Luna van die gewone nagmerrie wakker skrik. Sy is nat gesweet. Miems drafstap bekommerd Luna se kamer binne en vind haar waar sy regop in die bed sit met haar gesig in haar hande. Sy snik saggies. Miems sit haar hande om Luna en trek haar vertroostend nader. Sy laat Luna begaan as sy teen haar bors opkrul en saggies huil. Na 'n wyle is Luna kalm. Miems staan stil op en stap kombuis toe. Sy maak vir Luna 'n sterk koppie koffie en neem dit kamer toe.

Luna het intussen haar gesig gaan was en Nunus se bottel vir haar gegee. Sy kyk hoedat Nunus haar bottel rustig drink met die doek onder die bottel ingevou. Nunus kreukel die doek oor haar gesiggie en tussen haar bottel en armpies terwyl sy drink. Sy kreun genotvol as sy sluk. Dit bring rustigheid by Luna. Sy draai om as Miems die kamer binnekom en neem haar koppie koffie en bly staande drink. Miems kyk liefdevol na Luna soos wat net 'n ma kan doen. Dit maak Luna se hart week. Sy glimlag stil.

Luna verstar meteens as sy 'n naderende gedreun van 'n trekker in die boord hoor. Sy gee haar halfgedrinkte koppie koffie aan Miems en trek die gordyn opsy. "So wragtig. Daar is ligte in die boord," sê sy fronsend en fokus op die ligte. Die John Deere trekker kom al hoe nader en Luna eien onmiddellik die drywer as die maanlig vol op sy gesig val. Siem is aan die stuur en maak 'n netjiese draai met die gifstof-spuitmasjien wat op die planter van die John Deere trekker aangebring is. Hy stuur die trekker behendig in die volgende ry van die lemoenbome in. Agter by die gifstof-spuitmasjien sit 'n vreemde gedaante wat van kop tot tone in een-of-ander vorm van plastiek toegedraai is. Hy skakel die gifsproeiers af voordat Siem draai en dan weer aan sodra hulle met die nuwe ry begin. Dié het 'n sweishoed op om hom te beskerm teen die gifwalms. Luna kan haar oë nie glo nie.

Mara kom Luna se kamer binne. Luna draai om. "Weet jy iets hiervan?" wil Luna onmiddellik weet. "Die boorde moet in die nag gespuit word," antwoord Mara niksseggend en nog deur die slaap. Luna blaas deur haar neus en gooi haar hande magteloos in die lug. Sy gryp haar japon. "Jy kan nou niks in die boorde gaan maak nie, Luna!" keer Mara vinnig. "Jy gaan net vir Siem en sy pel ophou. Hulle moet klaarkry!" vermaan Mara en laat Luna in haar spore stop. "Jy beter verduidelik, Mara!" raas Luna kwaai en stap vooruit kombuis toe. Miems bly agter by Nunus en trek haar wenkbroue betekenisvol op as Mara haar een kyk gee. Mara besef sy sal haar storie moet ken, want Luna is hoog die moer in soos wat Siem dit sou sê.

"Waar het julle die John Deere gekry, Mara?" vra Luna kwaai. "Op die buurplaas na Malelaan se kant toe," antwoord Mara strak. "Gesteel?" vra Luna op dieselfde kwaai toon. "Nee, geleen," antwoord Mara skugter. Luna wil onplof. "Mara, weet jy wat dit kan beteken?" vra Luna erg ontsteld. "Ja," antwoord Mara en vou haar arms voor haar bors. Luna staar kwaai na Mara.

"Siem het met die opsigter van die buurplaas opgepêllie, hulle gaan vir twee nagte die boorde spuit en Siem betaal hom met die *scrap* wat jy gesê het hy moet verkoop. Dit is mos nie steel nie?" verdedig Mara en staar self nou omgekrap na Luna.

Luna sug nog 'n slag. Sy stap om die ketel aan te skakel vir 'n tweede koppie sterk koffie. "Weet die eienaar?" vra sy na 'n wyle, minder kwaad. "*Offcause* nie," antwoord Mara onthuts. Luna bly by die ketel staan. Sy oordink die situasie noukeurig, skakel dan weer die ketel aan, klaar vergeet dat dit alreeds gekook het. "As daardie plaasboer hier opdaag is julle ge*fire*," sê Luna sag en streng, wetend dat die lenery haar eintlik gunstig pas. "Die boer is nie daar nie," sê Mara en help Luna om die koffie-makery klaar te kry. Sy sit drie bekers langs die ketel. "Slaap is nou *totally* vergete," dink sy omgekrap en trek die blik beskuit nader.

VYFTIEN

"Hoe kan ma nog Bybel lees as dinge hier so rof gaan?" vra Luna gespanne as sy Miems in die sitkamer aantref met Nunus op haar skoot. Miems kyk van haar leesstof af op en maak die Bybel tydsaam toe. Sy glimlag betekenisvol. "Wié dink jy hou die rowwe dinge aanmekaar?" antwoord Miems met 'n sagte trek om haar mond. Luna gaan sit op die stoel naaste aan Miems. Sy blaas haar asem lank uit en voel hoedat dit effens verligting gee aan haar spanningvolle nek en skouers.

Sy kyk Miems stil aan. "Sagte hart en 'n stil gees," dink sy bewonderend. "Ten minste sal Nunus die regte waardes leer onder ma se invloed," sê sy tevrede, bewus daarvan dat Miems saans afsonder.

"God vereis volkome toewyding wanneer ons bid." sê Miems asof sy Luna se gedagtes kon lees. "Hy vereis mense met blymoedige harte deur wie Hy Sy doelwitte en planne rakende ons almal kan uitwerk," voeg sy matig by. Miems se voorkoms is sag as sy Luna met die wyse woorde inspireer. Sy kyk Luna met deernis aan en vir die soveelste maal is Luna dankbaar vir haar ma, vir wié sy is.

Miems het die vorige dag haar skoonma se naaldwerkmasjien uitgehaal met die gedagte dat sy bedags naaldwerk kan doen as Nunus rustig is. "Luna, ek wil in die week dorp toe gaan om materiaal te koop. As dit reg is met jou?" sê-vra Miems. "Ons gaan môre veiling toe," antwoord Luna. "As ma dalk die dag daarna kan gaan…?" vra sy hoopvol. "Dis goed. Ek sal by Nunus bly," bied Miems aan. "Ek het gehoop ma sou," erken

Luna verlig.

"Gaan Mara saam?" vra Miems. "Nee," antwoord Luna vinnig. "Dis beter as Mara uit sig bly," dink Luna heimlik. "Die John Deere al terug?" vra Miems belangstellend. "Ja," antwoord Luna duidelik verlig en staan van haar stoel af op. "Daardie trekker het my slapelose nagte besorg," lag Luna en stap kombuis toe.

"Siem!" roep Luna as sy by die agterdeur uitloop stoor toe. "Siem is by die kraal!" lig Mara Luna vanuit die kombuis in. Luna stap haastig na die ou beeskraal toe. Sy is dadelik beïndruk as sy Siem se handewerk sien. Die kalwerkubieke is netjies ingerig met misafvoerdreine. Sy stap stadig langs die gegroefde stegies verby en merk dat die skoonmaakproses prakties genoeg is vir gesondheidsdoeleindes. "Dit behoort selfs beserings te voorkom," dink sy. Sy weet dat kalwers daarvan hou om aan mekaar se ore te suig. "Die kubieke sal dit verhoed," glimlag sy tevrede.

"Siem, het jy vantevore met beeste geboer?" vra Luna belangstellend. "Nee, *Mam*," antwoord hy eerlik. Luna hou hom onderlangs dop. "Mara bring vir my boeke uit die oubaas se versameling, soos sy dit sê, dan lees ek in die aand," voeg hy by en merk Luna se verbasing. Sy knik goedkeurend. Dit stel hom op sy gemak. "Is jy reg vir môre?" vra sy terwyl sy die kraal verder bestudeer. "Ek's reg, *Mam* Luna," verseker hy haar met 'n groot glimlag. Luna kan nie verhelp om ook te glimlag nie. Sy stap tevrede terug huis toe.

Dit is dou voor dag as Siem met die Vintage trok en sleepwa geduldig by die hek vir Luna sit en wag. Luna gryp haar denimbaadjie van die stoel af. Sy het alles wat sy nodig het in die denim se binnesak gesit. 'n Onverklaarbare opgewondenheid oorweldig haar. Sy soen 'n slapende Nunus liggies op haar wang. Miems staan in die voordeur om haar af te sien. "Dit sal goed gaan," sê sy as Luna glimlaggend verby haar stap. Luna draai onverwags om en druk Miems vlugtig teen haar vas. "Ek weet," sê Luna tevrede.

Hulle ry in stilte vandisie toe. Siem parkeer naby die laaibank en sorg dat hy kort agter Luna loop as sy deur die rye beeste se kampe stap. Haar oog val op 'n stuk van ongeveer twintig Hereford-kalwers. "Ongeveer drie- tot vyfdagoud," hoor sy die man langs haar sê. Sy kyk om. "Dag, Theuns," groet sy beleefd. Hy buig sy kop effens na vore en raak die rand van sy hoed vlugtig met sy wysvinger aan as hy haar groet. "Gaan jy bie?" vra sy belangstellend. "Ek mag dalk," antwoord hy. "Ek wil my vleisrasse aanvul," voeg hy by. Luna voel teleurgesteld. "Vandag bie ek jou onder die tafel in," dink sy opstandig en kry koers na die hoenderhokke toe.

"Siem, het ons plek vir hoenders?" vry sy in 'n ligte luim. "Ons maak plek, *Mam*," antwoord Siem opgewonde. "Nou kom ons kyk wat die veiling inhou," sê sy. "'n Gemengde boerdery is ook welkom," dink sy. Die boerbokke trek haar aandag en sy stap belangstellend daarheen. Sy merk terselfdertyd haar pa by die groot Afrikanerbul. Sy klim nuuskierig op die eerste dwarsbalk van die boerbokkies se hok om Jan Barnard beter te kan sien. "Hy stel wragtig belang in die bul," mompel sy fronsend.

Jan Barnard kyk onverwags om opsoek na Theuns. Luna buk vinnig laer af sodat hy haar nie kan sien nie. Siem sak op dieselfde oomblik op sy hurke. "Siem kyk hy nog hierdie kant toe?" vra-fluister Luna na 'n kort oomblik kop onderstebo, na waar Siem vlak onder haar skuil. "Ek kan nie sien nie, *Mam*," fluister hy en strek sy bolyf 'n bietjie langer uit om Jan Barnard beter in sig te kry.

"Hmmm, teelpotensiaal…," hoor Theuns André Jört sugtend langs hom sê en kyk nuuskierig om na waar sy broer deur die verkyker staan en kyk. Theuns frons. "Nee man, die bul is meer regs," help Theuns André reg en knik met sy kop in daardie rigting. "Ek sal eers kom boer as ek afgetree het," mompel André onderlangs en hou sy verkyker stip op die onderlyf van die jong boervrou wat 'n ent verder, oorkant hom, oor die bokreling hang.

"Jy wil nie met daardie steekdoring deurmekaar raak nie," help Theuns André vinnig reg. "Sy boer op die buurplaas langs joune," lig Theuns hom verder in. "Haar pa is die beduiwelde Jan Barnard," voeg hy waarskuwend by. "My baas!" eindig hy snipperig en blaas afkeurend deur sy neus. "Barries?" vra André verras terwyl hy die verkyker nog 'n slag oor Luna se agterstewe gooi. "Ja," antwoord Theuns. "Ek werk sy plaas," sê hy ietwat afgehaal. "Hmmm," mompel André 'n tweede maal, verras deur Theuns se inligting. Hy frons liggies.

"Het sy geërf by haar oupa?" vra André niksseggend en stap na die kalwers se afdeling toe. "Ja," antwoord Theuns bekommerd. "Ek was agter daardie stuk grond aan weet jy?" erken hy openlik teleurgesteld. "Maar kom ons wag totdat sy uitboer," voeg Theuns hoopvol by.

Die veiling het begin. Luna se bot op 'n paar jong *Hyline* lê-hoenders is toegestaan. Siem kan kwalik sy opgewondenheid beteuel. Hy ken hoenderboerdery. Hy wag dat die belangstellendes om hom aanbeweeg na die melkbeeste toe voordat hy met die vorige eienaar onderhandel om die draadhok saam met die klompie hoenders te neem. Hy kan skaars sy geluk glo toe die man sy hande in die lug gooi, "neem die hele spul, ek's klaar met hoenderboerdery!"

"Het jy nog?" vra Siem blinkoog. "Nog 'n paar skropkuikens

op die plaas," bevestig die man. Dit vat nie lank voordat Siem sy kontakbesonderhede in sy sak druk nie. "Besigheid is besigheid," kloek hy opgewonde binnensmonds en slaan sy hande saam van geluk.

Luna hou Theuns en Jan Barnard in die oog as sy by die belangstellendes om die Hereford-kalwers saambondel. Sy beweeg tot voor die afslaer om seker te maak hy sien haar. "Eerste bot?" vra die afslaer belangstellend en kyk oor die groep kopers. "Gaan ons stuk-stuk bie?" vra Theuns vir die Afslaer.

Die afslaer wag dat hy almal se aandag het voordat hy antwoord. "Is julle tevrede as ons vyf-stuk indeel?" vra hy. Die manne skud hulle koppe tevrede. Die eerste vyf kalwers word uitgekeer deur die helpers in die hok. Dan word daar 'n houtafskorting tussen die twee groepe kalwers aangebring. Die helpers staan opsy sodat die kopers die kalwers deeglik kan beskou.

Luna kyk vlugtig na die kondisie van die kalwers naaste aan haar. "Een lyk maar effens maer, dalk skittery," dink sy en besluit om die eerste bot in te sit. Theuns jaag haar bot moedswillig op. Sy sug bekommerd. Dis net sy en Theuns wat bie. "Die pryse skiet gevaarlik die hoogte in," dink sy geïrriteerd en gluur Theuns boos aan. André hou haar belangstellend dop. Haar koppige houding fassineer hom.

Jan Barnard bepeins die spulletjie en sit 'n bowervagte bot in. Almal raak stil. "Eerste bot, tweede bot, derde bot …, Oom Barries die kudde is joune," glimlag die afslaer tevrede. Jan Barnard verskaf sy kopersnommer. Die afslaer se assistente teken dit op haar lys aan en die volgende vyf kalwers word afgeskort.

Die volgende twee groepe kalwers is in uitstekende kondisie. Die bot word op altwee die groepe aan Jan Barnard toegestaan.

Hy verloor sy belangstelling as die laaste vyf kalwers agterbly en stap weg. Theuns volg hom. Die meeste van die kopers stap afgehaal weg. Die afslaer vra die verkoper wat sy beste prys sal wees vir die vyfstuk. "Tweeduisend vyfhonderd vir al vyf," antwoord die verkoper. Luna is die enigste oorblywende koper. Die afslaer vra of sy tevrede is met die prys en die transaksie word beklink as sy haar kop tevrede knik.

"Die kalwers lyk gestress," dink sy effens afgehaal. "Maar dit is 'n begin," bemoedig sy haarself. "Siem bring die trok. Ek gaan solank betaal, ek sien die koperslys is kantoor toe," beveel sy kortliks en stap aan kantoor toe. André haal sy voet van die reling af. "Gee die kalwers Biomel-plus-Kolostrum wat met water aangemaak is. Dit dien as volledige biesmelkvoeding," beveel hy aan as sy verby hom stap. Sy aarsel vir 'n oomblik en kyk op. "André Jört, bly te kenne," stel hy hom kortliks voor met 'n knik van sy kop, draai om en stap na sy bakkie toe. Sy staar hom vir 'n oomblik agterna en stap verder.

Luna merk Jan Barnard onmiddellik op as sy die kantoor binnestap. Hy staan by die toonbank. "Hallo, Oom Barries," groet die kassiere vriendelik. Oom betaal vir die bul en 15 Hereford-kalwers?" vra sy. "Ja, Nooi," antwoord Jan Barnard en haal sy beursie uit sy broeksak. Luna wag geduldig dat hy sy kwitansie ontvang en staan dan nader aan die toonbank. Jan Barnard draai om en merk haar op.

"Siem moet al die kalwers laai," sê hy kortaf. "Pa?" vra Luna onverstaanbaar. "Jy moet meer selfversekerd bie," raas hy sag langs haar. "Theuns sit jou ore aan," sê hy ontevrede. Luna kan haar ore skaars glo. Sy staar Jan Barnard onseker en terselfdertyd verbaas aan. "Dis nie verniet nie, Luna" voeg hy streng by. Jy gaan my terugbetaal," sê hy ferm. "Ja, Pa. Dankie, Pa," stamel sy sag, nie seker wat om van sy goedhartigheid te dink nie.

Jan Barnard kyk haar vir 'n oomblik strak aan voordat hy uit die kantoor stap. Sy hoor hom een of twee bekendes groet voordat hy uit sig verdwyn. Sy betaal vir die hoenders en die oorblywende vyf kalwers en stap ingedagte laaibank toe.

Sy is verras as sy Jan Barnard by Siem opmerk, besig om toe te sien dat Siem al die kalwers op die sleepwa laai. Hy skuif die gegroefde stegies styf teenmekaar sodat die kalwers nie op die wavloer gly nie. Siem glimlag breed as hy haar sien.

Jan Barnard groet kortaf deur sy kop vlugtig in Luna se rigting te knik voordat hy koers vat na Theuns toe wat besig is om die bul op die trok te lei. Luna glimlag beskeie en doen dieselfde. Sy merk vir 'n blik van 'n oomblik die trotse kyk in haar pa se oë en sy weet instinktief, Jan Barnard se skynbare hardvogtigheid was en is nog maar altyd net 'n skans. Sy hart is week vir Luna, maar wit is wit en swart is swart.

Luna skuif langs Siem in die Vintagetrok in. Sy kyk ingedagte by die venster uit. "Siem, moenie vergeet jy het lewende hawe op die sleepwa nie. Ry versigtig," waarsku sy gemoedelik tog streng. Siem knik en ry in stilte en met volle konsentrasie, voort.

"Waar moet ek die ander kalwers aflaai?" vra Siem toe hulle die onderskeie plaaspaaie nader en hy versigtig van die snelweg se ryvlak af beweeg. "By ons kraal," antwoord Luna. Siem kyk Luna vir 'n oomblik onverstaanbaar aan. "By ons kraal?" vra hy onseker. "Dis óns kalwers, Siem," help Luna Siem met 'n glimlag reg. Siem frons en kyk haar ongelowig aan. "Ál twintig," voeg sy trots by en voel vir die eerste keer in 'n baie lang tyd kommervry en gelukkig. Siem se verbasing verander in 'n onseker glimlag. "Wragtig?" vra hy net om seker te maak hy het haar reg verstaan. Luna lag uitgelate vir sy seunsagtige gesigsuitdrukking. "Ja wragtig, Siem," antwoord sy blymoedig.

"Liewe Moses! "roep Siem uitgelate. Hy lag van oor tot oor en skuif terselfdertyd regop in sy sitplek. Luna glimlag ingenome en kyk Siem onderlangs aan. "Ek het 'n blinkvat, raakvat plaasbestuurder," dink sy tevrede. Siem ry stadig en versigtig in die tweery spore na die opstal toe. "Siem, ons moet werk aan 'n plan om die pad te skraap," stel Luna voor. "Ons sal, *Mam*," lag Siem spoggerig as hy in die truspieëltjie kyk na hulle eerste speenkalwers.

Mara is dadelik byderhand as hulle deur die groot hek ry en regs op die sypad draai wat Siem uitgekap het kraal toe. Sy jubel en juig agter hulle aan tot by die kraal. Sy wag dat Siem tot stilstand kom en die sleepwa se swaaihek agter oopmaak. Sy haal die boonste hoenderhok van die ander af terwyl sy aanhoudend lag en gesels. Siem laat haar begaan en dra die een kalf na die ander na hulle afsonderlike kubieke toe.

"Mara, gaan maak die kalfmelkpoeier aan wat in die stoor se kombuis staan. Een tweeliter bottel vol melk per kalf. Gebruik lou water. Ons moet hulle elke twaalf-ure bottel gee tot op agt weke. Maak seker die gaatjie in die bottel is klein genoeg sodat die kalf gedwing word om te suig!" deel Siem sy kennis met Mara. Luna glimlag. "My oupa se boeke?" vra Luna met welbehae. "Ja," antwoord Siem vlugtig voordat hy agter Mara aanroep. "En sit in altwee bottels 'n teelepel Terramycin poeier by die melk!" beveel hy agter haar aan terwyl sy stoor se kant toe draf-stap.

"Ek glo die kalwers het die eerste drie dae bies gekry voordat hulle veiling toe gebring is," sê Luna besorgd. "Veertien van die twintig se kondisie lyk darem goed," voeg sy by. "Ek sal Maandag Biomel-plus-Kolostrum vir die ander ses koop." Siem kyk haar aandagtig aan. "Dit dien as volle biesmelk," verduidelik Luna. "*Mam* moet die veearts Maandag laat uitkom vir die entprogram op die kalwers," sê Siem besorgd. Luna glimlag tevrede en stap stoor toe.

Sy gaan die stoor se kombuis binne. Alles is netjies uitgepak en versorg. Die bottels is op opvoubare kratte langs mekaar gepak. Haar oog val op die **Landbou.com Boer op ons werf**, artikel geskryf deur Gerdie Landman. Die blad lê oop. Luna is aangenaam verras en lees die deel wat Siem gemerk het: **Hoe gouer die kalf by een kilogram inname van pille uitkom, hoe gouer kan die kalf gespeen word. Die doel hiervan is om so gou moontlik die herkouermaag te ontwikkel.** Luna glimlag tevrede. Sy neem die eerste krat met mekbottels kraal toe. Mara volg haar.

Die drietal lag uitgelate as hulle die kalwers se gulsigheid betrag. Mara is uitbundig en Siem raas vaderlik met die kalwers as hulle vraatsig suip. Die kalwers drink stertswaaiende en stamp die bottel so af en toe, bedel vir meer. "Vandag het Jan Barnard 'n hele klompie mense se harte bly gemaak," dink Luna tevrede. Sy onderneem om vanaand lank met Miems te kuier en haar alles te vertel. Sy merk dat Siem en Mara sonder haar hulp die laaste van die kalwers sal kan hanteer. "Siem, jy kan maar vir Jakkels laat kom," sê Luna rustig en stap huis toe.

SESTIEN

André Jört draai die vleisfillet op die braaier ingedagte om. Theuns hou hom onderlangs dop. Hulle is altwee in 'n bestendige bui en drink tydsaam aan hulle bier. "Jy't niks vandag by die vandisie gekoop nie," sê André. "Nee agh, ek wou Jan Barnard se meisiekind 'n bietjie op haar plek gesit het," mompel hy eiewys met 'n vermakerige glimlag.

"Jy sal nie glo nie, haar plaasvoorman, 'n snuiter van 'n kleurlingman van iewers uit die Napierdistrik, steel so wragtig parte van drie van die New Hollands én sowaar die Landini ook," voeg hy ontsteld by.

"Het jy gesê van die Napierdistrik?" vra André belangstellend. "Ja, so verstaan ek van die volk," bevestig Theuns fronsend en hou André ingedagte dop. "Hoekom?" vra hy nuuskierig. "Daardie mense boer mos nie met lemoene nie," antwoord André ontwykend.

Hy sal die Haasbroek-vrou se spoor van Kaapsehoop af volg en kyk waarheen dit hom lei, alhoewel hy nou min lus het vir dié saak. Dis die Prinsloo-moord wat hom jaag. Hy kort net een legkaart voordat hy die saak kan afhandel, hou André Jört se gedagtes hom besig. André se somber houding verontrus Theuns.

"Hoe het jy aan Jan Barnard gekom?" vra André en neem 'n slukkie van sy bier terwyl hy die stoel gemaklik nader trek. Hy kyk belangstellend na Theuns. Theuns sit gemaklik terug in sy stoel. "Ek het 'n stuk grond gekoop naby Jan Barnard se plaas. Ons het op 'n veevandisie ontmoet waar ek 'n hele klompie beeste aangekoop het. Ons het bevriend geraak. Ek het vertroulik verneem dat die ou man gediagnoseer is met Alzeimers. Ek het aangebied om sy plaas saam met myne te werk," verduidelik Theuns.

"Weet sy gesin dat hy gediagnoseer is?" vra André en gooi 'n vinnige ogie oor die fillet op die vuur. "Nee," lag Theuns. "Jan Barnard het sy dokter die dood voor oë gesweer as die nuus uitlap." "Hoe het jy daaraan gekom?" vra André nuuskierig. "Boere praat," antwoord Theuns.

André haal die vleisfillet van die vuur af. "Het jy die geld nodig?" vra hy. "Nee, verseker nie. Maar ek het my oog op sy plaas," antwoord Theuns blinkoog. Hy bly vir 'n oomblik stil as 'n ander gedagte hom tref. "Maar ek verstaan sy dogter gaan dit erf," voeg hy ingedagte by. André hoor die frustrasie in Theuns se stem. Dit verontrus hom.

"Hoekom het jy jou plaas in Springbok verkoop?" vra André nuuskierig. "Is ek onder verhoor?" spot-vra Theuns gemaklik. "Nee, beslis nie," antwoord André en glimlag strak. "Ons het mekaar bykans… hoe lank is dit….tien jaar laas gesien?" antwoord André sy eie vraag nadat hy sy skouer in onsekerheid opgetrek en 'n vlugtige oog in Theuns se rigting gegooi het. "Ja," sug Theuns, "dis 'n hele klompie jare terug."

André hou Theuns se bord met 'n gesnyde fillet en 'n stukkie boerewors in sy hand. "Wil jy pap en sous by hê?" vra hy. "Ja," antwoord Theuns neutraal en staan op om die bord by André te neem. André skep ook vir hom in en volg Theuns na die tafel toe.

"Wanneer kom jy terug plaas toe?" vra Theuns belangstellend. "Met die eerste beste geleentheid," ontwyk André Theuns se vraag en druk 'n gesnyde stukkie vleis in sy mond. "Ek kan intussen vir jou 'n ogie hou," bied Theuns aan. "Nee, dankie," wys André sy aanbod van die hand. "Dis nie nodig nie." Die gedagte dat Theuns dan te naby aan Luna se plaas is kwel hom.

Nadat Theuns vertrek het stap André die kombuis binne. Hy neem Theuns se vleismes en plaas dit in 'n verseëlbare plastieksakkie. Hy voel rusteloos en loop doelloos in die huis rond, uiters bewus daarvan dat Jan Barnard, Miems sowel as Luna se lewens drasties gaan verander sodra Oom Barries se mediese toestand versleg. Dit pla hom.

Hy sak terug in die uitskopleunstoel en maak sy oë toe. Hy adem die reuk van die houtmeubels in die huis in. Mari, sy vrou, was versot op die swaar houtmeubels wat hulle by 'n tweedehandse winkel gekoop het. Sy het dit laat restoureer en met vernuf die huis daarmee versier.

Hulle huwelik was kort van duur toe Mari noodlottig verongeluk het. Sy was agt maande swanger en daarmee moes hy van twee geliefdes op een slag afskeid neem. Dit is 'n ervaring wat hy nie oor praat nie. Jan Barnard was die man wat op die ongelukstoneel afgekom het en die nuus met hom gedeel het. Sedertdien het hy die vertroueling in sy lewe geword. "Agter Jan Barnard se humeur, skuil 'n hart van goud," dink hy en onderneem om die volgende dag by hom 'n draai te maak en daarna by sy buurvrou.

Dit is vroegoggend as André wakker word en op die plaas rondstap. Hy sluk aan sy koffie wat hy in 'n groot beker gemaak het. Hy stap tussen ou verwaarloosde bome en struike deur wat meer as kophoogte hoog staan. Mari se tuin is oorgeneem deur onkruid. Die store se sinkplate is los en plek-plek weg. Hy wou so vinnig as wat hy kon van die plaas af wegkom na daardie noodlottige dag. Hy het die opsigter aangestel om toesig te hou en diefstal te bekamp. Hy het nie besef dat die plek intussen so verwaarloos het nie.

Elias merk André op. "Hallo, Grootman!" groet André afgetrokke as hy hom nader op sy pad terug huistoe. Elias glimlag oopmond en groet ywerig terug, nie 'n tand in sy mond nie. André glimlag strak. "Alles loop mooi hier," probeer Elias 'n geselsie aanknoop. "Ek sien so," antwoord André en stap voort. "Ons sal later gesels, Elias," stel André hom gerus.

André neem 'n lang warm stort, trek gerieflik aan en ry na Jan Barnard se herehuis toe. Die plek beïndruk hom elke keer as hy voor die groot houtdeure tot stilstand kom. Hy sluit sy bakkie af en stap voordeur toe. Jan Barnard maak die deur oop nog voordat André aangeklop het.

"André," groet Jan Barnard opgewek en steek sy hand hartlik uit. "Oom Barries," groet André ewe aangenaam terug en neem Jan Barnard se hand vurig in syne. Die ouer man trek hom onverwags nader en druk sy skouer in 'n vriendskapsgebaar teen André s'n, gevolg deur 'n ligte klop op die agterblad van André se rug. Die gebaar is vir André verrassend, maar welkom. Die manne lag en stap geselsend die voorhuis in. "Ek wou sê ek het jou op die vandisie gesien," sê Jan Barnard gemoedelik. "Ja," lag André gemaklik terug. "Oom het goed skoonskip gemaak onder die kalwers.," sê hy spottenderwys en stap agter Jan Barnard aan.

"Kom ons gaan sit in die kombuis," beveel Jan Barnard onverwags aan. "Miems het skielik 'n hardkoppige trek gekry en by Luna gaan intrek," glimlag Jan Barnard vertroulik en trek vir André 'n stoel by die kombuistafel uit. "Wie sal die vrouegeslag ooit verstaan?" sug Jan Barnard afgetrokke. "Tja," stem André saam en kan nie help om die bekommerde trek op Jan Barnard se gesig te sien nie. "Het jy al iemand in die oog?" vra Jan Barnard vertroulik. "Nee, Oom. My hart kom maar net nie tot ruste nie," antwoord André strak.

André wag dat Jan Barnard die bekers met koffie vul. Jan Barnard sit André se beker voor hom neer en trek 'n stoel oorkant André uit. "Kom jy terug plaas toe?" vra Jan Barnard belangstellend en suig 'n lang mond vol koffie uit sy beker terwyl hy André onderlangs dophou. "Die plan is so, Oom Barries," antwoord André gemoedelik. "Ek het nog een gewigtige saak om af te handel, dan gaan ek uittree, Oom," deel André sy voorneme.

"Hmmm," sê Jan Barnard en suig nog 'n lang sluk koffie uit sy beker. Hy kan aanvoel dat André iets op sy hart het en bly wyslik stil. Hy slurp nog 'n sluk of twee voordat André hom stip aankyk. "Praat maar, Seun," nooi hy. André hou van die manier waarop Jan Barnard hom soms aanspreek. Hy maak sy keel skoon. Dit is vir Jan Barnard 'n teken dat André sy kommer met hom wil deel.

Hy luister aandagtig as André hom deur sekere vertroulike inligting lei, net genoeg vir Jan Barnard om André met méér kosbare inligting te voorsien. Jan Barnard bespreek op sý beurt weer sy mediese toestand en vrese met André, sy kommer oor Miems en Luna, die baba wat onverwags in hulle lewe ingekom het en laastens die rede waarom hy Theuns as voorman oor sy plaas aangestel het. Dit wek verdere kommer by André.

"Oom Barries, ons het een pa, maar twee ma's," en daarmee beëindig André die bespreking, maar nie sonder dat Jan Barnard die waarskuwing in André se oë gemerk het nie. Dit herinner Jan Barnard om die prokureur se besonderhede waar die testament gehou word met een of twee dringende opdragte wat daarna deur André uitgevoer moet word, aan André te gee.

Die twee manne gesels die res van die oggend oor die boerdery totdat André voormiddag vriendelik groet. Hy ry tydsaam oor die tweery-spoor na Luna se plaas toe. Hy toet vlugtig voor die groot hek en wag geduldig dat iemand dit oop maak. Siem drafstap vinnig nader. Hy maak die hek oop.

"Is die Madam hier?" vra André deur sy oop venster. "Ja, meneer," antwoord Siem en maak weer die hek agter André toe. "Ons moet 'n plaas hekwag kry," mompel Siem onderlangs en sit nie die ketting terug om die hek nie met die hoop dat die besoeker gou weer sy ry sal kry. "Hy wat Siem is het baie werk op die plaas," grom hy opnuut en stap haastig kraal toe... bly dat Jakkels in die week by hulle gaan aansluit.

Luna het die bakkie gesien wat ingery het. "Dis André Jört," deel Miems haar opgewonde mee. "Jou buurman," voeg sy by as Luna haar fronsend aankyk. Miems staan vinnig op en stap kamer toe as sy Nunus hoor huil. Luna wag geduldig dat André klop voordat sy voordeur toe loop.

"André Jört," stel André hom vir 'n tweede keer aan Luna voor en glimlag skrams. "Bly te kenne, Meneer Jört," sê Luna saaklik en steek haar hand uit. "Waaraan het ons u besoek te danke?" vra Luna belangstellend. André kyk Luna vir 'n oomblik stip aan en besluit om met die deur in die huis te val.

"My plaas grens aan joune," sê André. "En?" vra Luna. "Die drade moet opgetrek word voordat jou kalwers beesgrootte is," gaan André saaklik voort, "dit lyk of julle langs die grensdraad weiding wil plant...?"

Luna knik haar kop as André wag op 'n antwoord. "Dit beteken dat ek 'n lastigheid van jou beeste op my plaas gaan hê," sê hy. "Kom tot 'n punt, Meneer Jört," sê Luna effens ongeduldig. Dit spoor André aan om Luna se geduld verder te beproef. "Behalwe as jy vrygewig genoeg is dat my beeste saam met joune vreet," gaan hy ongesteurd voort. Luna frons vererg. "Die ander opsie natuurlik is dat ons die lyndraad

123

hersien en die kostes wedersyds verdeel," voeg hy bedaard by en hou Luna stip dop. "Meneer Jört, jy is baie welkom om die lyndraad te hersien, maar…"

"Andre!" val Miems Luna in die rede wanneer sy die sitkamer binnestap en opgewek groet. Sy merk dat die twee mense nog by die voordeur staan. André kyk verby Luna en sy gesig helder vriendelik op as hy Miems sien. Hy ignoreer Luna en stap verby haar die woonkamer binne. Luna voel beledig en gluur kom kwaai agterna.

"En dié?" groet André opgewek. Hy kyk belangstellend na Nunus terwyl hy haar handjie in syne neem. Hy lag af in Miems se oë. "Ons kleinkind," lag Miems trots en plaas Nunus in André se arms. "Kom sit," nooi Miems hartlik.

André stap die sitkamer dieper binne en wil net gerieflik op die bank gaan sit toe Luna ontevrede nader stap en Nunus ferm uit sy arms neem. André glimlag gemoedelik vir Luna en laat toe dat sy Nunus neem. Sy gemaklike houding irriteer Luna verder. Miems onderdruk haar verbasing. Sy verstaan nie Luna se optrede nie.

"Mara, bring vir ons drie tee's, asseblief?" roep Miems kombuis toe. "Mara is by die kraal," keer Luna vinnig. "Ek sal tee maak," bied Luna op haar pad kombuis toe aan en plaas Nunus in haar stootwaentjie. André hou Luna ingedagte dop. Haar optrede fassineer hom.

Luna werk ongeduldig hard met die koppies in die kombuis. "Beslis 'n duidelike aanduiding dat ek nie welkom is nie," dink hy onderlangs terwyl Miems gesellig met hom gesels. André neem ligweg deel aan die gesprek, sy aandag by Luna in die kombuis. Hy merk dat Miems ontspanne is. "Inteendeel," dink hy, "iets meer vryliks, openhartig en warm."

Luna bring die skinkbord met tee in. "Net twee koppies,"

vra André as hy die skinkbord by haar neem en tergend in haar oë kyk. Sy kyk hom verergd aan. "Ek het werk om te doen, meneer Jört," antwoord sy strak. "Verskoon my." Sy wag dat hy die skinkbord by haar neem en kyk vlugtig in Miems se rigting voordat sy omdraai en terugstap kombuis toe. Sy besluit om met Nunus kraal toe te stap en stoot die stootwaentjie by die agterdeur uit.

Luna merk tot haar verligting dat Mara ook by die kraal is, besig om Siem te help. "Die André mansmens krap my om," dink sy en neem die tuinslang vies by Mara om die sementblad verder af te spuit. Sy merk terselfdertyd dat Siem die kubieke skoonmaak. Mara klik haar tong as Luna die tuinslang uit haar hande neem en besluit om maar vir Siem te help. Sy kan sien Luna se moermeter is weer ver in die rooi.

André het sy tweede koppie tee tydsaam saam met Miems gedrink en vars gebakte beskuit geëet voordat hy aanstaltes maak om te vertrek. Hy groet Miems totsiens en glimlag tevrede as hy sien hoe goed Miems daarna uitsien. "Die volgende stop is Kaapsehoop," dink hy en sluit 'n rukkie later by die N4 aan. Hy ry ingedagte deur die dorp en draai regs op die pad wat na Kaapsehoop lei.

Dit is laatmiddag as Mara en Luna terugstap huis toe. Luna stoot die stootwaentjie. Nunus raak moeilik en Miems neem haar uit die stootwaentjie sodra hulle die kombuis binne gaan. Sy merk dat Luna intussen kalmeer het en besluit om haar later te pols oor haar vyandige houding jeens André Jört. Sy stap met Nunus kamer toe. Mara vat die kombuis oor en skil die res van die groente wat in die bak agtergebly het. "Wat maak ons vanaand vir ete?" roep Mara agter Miems aan. "Hoenderbredie met groente!" antwoord Miems vanuit die kamer. "Klink heerlik," dink Luna en stap studeerkamer toe.

SEWENTIEN

André Jört ry rustig voort met die kronkelpad Kaapsehoop toe, sy gedagtes by Luna en Miems. Hy is nie gretig om die Haasbroek saak op te los nie, maar besef instinktief dat daar 'n kinkel in die kabel is.

"Stander is heelwaarskynlik die middelpunt van alles," dink hy. "Veral as Greyling se tydlyn-konnektasie korrek is waarin Stander op dieselfde tyd in Napier gesien is tydens die Haasbroek moord. Dalk is hy ook die leidraad na die vullishoop waar alles broei," sluit hy sy gedagtes af.

Sy oog val oor die natuurskoon wat verby hom gly terwyl hy deur die groen klowe ry. Hy besluit om vir 'n oomblik stil te hou. Hy draai in by die uitkyk-vlak, sluit die bakkie af en klim uit. Dan stap hy rustig na die veiligheids-klipmuur wat vir reisigers aangebring is. Hy rus sy een been daarop en laat sy blik oor die diepgroen gaan tot waar die inhamme van die koppies bymekaar kom. Die laeveldse reuk bekoor sy siel en hy laat toe dat die oomblik daarvan hom vul. Hy adem die vars lug diep in sy longe in en blaas dit stadig weer uit.

Sy gedagtes neuk egter, tot irritasie vir homself, weer terug na die moord op Zoé Prinsloo. Die onderdrukte weersin daarvan vul hom opnuut met woede as hy aan die inhoud van die wit koevert dink. "Ek moet agter die kap van die byl kom en die ontvoerde baba opspoor," dink hy desperaat. Hy stap na sy bakkie en volg die teerpad tot by die klein sinkdorpie se indraai aan die linkerkant.

Hy ry stadig deur die hoofstraat en draai kort-kort by 'n

systraatjie in waar hy die ou historiese sinkgeboue verken. Die plantegroei en uitsig oor die wye plantasies tussen die sinkhuise is fassinerend. Hy kyk na die fatsoenlike tuintjies wat voor die sinkhuise aangebring is. Motoriste word selfs gewaarsku dat wilde perde vrylik in die omgewing en dorpie loop.

André glimlag tevrede as hy **Silver Mist Country Inn Gastehuis** se bord opmerk. Hy parkeer voor die gastehuis. Hy klim uit en stap haastig voordeur toe. Hy lui die klokkie. Die deur swaai oop en 'n opgeskote meisiekind, genoem Trix, kyk hom vriendelik aan.

"Kan ek help, Meneer?" vra sy. "Ja seker, kan ek binnekom?" vra André met 'n glimlag en wys met sy hand na binne. "Ek is opsoek na die eienaar," voeg hy in die verbygaan by. "Oubaas?" vra Trix om seker te maak dat sy reg verstaan het. "As hy die eienaar is - ja," antwoord André ietwat ongeduldig.

"Oubaas!" roep Trix nadat sy die voordeur toegemaak het. André kies die gemaklikste rusbank en buig effens vooroor as hy op die kant van die rusbank gaan sit. Hy kyk deur die ontvangsarea. "Netjies ingerig," dink hy goedkeurend en staan op as die groot ouerige man die vertrek binne kom. André som hom vlugtig op. Oubaas merk André se skerp blik.

"Oubaas," stel Oubaas homself voor met sy hand uitgestrek. "André Jört," sê André en bekragtig Oubaas se ontmoeting met 'n stewige handdruk. André glimlag skrams.

Oubaas kan aanvoel dat die besoek nie gunstig is nie. Hy kyk André opsommend aan en onthou skielik die oproep van etlike weke gelede. "Ene Sersant André Jört van die moord-en-roofafdeling," dink hy skepties. Oubaas bly doelbewus staan en nooi André ook nie om te sit nie. "Waaraan het ons u besoek te danke?" vra Oubaas strak en druk sy hande in sy broeksakke.

"Elizabeth Susara Magdalena Haasbroek was werksaam hier in **Silver Mist Country Inn Gastehuis**" sê André saaklik en druk vlugtig sy oorbel tussen sy duim en voorvinger terwyl hy die stelling maak. 'n Tegniek wat André Jört tot vele sukses in sy loopbaan as speurder gebruik het. Dit dien as teken dat die ondervraer goed moet nadink voordat hy of sy antwoord. Die gebaar is ook 'n tegniek om die betrokke persoon te ontsenu.

"Of dalk ken u haar beter as…" André swyg doelbewus en swaai sy voorhand asof hy vergeet het. "Mara," antwoord Trix skerp van agter die toonbank, bly om Oubaas te kon help met sy geheue wat hom daagliks, tot almal se irritasie, in die steek laat.

"Net so…" glimlag André welvoldaan en knik in die rigting van die toonbank. "Uitklophou," dink André en staar betekenisvol na Oubaas. Oubaas kyk André skuldig aan.

Oubaas sug en trek sy skouers agteroor en gaan sit lamsakkig op die verste hoek van die bank. André neem oorkant hom plaas.

"Trix, maak jou uit die voete!" jaag hy die meisiekind agter die toonbank weg. "Die klein snuiter," mompel hy boos.

André wag totdat hulle alleen is en kyk Oubaas belangstellend aan. Oubaas haal diep asem. Dit gee André genoegsame tyd om Oubaas te herinner dat hy medepligtig aan 'n moordsaak sal wees as hy enige inligting weerhou.

Oubaas knik verstaanbaar en vertel die hele verhaal vandat hy 'n erg verwese Mara langs die pad opgetel het… natuurlik onbewus van haar agtergrond. "Van die begin af was dit duidelik dat Mara hardwerkend is. Sy het die minimum loon gevra en verkieslik gewerk vir kos en verblyf. Dit het my geval."

"Na 'n aantal nagmerries en emosionele uitbarstings het Mara haar storie met my gedeel. Ek het daarna nie die hart gehad om haar in die pad te steek nie, veral nie toe sy weer houvas op haar lewe kry nie," vertel Oubaas.

"Nadat die vorige tuinier siek geword het, het Mara Siem laat kom. Die twee saam maak 'n gewigtige span. Maar altwee het spoorloos verdwyn," voeg Oubaas afgehaal by. "Eers Mara en 'n week of wat daarna, Siem."

"Albei afkomstig van Napier…?" vra André in afwagting. "Tja," antwoord Oubaas. André knik tevrede. "Kan jy die dag onthou wat Mara verdwyn het?' vra André belangstellend. "Ja, dis dieselfde nag wat die jong vrou en haar baba vort is," antwoord Oubaas en frons as hy skielik aan die besprekingsboek dink. "Kom kyk, ek wys jou." Oubaas staan op en stap toonbank toe. André volg hom en bestudeer die betrokke inskrywings. "Mag ek 'n kopie van die bladsy kry?" Oubaas knik. "Vertel my meer van die jong vrou?" vra André en luister aandagtig.

"Ek sal in verbinding bly," beloof André en staan op. Oubaas staan ook op. Dit grief hom dat hy die een is wat Mara uitgelewer het. Hy groet André ingedagte en wag in die voordeur dat hy vertrek.

"Trix!" skree Oubaas woedend nadat hy die deur toegemaak het. "Die dinge is besig om my oud te maak," dink hy ontsteld. Trix draf die ontvangsarea binne, bly dat sy met inligting kon help.

"Vat jou goed en trap!" beveel Oubaas gevaarlik kwaai en buite homself. Trix frons onverstaanbaar. "Ugh, maar…" stamel sy. Maar voordat sy 'n verdere woord kan praat, storm Oubaas onverwags op haar af. Sy gil en hardloop die kombuis binne, by die agterdeur uit sonder om om te kyk, al die pad huistoe.

Oubaas stap blind van woede om die toonbank en skakel

die enigste eiendomsagentskap in die dorp. "Leoni, jy kan die gastehuis maar verkoop," versoek hy oorgehaal. "Doen wat jy moet doen," en daarmee sit hy die foon op die mikkie. Hy stap buierig en terselfdertyd teleurgesteld in homself na sy slaapeenheid. "Niks is meer dieselfde na Breggie se dood nie," dink hy omgekrap en hartseer.

André ry tydsaam terug plaas toe terwyl hy die kosbare inligting verwerk. "Die Haasbroek-legkaart begin pas," dink hy gemoedelik. Hy stop laatmiddag, tevrede met die verloop van die dag, voor sy plaashek.

Hy lig die hek, wat net met een skarnier aan die paal vas is, oop. "Dit is tyd dat hierdie plaas weer 'n baas kry," dink hy bestendig. Hy ervaar 'n sekere mate van opgewondenheid as hy verby die ou stoor waar sy trekkers en implimente staan, ry. Hulle is merkbaar verwaarloos, maar dit pla hom nie. Hy ry nog stadiger as hy die agterdeur nader, klim uit en haal diep asem voordat hy die agterdeur oopsluit.

Hy maak vir hom 'n sterk beker koffie, sit dit langs hom op die sytafeltjie en skakel Vanessa met die hoop dat sy enige vorm van inligting oor Zoé bymekaar kon maak.

"Ek het vir jou iets," antwoord Vanessa sonder om te groet toe sy André se nommer op haar skerm sien. "Ek luister," sê hy belangstellend. "Nie oor die foon nie," anwoord sy saaklik. "Ek's oppad," sê hy haastig en sluk sy koffie af. Hy neem sy motorsleutels en sluit die huis agter hom toe.

André ry direk na Vanessa se meenthuis in Menlopark. Die Pretoria verkeer het erg toegeneem. André is ongeduldig as hy van die N4 afdraai. "Sy het gewigtig geklink," dink hy effens geïrriteerd as hy by die rooi robot tot stilstand kom. Dit is reeds donker as hy voor haar motorhuis stop. Sy stap hom tegemoet. Hy soen-groet haar vlugtig op haar wang. Sy glimlag en stap vooruit.

André merk die ekstra afskrifte wat gemaak is van die aptekersleêr. Dit lê oop op die middeltafel van die sitkamer. "Die belangrikste inligting is met geel plakkertjies aangedui. Dit behoort genoegsame bewyse te wees," knik Vanessa in die rigting van die leêr.

André stap nuuskierig daarheen en gaan sit op die punt van die bank sodat hy sonder steurnis daardeur kan gaan. Vanessa loop ongemerk kombuis toe en sit twee koppies reg vir sterk warm cinnamon-tee soos wat André daarvan hou. André merk met sy pen die konkrete bewyse wat kan dien as bewyse in die hof met betrekking tot Zoé se moordsaak. "Die vuilgoed," mompel hy onderlangs.

Vanessa sluit by hom aan. "Dit is duidelik dat die hoofbrein agter Stander se vuilwerk sy huiswerk deeglik doen voordat hy op sy slagoffer toeslaan," sê André ingedagte.

"En hy gaan nog steeds voort waar Stander laas opgehou het," voeg Vanessa neutraal by. Sy neem 'n slukkie van haar tee. "Is een moord nie genoeg nie?" vra sy en lyk bekommerd. "Een moord… waarvan ons weet," voeg André strak by en kyk nie op nie. Hy gaan voort om kort aantekeninge op die agterkant van die bewyse te maak.

"Dit is duidelik dat junior-aptekers geteiken word. Gewoonlik meisies met een of ander behoefte na groter inkomste," sê Vanessa. "Of geraamtes in die kas," voeg André by. "Verseker," mompel Vanessa en frons.

"Watter tipe meisie is dié… Charline meisie?" vra André belangstellend as hy haar naam onder aan 'n getekende vorm opmerk. "Dieselfde sagte beskeie geaardheid as wat Zoé gehad het," antwoord Vanessa matig. "Waarmee kan hy haar afpers?" vra André besorgd.

"Sy *locum* by ons en by ander apteke. Haar ma is gediagnoseer met *Lupus* en haar pa is 'n paar maande gelede oorlede aan kanker. Dit maak haar die enigste broodwinner. Verder as dit, weet ek nie. Ook 'n meisie wat haar lewe privaat hou," antwoord Vanessa.

André dink vir 'n oomblik na. "Dink jy ons sal haar as lokaas kan gebruik …?" Vanessa oorweeg sy voorstel. "Sy mag dalk," antwoord sy. André knik tevrede. "Kan ek die afskrifte maar neem?" vra hy. "Jy's welkom," sê Vanessa, bly om te kon help.

"Wat het tussen jou en Zoé gebeur?" vra Vanessa onverwags terwyl hy die afskrifte bymekaar maak. André sluk ingedagte aan sy tee, haastig om hom uit die voete te maak, nie lus vir die onderwerp nie. Vanessa merk dat die vraag hom onkant gevang het.

"Komaan, André, ek weet jy het my *gedrop* vir haar," paai Vanessa liggeraak. André se gelaat is strak. Albei, Vanessa én Zoé, se verhoudings was vir hom wegkom-geleenthede, weg van die herinnering aan Mari. Sy betrokkenheid by Vanessa en Zoé laat hom skuldig voel teenoor hulle. Ja, selfs teenoor Mari. André sit sy leë koppie op die tafeltjie langs die aptekersleêr neer. Hy neem die afskrifte en kyk Vanessa styf aan.

"Is die kind joune?" vra sy, dié keer seergemaak en opdringerig. André is stil en dink vir 'n oomblik na. "Ek weet nie," antwoord hy eerlik en stap deur toe.

"André!" roep Vanessa agter hom aan. Hy ignoreer haar, maar draai onverwags om en kyk haar teësinnig aan. "As dit is… is dié kind… mý kind, ontvoer en op die oomblik ouerloos," sê hy kortaf, gevoelloos en wens die gesprek het nooit plaasgevind nie. Dit neem sy fokus van die saak af en versterk die begeerte om die kind op te spoor. Dit skep 'n gevoel van magteloosheid by hom. 'n Gevoel waarvan hy nie hou nie.

Vanessa laat hom begaan as hy deur die opening van die voordeur verdwyn, lang treë motorhuis toe stap en ry. Sy ervaar 'n oomblik van algehele verlies, wetend dat André se hart nooit aan haar behoort het nie. Selfs nie voor hy met Mari, haar beste vriendin getroud is nie.

AGTIEN

Luna lag opgewek as sy die rooi blokkiestafeldoek oor die sementbladtafel gooi. Haar oupa het vir die familie 'n piekniekplek ingerig langs die Krokodilrivier by die seekoeigat. "Hy het selfs 'n gerieflike sementtafel en stoele onder die groot koeltebome aangebring," glimlag sy verlangend.

Die dag is besonders stil en die lug vol beloftes. Nunus sit op Miems se skoot en speel met haar tandering. Dit help vir die gevoelige tandvleisies. "Ek het nie geweet dat ma vir André Jört ken nie," pols Luna en kyk Miems afwagtend aan.

Mara haal die eethappies uit die piekniekmandjie en plaas glase voor Miems en Luna. Sy skink vir elkeen 'n koeldrank en luister aandagtig na die gesprek. "Jou pa het André onder sy vlerk geneem nadat Mari verongeluk het," antwoord Miems gemoedelik.

"Was hy dan getroud?" vra Luna belangstellend. "Ja," antwoord Miems en dink vir 'n oomblik terug aan die droewige dag. "Dit was tragies," sê Miems. "Mari was agt maande swanger met die ongeluk," voeg sy by en neem 'n slukkie koeldrank.

"Wanneer het die ongeluk gebeur?" kan Luna nie verhelp om te vra nie. Mara maak die deksel van die plastiekhouer oop en haal 'n koeksister uit. Luna volg haar voorbeeld, aandag op Miems gevestig.

"Net nadat jy weg is Pretoria toe," antwoord Miems en neem ook 'n koeksister. "Ek het nie geweet hy is so lank al op die plaas nie," sê Luna belangstellend. "Ja," knik Miems. "Dit was 'n spogplaas wat hy en sy plaasbestuurder opgebou het. Maar, na Mari se dood is hy vort Pretoria toe en die plaas het daarna vergaan," vertel sy en knik met haar kop min of meer in die rigting van Pretoria.

Hulle eet 'n oomblik in stilte. "Wat doen hy? Ek bedoel, watter werk doen hy?" wil Luna nuuskierig weet en frons liggies. Mara skink die halfgedrinkte glase weer vol. "Hy is in die speurdiens," antwoord Miems. "Voor Mari se dood het hy aan sekere geheime polisie-operasies deelgeneem," vertel Miems.

Luna staar vir 'n oomblik na die rivier voordat Miems die gesprek voortsit. "Daar was altyd die kwessie of Mari opsetlik vermoor is, maar bewyse daarvoor het ontbreek."

Mara staar onrustig na Luna. Luna voel self bekommerd. "Ek wonder of die gevreesde Eloise-sikloon al oppad is?" verander Miems die neerslagtige onderwerp. Sy lag opgewek as die seekoei bo die wateroppervlakte uitkom om asem te skep en terselfdertyd sy ingehoue asem weer uitblaas. Dit laat Nunus dadelik belangstellend in die rigting van die rivier kyk.

"Die seekoei se neusvleuels word normaalweg toegeklem onder water. Daarom moet volwasse seekoeie elke vier tot ses minute asemskep bo die wateroppervlakte," deel Luna haar kennis met Mara. Mara se somber gelaat helder effens op. Luna glimlag bemoedigend.

Miems gesels gemoedelik met Nunus terwyl sy herhaaldelik die woord *oom seekoei* in haar geselsies gebruik. Luna verkyk haar aan haar Ma se sagte manier waarop sy Nunus hanteer. Dit maak haar gelukkig.

"Ons moet die wolke dophou, dit behoort teen laatmiddag saam te pak," vermaan Luna. Mara lyk inderdaad meer ontspanne. "Sy is seker die mees onbaatsugtigste mens wat ek ken. Wat niks meer verwag as wat sy ontvang nie," dink Luna dankbaar.

Mara haal die middagtoebroodjies uit die piekniekmandjie en sit dit op die tafel. Sy plaas die warm fles met tee in die middel van die tafel en sit die koppies en kleinbordjies voor elkeen neer. Miems neem 'n klein afgebreekte stukkie brood en sit dit in Nunus se mond.

Nunus frons en trek haar gesiggie vies. Almal lag, maar toe Nunus die soet smaak van die tikseltjie konfyt op Miems se vinger proe, wil sy meer hê. "Klaar bederf," lag Luna uitgelate. Sy kyk verras op as André onverwags tussen die bome deurloop na waar hulle onder die welige bome sit en piekniek hou. Sy houding lyk ontspanne en gemaklik. Luna frons. "Wat maak hy op die plaas?" wonder sy.

"André!" roep Miems opgewonde en nooi hom om by hulle aan te sluit. Luna klik haar tong sag afkeurend. Miems kyk haar verras aan. "Dankie, Tannie Miems," antwoord André vriendelik en groet Luna terselfdertyd. Luna ignoreer André se groet.

"André, dis Mara. Luna se regterhand," stel Miems Mara voor en skuif op dat André langs haar op die bankie kan sit. André bly egter gemaklik staan. "Aangename kennis, Mara," groet hy glimlaggend, dog beleefd. Hy kyk Mara vir 'n oomblik stip aan voordat hy hom tot Miems wend. Hy neem Nunus se handjie weer vlugtig in syne. Sy gebaar is warm en persoonlik. Dit wek 'n irritasie by Luna.

"Julle moet my asseblief verskoon," doen hy hoflik aan die hand. "Met die sikloon oppad en die rivier wat eers deur Luna se plaas loop na myne toe, wou ek darem net seker maak watter tipe skade ons albei kan verwag. Indien enige," voeg hy matig by.

Luna kyk hom strak aan. "Watter tipe skade kan u moontlik verwag, Meneer Jört?" vra Luna en rus haar elmboë traak-my-nie-agtig, tog belangstellend, op die tafel terwyl sy haar hande voor haar ken saamvou. Mara is stil. Miems kyk Luna vermanend aan.

"Die tipe van skade wat nie eers 'n Eloise-sikloon kan aanrig in die voortdrawelende, stormbefoeterde wind van jou eie vuurvlammende astrantheid nie," sê André uiters kalm terwyl 'n verspotte glimlag, tot verdere irritasie vir Luna, om sy mondhoeke speel. "Here, maar die man ken woorde!" ruk Mara haar ongesiens op en staar hom oopmond aan.

"Jy vergeet op wié se plaas jy is," dreig Luna gevaarlik sag met 'n waarskuwende blik in haar oë nogsteeds in dieselfde sittende posisie. Haar houding uitdagend.

"Luna!" sug Miems teleurgesteld en kyk André verskonend aan. "Wat het van die *ú* geword?" vra André honend met dieselfde verspotte glimlag om sy mond. Hy hou haar blik vir 'n oomblik gevange.

Dan draai hy beleefd na Miems. "Totsiens, Tannie Miems." Sy blik versag as hy vlugtig oor Nunus se wang streel. Hy knik in Mara se rigting, draai om en verdwyn tussen die rye bome. Mara blaas haar asem lank en saggies uit.

"Wat was dit?" vra Miems teleurgesteld. "Niks," antwoord Luna bot en maak die teekoppies en eetgoed bymekaar. Mara volg Luna se voorbeeld. "Ons wil nie deur die storm gevang word nie, wil ons?" vra Mara en druk Nunus se bottel sonder meer by die piekniekmandjie in.

Miems hou Luna onderlangs dop terwyl sy en Mara opruim. Sy liefkoos Nunus. Soen haar liggies op haar wang en maak kindergeselsies. Luna kyk Miems vir 'n oomblik skuldig aan. Sy weet haar gedrag teenoor André dra nie Miems se goedkeuring weg nie, maar sy is versigtig vir André Jört. "Nou meer as ooit," dink sy.

Luna sug en skuif verskonend in die bankie langs Miems in. Miems kyk op en glimlag stil vir Luna. Mara volg Luna se voorbeeld as sy sien dat Miems en Luna nie aanstaltes maak om huistoe te gaan nie.

Daar heers 'n oomblik se stilte onder die vroue terwyl die rivier saggies in die agtergrond klots. Miems glimlag gelukkig as sy oor die rivier kyk. Sy merk dat Luna en Mara se gemoedere versterk namate hulle swyend na die vloei van die rivier kyk.

"Die persoon wat die kern van sy Goddelikheid verloor, het die kuns van beheer ook verloor, ongeag ander talente of vermoëns wat hy of sy mag hê. Die kuns van welsprekendheid, die kuns van groot duidelike denke en die kuns van behaaglikheid kan alleenlik verkry word deur die kern van Goddelikheid. Moenie die kern van jou Goddelike wese verloor nie," tugtig Miems liefdevol.

Luna en Mara luister aandagtig na Miems se wyse woorde. Luna oordink dit vir 'n oomblik en skud haar kop liggies verstaanbaar. Mara vee 'n stil traan weg wat onvoorsiens oor haar wang gly.

"God vereis doelgerigte mense deur wie Hy Sy doelwitte en planne rakende alle mense op aarde kan uitwerk. Aanvaar jy is die doel tot Sy plan." Hiermee sluit Miems tevrede af.

Dit is immers wat haar staande gehou het onder die beherende hand van Jan Barnard. Sy sal alles in die stryd werp om te verhoed dat Luna in daardie vorm van heerskappy ontaard. Stry Miems haar eie innerlike geveg.

Die wolke begin teen laatmiddag saamkloek en verdonker. Luna se huishouding is stemmig en vreedsaam. Miems sit in die sitkamer met hekelwerk. Nunus slaap rustig in haar stootwaentjie. Luna sit by Miems en blaai deur haar oupa se plaasboeke. Sy wil graag die plaas winsgewend maak en vir Nunus 'n beskermde lewe bied. Mara het iewers tussen Ouma se naaldwerkgoed, wol en breipenne uitgekrap. Sy brei vir Nunus 'n winterstrui.

Luna betrag Mara ingedagte. Die harde trek om Mara se mond het verdiep. Sy merk die kwelling in Mara se oë as Mara vlugtig na haar opkyk. Luna glimlag bemoedigend. "Ek sal haar nooit onder my beskerming laat uitgaan nie," dink Luna. Sy kyk na Miems en verwonder haar aan die nuwe moederlike figuur wat sy die afgelope tyd ontmoet het.

"Ek gaan pannekoek bak," sê Luna en stap kombuis toe. Gelukkig om die kombuis vir haarself te kan hê. Luna kyk deur die kombuisvenster na die naderende skommelende wolke. Dan kyk sy in die rigting van Siem en Jakkels se kamer. Die gordyne is dig toegetrek. Die stoor se deure is met 'n sterk ketting en slot toegesluit. Sy glimlag tevrede. "Siem is 'n voorslag."

Luna skakel die radio in die kombuis aan terwyl sy die pannekoekbestanddele bymekaar klits. Die kaneel laat haar aan haar ouerhuis dink. Sy verlang skielik na haar pa en wil hom skakel, maar besluit weer daarteen. "Ek wens hy wil dinge met Ma uitwerk," sug sy hoorbaar.

Mara trek die stoel by die kombuistafel uit en skuif gemaklik daarin. Sy meng die suiker met die kaneel en hou Luna onderlangs dop. "Wat kyk jy?" por Luna en lag saggies. "Ek kyk hoe 'n goeie ma lyk," terg Mara. Die vrouens glimlag vir mekaar.

"Luna?" sê-vra Mara sag. "Hmm?" antwoord Luna belangstellend en kyk op. Hierdie wolke wat deur die Eloise-sikloon oor ons koppe aangejaag word gaan groot verwoesting bring, maar nie net op die landgebied nie, ook hier by ons op die plaas," sê Mara onheilspellend. Dit wek 'n vreesaanjaende gevoel my Luna.

"Hoe so?" vra Luna bekommerd. "Ek weet nie," antwoord Mara, "ek voel net die onheile dreig." En daarmee beëindig Mara die gesprek. Luna kyk Mara onverstaanbaar aan, maar het nie verklaring vir haar eie onrus nie.

NEGENTIEN

Ongeveer vier-dertig namiddag word die reënbui hewiger. Die sikloon, Eloise, is in volle vaart. Alhoewel daar 'n windspoed van honderd-en-sestig kilometer per uur voorspel is, is die streek waarin die plaas val, windvry. Dit is asof die sluise van die hemelruim oopgebars het soos wat die water in een vloed oor die huis, store en boorde stort. Luna kyk by die kombuisvenster uit na waar die kraal is. "Siem en Jakkels het vanoggend seile by die kante van die kraal opgetrek, Luna," stel Mara Luna gerus. Luna sug verlig.

Die vloedreën duur voort in alle volheid gedurende Sondag tot laat Maandagmiddag waar dit effens afneem en oorgaan in 'n ligte reën. Elke keer as Luna deur die vensters van die huis na buite kyk, kan sy haarself nie indink waar al die water vandaan kom en waarheen dit moet gaan nie. Meer as tweehonderd millimeter reën het van Saterdagaand tot Maandag geval.

Luna tuur belangstellend in die rigting van die rivier en kan skaars haar opwinding beteuel as sy duidelik die vloed van die rivier kan sien. Die rivier het opgestoot tot voor die eerste ry bome van die lemoenboord. Sy haal die verkyker uit die lessenaar se laai en bespied die omgewing waar hulle piekniek gehou het. Die sementtafel en bankies is onder vloed.

Luna oorhandig die verkyker aan Miems wat langs haar kom staan het. Mara sluit by hulle aan. "Ek het nog nooit die rivier so in vloed gesien nie," deel Miems haar mening. Luna skud haar kop en besluit om na die kraal toe te stap sodat sy haarself kan vergewis dat die kalwers oorleef het.

Siem en Jakkels is reeds by die kraal tussen die kalwers. Hulle hou die kubieke deurentyd droog en verstel die seile. Luna glimlag tevrede as sy sien dat alles wel is. Hulle lyk darem ook gesond. Sy stap tydsaam deur die kraal en dan terug huis toe.

Luna se glimlag verstrak as sy André se stem in die voorhuis hoor. "Nou waar sou die kopluis vandaan kom?" wonder sy geïrriteerd. Mara is besig om teekoppies in die skinkbord te sit. "Was die hek nie op slot nie, Mara?" vra Luna sag. "Duidelik nie," fluister Mara ontsteld terug. "Vandag draai ek Siem se nek onder sy enkels af," raas Mara harder. "Sjuuuut," fluister Luna en druk haar vinger voor haar mond.

Luna hoor Nunus in die kamer huil. Dit gee Luna 'n geleentheid om Miems uit André se geselskap te lok en André van haar grond af te kry. "Al moet ek hom ook dreig met Oupa se langloop 6.5 x 55 Sweedse Mausergeweer wat in die kluis staan," dink sy oorgehaal.

"Wil ma nie asseblief na Nunus gaan omsien nie? Ek en meneer Jört het 'n saak om te bespreek," sê Luna ferm en kyk afwagtend na Miems. André kug geamuseerd. Miems lyk verbaas en staan teësinnig op. Mara kom met die skinkbord binne en loop haar amper teen Miems vas.

André staan hoflik van die bank af op en neem die skinkbord by Mara. "Daar gaan nie tyd wees vir tee nie, meneer Jört," sê Luna streng en keer die skinkbord wat tussen Mara en André se hande wissel. André hou die skinkbord stewig vas. Mara gee nie oor aan André nie en Luna trek die skinkbord oor na haar kant toe. Die twee vroue gluur André vyandig aan.

"Vertel my Elizabeth Susara Magdalena Haasbroek, oftewel, Mara, met hoeveel haat het jy jou man se keel afgesny voordat jy spoorloos uit Napier verdwyn het?" vra André koud en ongenaakbaar kalm terwyl hy die skinkbord stewig in sy hande hou. Mara verbleek en los haar greep op die skinkbord. Luna se mond val oop.

"Jou gemene jakkals," kners Luna verontwaardig en sak haar hande langs haar sye. André neem die skinkbord by Mara wat onbeheerbaar aan die bewe gegaan het. Hy kyk haar nogsteeds stip aan.

"Uit is jy, Jört, of ek laat die polisie kom," waarsku Luna gevaarlik sag. "Ek ís die polisie, Luna," help André Luna in dieselfde stemtoon reg, nogsteeds staande met die skinkbord in sy hande. Hy gluur op Mara af wat lyk of sy enige oomblik kan beswyk.

"Loop, Jört!" beveel Luna buite haarself kwaad en tree tussen André en Mara in. Sy stoot Mara terselfdertyd agter haar in. "Nee, Luna," keer Mara sag. Luna draai om en kyk Mara onbegrypend aan. André toorn bokant Luna se kop uit en hou Mara stip dop. Mara vang André se blik en praat direk met hom alhoewel sy Luna aanspreek. "Laat my praat. Ek is moeg gevlug," bely sy sugtend.

Luna kyk na die verwese Mara wat sy oppad plaastoe ontdek het. "Asseblief, Mara, moenie," keer sy sag. Die smeking in Luna se oë ontglip Mara nie. "Ek wil," antwoord Mara sag teenoor Luna en stap na die naaste rusbank toe, nie seker hoe lank sy nog sou staan nie.

André sit die skinkbord op die lae middeltafel neer en neem oorkant Mara plaas. Hy besluit dat Greyling haar verklaring kan afneem sodra hulle Pretoria bereik het, maar vir nou wil hy presies weet waar Stander ingepas het.

Luna neem langs André op die bank plaas, te verslae om om te gee of sy langs die duiwel self sit, of nie. André wag geduldig dat Mara haar kalmte herwin. Mara sug. Dan kyk sy op, stip in André se oë. Sy ontwyk nie André se strak gelaat totdat sy haar moordverhaal in volheid met hom gedeel het nie. Luna luister aandagtig. Koue rillings vul haar liggaam opnuut terwyl sy ongemerk trane van haar wange afvee. Mara se moeë stem dra deur die vertrek tot by Miems waar sy met Nunus in die kombuis staan en wieg.

"Ek was agt maande swanger dié nag toe ek Koos keelaf gesny het. Dit was volmaan. Ek kon Gert Stander duidelik by die klein hekkie van ons sinkhuis sien staan. Koos het toe alreeds 'n halwe bottel Klipdrift gedrink. As Stander Koos opgesoek het, het die moeilikheid saamgekom.

Stander *supply* vir Koos 'n hele spul *dope*, Heroïen, om onder sy pêlle te verkoop dan kom haal Stander weer die geld 'n week of twee later. Ek het in die dag by *Mrs* Welgemoed gewerk. Koos het die *dope* self begin gebruik en al hoe minder verkoop. Stander het kwater en kwater geword.

As ek nie vir Koos geld gee om vir Stander te betaal nie, slaan Koos my dat ek nie van die grond af kan opstaan nie. Hy skop my gesig dat my oë toegeswel staan vir twee weke aaneen. *Mrs* Welgemoed het my laat loop toe sy merk dat ek haar geld steel. Sy was moeg vir my geswelde gesig, my seer lyf, die geld stelery én nog die kleintjie oppad ook. Ek het haar gesmeek, maar sy was kwaad.

Koos het gesê as Stander nie vanaand geld kry nie gaan hy wat Koos is, my moertoe slaan. Dié aand het Stander vir Koos by die klein hekkie geskreeu dat hy uit die huis moet kom anders gaan hy hom doodmaak. "Waar's my geld, Koos?" het Stander aanhoudend geskreeu. Ek het vir Koos gesê hy moet 'n man wees en Stander gaan *face*. Koos het toe gegaan en Stander het Koos se dronk bakkies 'n paar warm klappe gegee sodat Koos 'n paar maal teen die hekkie se pale geval het. Dan het Stander hom net opgehelp en weer geklap.

Stander het 'n rewolwer uit sy broekbelt gehaal en dit teen Koos se kop gedruk. "Ek skiet jou vanaand vrek, jou gemors!" het Stander geskreeu. Koos het gehuil en gesê hy sal die geld môre-oggend hê. Stander wou weet: "Hoe?" Koos het gesê Mara het *pay* gekry.

Stander het huis toe gekyk en my gesien. "Jy sal sorg dat Koos vir my die geld môre-oggend gee anders skiet ek julle altwee vrek!" het hy vir my geskreeu en Koos se kop weer teen die paal gestamp voordat hy geloop het.

Koos het al vallend by die huis ingekom en my geklap dat ek met my kop teen die wasbak geval het. Hy het gesê ek moet hom die geld gee. Waar sou ek dit kry? Ek het nog nie vir hom gesê *Mrs* Welgemoed het my ge*fire* nie. Hy het my begin skop. Aanhoudend oor my maag totdat ek van die pyn uitge*pass* het. Toe ek bykom lê Koos en snork op die bank.

Ek kon skaars loop en het die vleismes uit die boonste laai gehaal en na hom gestrompel. Die pyn was vreeslik erg en bloed het by my bene afgeloop. Ek het die mes gevat en dit met al my krag deur sy keel getrek.

Ek het aangehou en aangehou totdat die pyn in my buik my grond toe getrek het. Ek het langs Koos se gapende oop keel geboorte gegee aan 'n dooie kind."

Mara bly vir 'n oomblik stil sonder om haar oë van André af te neem. "Wat het jy met die kind gemaak, Mara?" vra André sag versigtig. "Ek het 'n kombers gevat, die kind daarin toegedraai en geloop. Soms het ek uitge*pass* en die kind in die kombers by my gekry. Dan het ek weer verder geloop. Stadig. Die maan was vol. Ek kon sien tot ek by die spruit gekom het. Daar het ek in die spruit myself gewas en 'n gat met my hande gemaak sodat ek my kind kon begrawe. Van daardie nag af het ek gevlug."

Luna gee nie om oor die trane wat skaamteloos oor haar wange loop nie. Sy wens sy kon Mara wegneem en haar vir altyd beskerm. "Weet jy hiervan, Luna?" vra André sag as hy langs Luna sit en haar stip aankyk. Luna staar hom skuldig aan en wil net erken dat sy weet, toe Mara haar openlik in die rede val. "Nee, Meneer Jört. Luna het nie geweet nie." André skud sy kop ingedagte.

"Mara, jy begryp dat ek jou moet inneem polisiestasie toe?" sê-vra André besorgd. "Ek verstaan, Meneer," antwoord Mara. Luna draai hulpsoekend na André toe. Hy ignoreer haar. "Kan ek asseblief vir my 'n warmding saamneem?" vra Mara. "Natuurlik, Mara," antwoord André goedgunstig. Hy draai na Luna om haar voor te berei op die proses wat ná Mara se inhegtenisname sal volg.

"Daar is versagtende omstandighede," stel hy Luna gerus voordat hy die res van die prosedures verduidelik. Luna luister ingedagte, maar haar verstand neem niks in wat hy sê nie. Haar hele wese is gevul met onuithoudbare hartseer. Sy bedwing egter haar emosies en staar André nikssiende aan.

"Sal jy asseblief vir Mara gaan haal?" vra hy en staan van die rusbank af op. Luna knik. Sy stap verby Miems wat in die kombuis sit en Nunus styf in haar arms wieg. Sy stap Mara se kamer binne en kyk verbaas rond. Die kamer is leeg. Sy maak die kasdeure stadig oop en voel onverklaarbaar verlig as sy die kamervenster wawyd oop sien en die gordyn na een kant oopgetrek.

TWINTIG

Luna stap stadig terug na André toe. Hy staan by Miems in die kombuis. Hulle praat nie. André kyk op as hy Luna sien.

"Mara is weg," sê sy skor. "Wat bedoel jy Mara is weg?" vra André onverstaanbaar en frons. "Gaan kyk self," sê Luna en wys in die rigting van Mara se kamer.

"Bliksem!" vloek André. Hy stap vinnig na Mara se kamer toe en merk onmiddellik die oop venster en weggetrekte gordyn. Hy gooi 'n vlugtige blik in die kamer, kyk onder die bed en stap ongeduldig terug na Miems en Luna toe. Hy haal sy selfoon uit sy bosak en skakel die moord-en roofeenheid in die dorp. Miems en Luna kyk hom grootoog aan.

"Dis nou sleg," sê André strak en skakel die plaaslike boere-eenheid vir bystand met die hoop dat hulle voordat die polisie opdaag, 'n soekspan kan saamstel.

"Erger as 'n bloedhond," dink Luna afgehaal as sy na André kyk en hoop terselfdertyd dat Mara nie padlangs gevlug het nie.

Met die gedagte haal sy haar reënjas van die haak af en sluit die agterdeur oop. André wou nog keer toe is Luna alreeds oppad na Siem en Jakkels se kamer toe. Sy draf vinnig vooruit met die hoop dat André haar nie volg nie.

"Siem!" roep sy sag by sy venster. "Dis Luna, ek is alleen." Sy hoor hoe Siem van sy krakende katel afklim en kaalvoet deur toe loop. Hy maak die deur vinnig oop en staar haar deurmekaar aan. "*Mam*, Luna?" vra hy verbaas.

"Is Mara by jou?" fluister Luna dringend en loer verby

Siem die kamer binne. "By my?" antwoord hy onthuts. "Ja… Siem," fluister Luna ongeduldig. Jakkels kreun waar hy op die enkelbed lê en slaap. "Nee!" sê Siem en is dadelik bekommerd. Luna weet nie of sy verlig moet voel of nog meer bekommerd moet wees nie.

"Wat het Mara nou aangevang?" vra Siem lastig en trek 'n baadjie oor sy skouers. Hy draf agter Luna aan as sy vinnig terugstap huis toe. "Die polisie het uitgevind van haar," antwoord Luna ontsteld. Siem los 'n reeks kragtige woorde kort op Luna se hakke.

"Siem!" raas Luna kwaad. Sy kyk hom streng aan. "Dis nie die tyd om nou te loop en swets nie. Gaan kyk of jy Mara kry en sê sy moet by Elias gaan skuil vir die nag. Ek sal voor sonop 'n ander plan maak!" Siem draai in sy spoor om en verdwyn die donkerte in.

André se teenwoordigheid word in die skadu van die aand verskans. Luna loop vinnig kombuis toe. André verdwyn ongemerk om die hoek van die huis. Hulle merk tegelyk die eerste ligte wat by die hek indraai. André stap vinnig voordeur toe en bly in die deur staan.

"Ek gaan met die soektog help," sê Luna vir Miems as sy vinnig deur die kombuis voordeur toe loop. "Jy bly net hier," beveel André kortaf oor sy skouer.

Luna ignoreer sy versoek en druk verby sy gestalte. Sy gaan staan voor hom en betrag die een voertuig na die ander wat nader kom.

"Hoekom is die honde-eenheid hier?" vra Luna ongemaklik as 'n groep mense uit verskillende voertuie klim. "Sodat ons 'n voortvlugtende wat toevallig 'n moordenaar is, kan vastrek in 'n redelike ernstige stormagtige nat gebied," antwoord André afgetrokke, self ongemaklik by die idee dat Mara se verdwyning die saak verder bemoeilik.

Luna ril met die aanhoor van sy woorde. Die gedagte dat sy dalk deur die honde uitgesnuffel kan word vul haar met weersin. Sy moedig Mara woordeloos aan om so vinnig as moontlik, so vér as moontlik, te vlug.

Die goedopgeleide polisiebeamptes kry hulle ewe bekwame honde aan die leibande, gereed vir die soektog. Hulle kry Mara se spoor net onderkant haar kamervenster. Die honde is angstig en snuffel vinnig in die rigting van die boord. Luna drafstap agter hulle aan.

"Luna!" roep André verergd en gooi sy hande magteloos in die lug as Luna hom 'n dowe oor gooi en merk terselfdertyd vir Dirk, sy buurman, op as hy uit sy bakkie klim. André stap hom tegemoet.

"Dirk, neem die oorblywende boere-soekspan en deel in twee. Soek weerskante van die boorde, om die stalle en kraal!" versoek André kortliks en sluit by die honde-eenheid aan.

Luna ignoreer André opsetlik en gee groot modderige treë agter die voortbeurende span aan. Sy kyk ongemerk tussen die bome of sy dalk 'n beweging tussen die donker skadu's kan sien. Sy raak angstiger namate hulle die onderkant van die boord nader. Die geraas van die rivier smoor die geblaf van die honde. Die modder kleef aan die stewels van die polisie wat voor haar loop se voetsole vas.

Die smaak in haar mond is bitter. Die aand is kil en die bome gooi spookagtige skadu's weerskante van hulle asof dit hulle teenwoordigheid koggel en uitlok. Asof die nag hom verlekker om die naaktheid van 'n verwese vlugteling iewers voor hulle uit te lewer sodat die mag van duisternis dit verder kan verskeur en verwoes. 'n Onbeskermde wese wat vasgevang was in omstandighede waarvoor sy nie gevra het nie. "Die duplikaat van jouself," kla Luna se gewete. Luna struikel en val. André buk en hou sy hand uit om haar op te help. Sy ignoreer sy hand.

"Ons het iets!" skreeu die manne-stem wat deur Luna se gees sny. Die honde blaf en die polisiemanne hardloop op die rivier af. André trek Luna haastig en geïrriteerd aan haar elmboog orent. Hulle hardloop agter die blaffende honde aan.

Mara staan op 'n stuk uitstaan-rots dieper die river in en kyk verbouereerd om haar rond. "Mara, nee!" skree Siem van iewers en hou sy hande bokant sy kop vas. Mara kyk vir 'n vinnige oomblik in sy rigting. Haar vreesaanjaende gesig sigbaar in die skynsel van die maan.

"Mara!" skree Siem hard buite homself. Sy stem breek tussen die gedruis van die rivier terwyl hy huilend skree: "Mara, asseblief, Ousie!"

Luna hardloop die rivier binne. "Mara!" skree Luna met haar arms uitgestrek terwyl sy deur die waters om haar voortbeur. Mara kyk weer vinnig om. Haar gesig versag vir 'n oomblik. "Mara!" skree Luna. Die honde is verward en hardloop agter Luna aan, nie seker waarheen die spoor lei en wie hulle moet aankeer nie. Luna vorder nie veel verder teen die bruisende waters nie.

Siem verstar as 'n vloed water Mara van die rots afgooi en meesleur. "Mara!" gil Luna en verdwyn onder die water. André hardloop die rivier in en swem agter Luna aan. Luna se kop kom met kort oomblikke bo die stormvloedwater uit, maar verdwyn onmiddellik weer onder die water.

Die malende bruin waters gevul met stompe en rommel gooi Mara se slap liggaam teen 'n boom se stam vas. Haar liggaam dobber saam met die spoelende water, word teruggetrek deur die vloed en dan weer hard teen die boom se stam vasgeslaan.

"Luna!" skree André toe hy asem skep en om hom rondkyk. Hy merk haar nêrens op nie en laat toe dat die water hom vir 'n oomblik meesleur. Die honde blaf buite hulself op die wal van die rivier. Siem sak op sy knieë en skreeu die rou pyne van verdriet uit sy bors terwyl hy Mara se naam herhalend uitroep.

"Luna!" skree André en merk tot sy verligting haar halflyf teen 'n boomstomp ophys. Sy klou verbete aan die stomp terwyl trane van vrees en verdriet oor haar gesig rol. Haar kragte verminder.

André beur teen die kragtige stroom en besluit om saam met die stroom voort te slenter tot digby Luna. Hy swem die klein entjie kragtig tot by haar. "Is jy mal!" skree hy bo die gedruis uit. Luna klou so al wat sy kan aan die stomp, nie seker hoe lank sy nog daaraan sal kan vashou nie.

"André, gryp die tou!" skree Dirk. André merk dat die reddingspan 'n vierman ry gevorm het sover as wat hulle in die rivier kon ingaan. Die ander ent van die tou is aan 'n vierwielaangedrewe voertuig se insleepstang vasgemaak.

Dirk maak 'n groot knoop aan die punt van die tou en gooi dit weer na André. André vang mis. Hy stoot Luna terselfdertyd hoër op teen die stomp en stut haar onderlyf met sy ander hand sodat sy nie onder die water verdwyn nie.

Jakkels kniel by Siem wat op sy knieë staan en hart-verskeurend huil. Hy sit Siem se kop op sy skouer en huil saggies saam met hom terwyl hy snikkend oor Siem se nek en kop vryf.

"Dirk, die stroom is sterk en die stomp gaan enige oomblik meegee!" skree André waarskuwend. Dirk "swing" die tou kragtig in die lug en gooi dit vlak langs André. André gryp vinnig na die knoop van die tou en span dit onmiddellik om Luna se bolyf. Daarna draai hy die tou vinnig met sy een hand om die punt van die stomp.

"Trek!" skree hy vir die span. "Hou jou kop bo die water!" skree hy terselfdertyd vir Luna. Hulle klou al wat hulle kan aan die stomp. Die bakkie trek stadig vorentoe en die stomp begin beweeg. Luna merk Mara se liggaam laer af teen die boomstomp slaan. Sy klou huilend aan die stomp. Hulle sluk elke keer water as die magtige oorweldigende vloedgolf met tye kragtig oor hulle gaan. Luna laat onwillekeurig toe dat die rivier hulle al die pad meesleur wal toe, te swak om daarteen te baklei.

"Hokaai!" skreeu 'n man vir die bakkiebestuurder as André en Luna die wal bereik. Die bakkie stop en luier, hoofligte aan. Die vier manne help Luna en André uit die water. Luna se liggaam is swak en willoos, haar bene te swak om te loop. Sy bewe onbedaarlik. Sy word onmiddellik in 'n warm kombers toegevou. "Vat haar huistoe," beveel André bibberend terwyl 'n kombers ook om sy skouers gehang word. Hy voel self swak. Siem en Jakkels kyk verslae na die vloedwater wat Mara se lewelose liggaam verniel.

"André," keer Luna voordat sy weggeneem word na die bakkie toe. Siem en Jakkels…," sê sy bewend erg bedroef en kyk in hulle rigting. André knik en stap na Siem en Jakkels toe. Hy gaan stil langs hulle staan. Hulle kyk verslae op, oorweldig deur verdriet. "Kom ek vat julle huistoe," bied hy simpatiek aan. Hulle staan op en volg hom.

Miems maak die voordeur onmiddellik oop as voertuigligte by die hek inkom. Sy merk Luna agteroor met haar kop teen die sitplek leun en draf-stap bakkie toe. Sy maak Luna se deur vinnig bekommerd oop. Luna omhels Miems en huil hartverskeurend teen haar skouers. Miems kan nie 'n woord hoor wat Luna sê nie. Sy staan terug dat die reddingspan Luna uit die bakkie help en in die huis neem, na haar kamer toe.

Luna krul bewerig op haar bed op terwyl sy saggies huil. Miems tap warm badwater in, sit terselfdertyd die ketel aan, bring twee sterk kalmeerpille vir Luna om te sluk en bel ten einde laas vir Jan Barnard. "Jan, jy moet dadelik kom," sê sy en sit die foon neer. Sy haal warm slaapklere uit Luna se kas en sit dit in die badkamer. Sy help Luna badkamer toe en sien toe dat sy in die warm soutbad klim. Sy hou die badkamerdeur op 'n skrefie oop en maak 'n vinnige draai by Nunus. Nunus is vir eers rustig.

Siem en Jakkels is in hulle kamer. Jakkels gee vir Siem sterk soet swart koffie. Hy drink self verdrietig aan syne. Daar is 'n klop aan hulle deur. Dit is Elias. Jakkels laat Elias binne en maak vir hom ook koffie. Elias haal 'n klein silwer botteltjie uit sy binnesak en gooi vir hom 'n sterk dop brandewyn by sy koffie. Hy doen dieselfde met Siem en Jakkels. Die mans praat nie, kyk net verwese grond toe.

Mara se oorskot is reeds weggeneem na **Avbob** toe. Die laaste van die polisie soekspan het vertrek. Die boere-soekspan het nog bietjie rondgestaan en daarna ook vertrek. Die rivier se gedreun is hoorbaar in die agtergrond.

Dit begin weer saggies reën. Jan Barnard gaan Luna se huis binne. Miems stap hom tegemoet. "Jan, ek's bly jy's hier," sê Miems en sit die ketel aan. Nunus huil. Miems draf-stap kamer toe. Jan Barnard staan gedwee op en maak vir homself warm koffie. Miems kom met Nunus die kombuis binne. "Vat haar net vir 'n oomblik," sê Miems en plaas Nunus in Jan Barnard se arms. Sy ignoreer sy verdwaasde blik en neem die naaste gesteriliseerde bottels. Sy maak Nunus se laataand- en nagbottels, nie veel lus vir praat nie. Daarvoor is haar gemoed te vol kwellinge.

Jan Barnard sug. Hy sit vir Miems ook 'n beker met sy vry

hand langs syne neer. Hy kan sien dat sy ontsteld is. Hy draai om as die voordeur oopgaan en merk dat dit André is. Hy skuif nog 'n beker nader. "Goeienaand, Oom Barries," groet André en staar Jan Barnard vir 'n oomblik verbaas aan as hy Nunus in sy arms merk.

Jan Barnard knik en kyk André strak aan. Dan loop hy agterdeur toe en haal sy pa se ou dik oorjas van die haak af. Hy gee dit vir André. "Dankie, Oom Barries." André trek die swaar jas oor sy klam klere aan. Jan Barnard gee Nunus oor aan André sodat hy sy hande vry kan hê om koffie te maak. Hy sit die twee bekers op die tafel neer en trek die blik met beskuit nader. Jan Barnard praat nie. Sy gesig is net ferm en stil. Miems trek haar wenkbroue en skouers op en kyk André betekenisvol aan. André gaan langs Jan Barnard sit. Hy neem ook 'n beskuitjie. Nunus sit gemaklik op sy skoot.

Luna kom in warm nagklere die kombuis binne. Sy lyk moeg en swak. Sy merk André onmiddellik op. "Naand pa," groet sy sag en soen hom liggies op sy wang. Daarna stap sy na André toe en neem Nunus uit sy hande. Sy loop terug kamer toe.

"Jan, kyk dat die sop nie aanbrand nie," sê Miems en draai die plaat stadiger voor sy Luna met Nunus se bottels in haar hande volg.

Jan Barnard knik en kyk André afwagtend aan. André neem nog 'n slukkie koffie voordat hy Jan Barnard van die aand se gebeure vertel. Jan Barnard lyk tevrede. Hy staan op en steek sy hand uit om André te groet. André frons. "Gaan oom nou ry?" vra André onverstaanbaar en neem Jan Barnard se hand in syne. "Ja, jy is mos hier," antwoord Jan Barnard skrams. Sy eerste woorde vir die aand. Hy skud André se hand en gee dit 'n ekstra harde druk voordat hy voordeur toe stap. Dit verseker die vertroue wat hy in André het.

André sien toe dat Jan Barnard vertrek. Dan stap hy ingedagte terug huis toe. Hy antwoord kortaf as sy foon in sy bosak lui. Hy erken die nommer. "Die vingerafdrukke op die vleismes stem ooreen met dié op die sportmes," bevestig die beampte by forensies.

"Dankie," sê André en lui af. Hy stap kombuis toe en skep warm sop in drie groot borde. Hy plaas twee borde op 'n skinkbord en stap na Luna se kamer.

Miems kyk verras op. André wag dat Luna teen die bedstyl opskuif voordat hy die skinkbord op haar skoot plaas. Sy vermy sy blik. Sy oog vang Nunus wat aan haar bottel drink. Sy gelaat versag. Hy glimlag liggies vir Miems en stap terug kombuis toe. Hy skuif sy bord met sop nader en eet rustig daaraan. Sy gedagtes vir eers stil.

Miems sien toe dat Luna 'n groot deel van haar sop eet. "Wat sou ma vanaand gebid het terwyl alles so nietig lyk?" vra Luna sag. Miems is vir 'n oomblik stil. Dan versag haar gelaat. "Die mens is 'n gevalle skepsel, gebore met 'n bose natuur. God se plan is om gevalle mense in besit te neem en hulle te verander en heilig te maak." Sy kyk Luna vir 'n oomblik stip aan. "Al lyk alles vir jou nou so deurmekaar, en al is jou hart in duisend stukkies gebreek.... selfs hieruit sal daar goed tevoorskyn kom. God maak alle verkeerd reg op wyses wat vir die mens onverstaanbaar is."

Miems neem die skinkbord by Luna en stap kombuis toe. Sy merk dat André sy bord uitgespoel en op die afdroograkkie geplaas het. Sy stap sitkamer toe en vind André uitgestrek op die bank lê. Sy skoene uitgetrek. Hy haal rustig en diep asem. Miems glimlag sag. Sy gaan haal 'n kombers uit die gangkas en gooi dit liggies oor André, tevrede en dankbaar dat hulle nie vanaand alleen is nie.

Luna raak later rustig aan die slaap. Miems skakel die kamerlig af en kruip langs Luna en Nunus in. Sy kyk vir 'n oomblik deur die venster, sien die maanskynsel, hoor die reën wat op die dak val en sy groet Mara met 'n stil stem. "Rus, liewe Mara, rus in vrede."

Mara se oorskot word in die familie-begraafplaas op Luna se plaas te ruste gelê. "Vir wat in die familie-begraafplaas, Luna?" vra Jan Barnard duidelik ontevrede. "Want, Pa," sug Luna, "toe niemand daar was vir my en Nunus nie, was Mara daar. Sy is my familie."

Jan Barnard is gedurende die oggend se verrigtinge stil. "Jan, jy moet regmaak met Luna," vermaan Miems sag terwyl Jan Barnard terugstap na sy bakkie toe. "Bring vir my 'n geboortesertifikaat, Miems," eis Jan Barnard weer. Hy kyk Miems strak aan, klim in sy bakkie en ry terug na sy plaas toe.

"Dit gaan jou goed, Mara," sê Siem en neem die naaste graaf. Hy begin die gat toegooi. Jakkels en Elias volg sy voorbeeld en doen dieselfde.

Luna pak Mara se besittings later die dag in bokse sodat sy dit vir Siem kan gee. Miems help haar. Hulle gesels nie en dring die mooi herinneringe afsonderlik in. Luna lig Mara se onderklere van die kas se rak af. 'n Kaartjie val uit die opgevoude nagklere uit. Luna tel dit belangstellend op. Pastoor Elizabeth Susara Magdalena Haasbroek. **Omega Church Ministries, Napier**. Luna oorhandig die kaartjie niksseggend aan Miems. Miems kyk betekenisvol daarna.

"As Siem instem kan ons Mara se besittings vir die kerk skenk," stel Miems voor. Luna knik tevrede. "Luna, ek sal Sophie se dogter vra om ons te kom help," bied Miems onverwags aan. "Solank ma my met Nunus help," sê Luna. "Ek gaan nêrens heen nie, Luna," stel Miems haar gerus.

EEN-EN-TWINTIG

Na 'n paar dae dwaal Luna tussen die lemoenboorde deur af na die rivier toe, daar waar Mara se liggaam gedobber het. Sy het behoefte om te praat… met Mara te praat. Maar sy het ook die behoefte om na die rivier te kyk. Net te kyk na die geweldadigheid daarvan. Sy onthou hoe kragteloos sy gevoel het toe sy aan die stomp gehang het. Dit is asof sy daardie magtelose en verdrietige gevoel wil meet teen die haatlike sterkte van die rivier.

Luna se moord-geheim lê vanoggend ekstra swaar op haar hart en die mure van ontvlugting lyk koud en onwelkom. "Hoe ironies," dink Luna. "Mara moor en verloor haar baba en sý wat Luna is moor en steel 'n baba."

Luna loop onderdeur die klipsteen treinbrug. Haar stewels sak weg in die modder. Die wolke lyk somber en donker. Die koppies oortrek met laaghangende mis. Siem hou 'n bekommerde ogie oor Luna as sy verder na die vloeiende rivier toe stap. *"Mam,* Luna, die wolke dreig," waarsku Siem besorgd.

Luna hoor Siem se waarskuwing en kyk vlugtig op na die wolke. Sy stap 'n entjie nader tot waar sy kan - en gooi 'n rooi roostakkie in die malende water. "Ek is ontsaglik jammer, Mara," prewel sy bewoë. "Ek het probeer…." Luna staan 'n oomblik en kyk hoe die malende water die roostakkie meesleur, haar gemoed gevul met algehele hartseer. Dan draai sy om en stap rusteloos en tydsaam terug huistoe, vasgevang in haar eie gedagtes. Sy hoor 'n dreunende voertuig nader kom. Sy is nie ver van die huis af nie, min lus vir besoekers.

"Wat wil jy van my hê, Jört?" vra Luna effens ongeduldig as André langs haar stop. "Het jy nie genoeg skade en hartseer veroorsaak nie?" André kyk haar vir 'n oomblik swyend aan.

"Ek gaan uit die speurdiens tree," deel hy haar kalm niksseggend mee. "En wat het dit met my te doen?" vra sy emosieloos. "Ek het nog één saak om op te los," sê hy na 'n rukkie van stilte.

My ouers kom goed met jou oor die weg," verander Luna die gesprek en ontwyk sy blik. "Jou ouers is goeie mense, Luna. En vir my soos my eie ouers," sê hy sag onheilspellend en betekenisvol. Luna kyk hom vir 'n oomblik strak aan. "Totsiens, Jört," groet sy en stap verder. "Ek gaan beslis nie Miems se koffie en beskuit mis nie," roep hy agterna en ry verder huistoe.

Miems groet André vriendelik as hy by die voorhuis instap. Sy sit die ketel aan. "Kom tannie Miems darem reg met die huishouding?" vra André belangstellend. "Ja," sug Miems. "Ek het darem Sophie se dogter wat help." Miems kyk André goedkeurend aan voordat sy in die spens verdwyn en houers met beskuit na vore bring. "Ek het vir jou ook 'n baksel gebak. Vat tog vir Oom Barries sy beskuit saam?" vra Miems. "Ek sal," sê André en glimlag gemaklik.

Miems sit André se beker koffie voor hom en stap kamer toe as sy Nunus hoor kreun. André loop ongemerk studeerkamer toe met sy beker koffie in sy hand Hy blaai deur 'n paar werkstukke wat op Luna se lessenaar lê en glip haar skryfpen ongemerk in sy binnesak.

"Vir wat snuffel jy in my huis rond?" vra Luna duidelik kwaad agter hom. "Ek sien jy is 'n vryskut-joernalis?" vermy André Luna se vraag en kyk belangstellend na 'n berig wat sy vir die Laeveldse koerant voorberei het. "Indrukwekkend," sê hy terwyl hy deur die paragrawe spot-lees. Luna vererg haar en neem die inligtingstuk uit sy hand. Sy sit dit terug op die tafel waar hy dit gekry het. André glimlag strak terwyl hy na haar kyk. Dit maak Luna verder onrustig as sy oë in hare boor. André draai om en stap kombuis toe. "Totsiens, Tannie Miems!" roep André die gang af. "Dankie vir die beskuit!"

Luna bly onseker in haar studeerkamer agter. Sy kyk deur die groot skuifvensters nadat André vertrek het. Haar gemoed ontstuimig en rusteloos.

Dit is laataand as Luna 'n slapende Nunus neerlê en Miems in die sitkamer opsoek. Sy skink vir hulle die gebruiklike aandtee en gaan sit op die rusbank langs Miems. Sy mis Mara se teenwoordigheid. Sy staar oor die vertrek.

"Sal ma na Nunus kyk as iets met my gebeur?" vra Luna onverwags met 'n bekommerde trek op haar gesig. Miems kyk op en frons liggies. Sy is nie seker wat Luna so erg kwel nie en wens dat Luna dit met haar wil deel. "Ek sal," gee sy Luna die versekering.

"Ek wens Pa kom tot sy sinne," voeg Luna na 'n paar minute van stilte by met 'n intense verlange na haar pa se beskermende krag – ten spyte van die feit dat hy soms so bot is.

Luna staan op as sy haar tee klaar gedrink het. "Nag, Ma," sê Luna en verdwyn in die gang af kamer toe. "Nag, Luna," antwoord Miems sag. Sy wens self Jan Barnard wil sy houding verander. Maar sonder 'n geboortesertifikaat is daar nie hoop nie. Sy sug saggies en sit haar breiwerk neer. Sy skakel die hoofligte in die huis af voordat sy bed toe gaan.

"Greyling, hoe vorder jy met die Prinsloo saak?" vra André kortaf toe konstabel Greyling sy selfoon antwoord. "Môre,

Sersant," groet Greyling en drink 'n vinnige slukkie coke. "Nog niks, Sersant."

"Ek is oppad." sê André saaklik. "Stuur vir my al jou foto's op jou foon. Nou dadelik. Daarna vee jy alles ordentlik van jou foon af," beveel André streng.

Greyling frons en laat val sy skouers sugtend. "Ja, Sersant," antwoord hy mismoedig. "Alles, Greyling!" beveel André streng. "Ja, Sersant." André lui af.

"Daar moet 'n goeie rede wees daarvoor. In elk geval sal ek oneindige probleme optel as iemand die foto's op my foon kry," dink hy onwillig en gaan sit op die rand van sy stoel om die foto's vir André aan te stuur. Hy werk tydsaam daardeur terwyl hy een vir een van sy foon afvee, nog in heimlike bewondering oor sy fotografiese vernuf.

TWEE-EN-TWINTIG

André is warm op die Prinsloo-moord en dit veroorsaak dat hy vinnig oor die snelweg voortsnel. "Nes 'n bloedhond op 'n warm spoor," dink hy ironies, juis omdat hy daardie gesegde al vantevore soveel keer gehoor het. Hy het egter een doel voor oë. "Dié saak moet afgehandel word, want dit knaag aan my siel," dink hy sinies en ry stadiger as hy Pretoria se verkeer nader.

Hy vleg tussen die voertuie deur totdat hy by die gewensde adres kom. Hy klim uit sy motor en drafstap die stoeptrappies twee-twee uit. Hy lui die voordeurklokkie.

Die doel van sy besoek is van uiters kardinale belang en daarom moet hy sy feite korrek voorlê. Hy druk die dossier waarvan hy die nodige kopieë gemaak het onder sy arm in en groet hoflik as die voordeur oopgaan.

'n Statige middeljarige vrou maak die voordeur oop, haar oë skerp en innemend. "Sersant André Jört. Ek is bly jy kon jou afspraak nakom," verwelkom die hoof van die Nasionale Intelligensiediens hom vriendelik; dog ferm. André glimlag beleefd en neem haar hand in syne. "Dis aangenaam om u te ontmoet," sê hy saaklik. Hulle stap die huis binne.

André se opsommende blik gaan vlugtig oor die goedversorgde en duursame meubels voordat hy gemaklik op 'n russtoel gaan sit. Sy neem in die stoel langs hom plaas. André oorhandig die dossier aan haar. Sy blaai ingedagte daardeur, vra 'n paar vrae en skud haar kop verstaanbaar.

Na ongeveer 'n uur ry André na Luna se woonstel. Hy

hoop dat die opsigter hom goedgesind sal wees om Luna se wooneenheid vir hom oop te sluit. Oppad daarheen koop hy 'n burger, 'n coke en 'n groot pak slap skyfies. Hy ry stadig in die straat af en draai by die ingang van die woonstelblok in. Hy druk die opsigter se knoppie op die paneel en wag geduldig dat die hek oopskuif. Hy parkeer by die besoekersarea en klim uit.

Die vroulike opsigter stap hom tegemoet. Hy sug verlig as hy sien dat haar voorkoms vriendelik en saggeaard lyk. "My dag vir ouer dames," glimlag hy tevrede en stel homself bekend.

Dit neem nie lank om haar oor te haal om Luna se woonstelsleutels aan hom te gee nie, alhoewel sy hom sku aangekyk het met die storie dat hy Luna se neef is. Gelukkig het haar onseker houding verander toe hy Jan Barnard se naam terloops 'n slag of twee genoem het. Hy twyfel in elk geval of sy Luna of selfs Jan Barnard sal skakel.

Hy sluit die woonsteldeur oop en sluit dit weer dadelik agter hom toe. Hy wil ongestoord deur die inhoud van die woonstel gaan. Hy gaan sit in die gemakstoel by die venster wat oor die tuin kyk en eet rustig aan sy wegneemete.

Daarna stap hy slaapkamer toe waar hy 'n geruime tyd spandeer. Hy skuif die stoel agter Luna se lessenaar uit en lees aandagtig deur haar laaste verslae waarmee sy besig was. Sy oog val op die datum van die laaste onvoltooide verslag. "Ironies," dink hy, "dieselfde dag van die Prinsloo-moord." Hy kyk belangstellend na die foto's wat sy geneem het. Daarna stap hy sitkamer toe en gaan sit rustig in die gemakstoel. Hy kruis sy een been gerieflik bo-oor die ander een. Dan lees hy weer noukeurig deur al die stukke, veral die voorlaaste en laaste verslag.

Dit is laataand as André Luna se woonsteldeur agter hom toetrek. Hy plaas 'n ekstra sekuriteitsslot binne die sleutelgat van die voordeur sodat niemand toegang tot die woonstel kan verkry nie. Hy sit die houtkassie wat hy in Luna se hangkas gekry het langs hom op die sitplek van die passasierskant neer. Die klein versameling van sportmesse fassineer hom.

Hy ry na sy eie woonplek toe. Hy voel moeg en terselfdertyd verwonderd oor al die gebeure wat plaasgevind het die afgelope tyd. Hy het 'n ernstige behoefte aan 'n warm stort en goeie nagrus. "Die volgende paar dae gaan baie besig wees," dink hy en druk terselfdertyd die kontroleknoppie sodat sy motorhuis se deur kan oopskuif.

Dit is vroegoggend as André se selfoon lui. Hy erken die nommer en antwoord afwagtend en hoflik. Hy knik en groet bedagsaam voordat hy sy motor in die rigting van die luukse woonbuurt stuur.

Dieselfde statige dame van die vorige dag maak die deur oop en nooi hom na binne. Sy gaan staan in die middel van die vertrek en wag hom in. Hy staan oorkant haar. Sy kyk hom vir 'n oomblik aandagtig aan. "Het jy gekry wat jy gesoek het?" vra sy beleefd. "Ja," bevestig André en knik sy kop. "Voorspoed," sê sy saaklik as sy die koevert aan hom oorhandig. Hy neem dit by haar en glimlag strak. Sy sien hom by die deur af. Hy ry ingedagte terug na sy kantoor toe, tevrede met die verloop van sy ondersoek.

Greyling kyk verbaas op as André sy foon vlak voor hom van die tafel af optel. "Ek het alles afgehaal, Sersant," verdedig Greyling. "Kom ons maak net seker," sê André bedaard en gaan deur die reeks foto's wat nog op Greyling se foon agtergebly het. Hy knik tevrede en gee die foon terug aan Greyling.

"Neem hierdie bewysstuk na *forensics* toe vir vingerafdrukke.

Vra hulle om dit te vergelyk met die glasstuk in Stander se nek en ook met dié op die eetkamerstoel," beveel André strak en oorhandig Luna se pen wat in 'n verseëlde sakkie is, aan Greyling.

André stap na sy lessenaar toe en skakel sy bevelvoerder om 'n afspraak te maak. Hy blaai terselfdertyd doelloos deur die Prinsloo-dossier. Daarna stap hy na sy bevelvoerder se kantoor toe. Greyling hou André belangstellend dop, ontevrede dat hy uitgesluit is in die afspraak en stap mompelend met die bykomende bewysstuk na die forensiese afdeling.

Dit neem 'n geruime tyd voordat André terug is by sy lessenaar. Greyling kyk op as hy André merk en antwoord terselfdertyd sy foon. André luister afgetrokke na Greyling se gesprek en wens hy kan aflui, maar meteens helder Greyling se gelaat op. "Wragtig nê," sê hy opgewek en giggel erger as 'n puberteitseun wat nie weet watter puisie om eerste uit te druk nie. André kyk geïrriteerd in sy rigting. Greyling merk André se kwaai gelaat, groet opgewek en lui af. Dan skuif hy opgewonde tot op die punt van sy stoel en swaai gemaklik om sodat hy André vol in sig het. "Sersant, die vingerafdrukke van die pen stem ooreen met die glasstuk in Stander se nek en die leuning van die stoel," verklaar hy grootman en wag angstig op André se reaksie.

"Greyling, stel jy nog belang in die fotografiese afdeling?" vra André onverwags. Greyling staar André onverstaanbaar aan. "Hoe nou, Sersant?" vra hy en keep sy wenkbroue in 'n ernstige plooi. "Ag nee, magtig man!" raas André skielik ongeduldig. "Wil jy fotografies toe gaan, of nie?" André kyk Greyling ekstra kwaai aan.

Asof uit die niet, begryp Greyling wat dit beteken en spring meteens uit sy stoel op. "Ja, Sersant!" sê hy geesdriftig opgewonde, buite homself van geluk. "Toe, die bevelvoerder wag vir jou!" moedig André Greyling emosieloos aan en trek terselfdertyd 'n leë boks nader.

André plaas die inhoud van sy onderste laai daarin wat net 'n paar los stukkies papier met kontaknommers is. Dan maak hy die tweede laai leeg en sit die Prinsloo-dossier heel bo-op die oop boks, met die wete dat dit net 'n kwessie van tyd is voordat die saak afgehandel sal wees. Hy trek die Haasbroek-dossier nader en blaai tydsaam daardeur. Hy skud sy kop jammerlik as hy terugdink aan Mara en Siem. "Dit kon anders gewees het," mompel hy en maak die lêer toe. Hy skryf die datum daarop, asook **Afgehandel** in groot dik swart letters. Hy plaas die dossier op Greyling se tafel.

Dit is laataand as André sy bevelvoerder in 'n stil eetplek ontmoet. Hulle bespreek die Prinsloo-saak deeglik in alle fynere besonderhede voordat hulle hulle bestelling plaas. Die res van die aand word daar oor verskeie gemeenskaplike belangstellings gesels terwyl hulle rustig voorteet. Dit is duidelik dat hulle wedersydse respek vir mekaar koester.

André is tevrede met die verloop van sake en besluit om nog 'n dag of twee te vertoef voordat hy terugkeer plaas toe. Jan Barnard lê hom besonders na aan die hart daarom sal dit sy eerste stop wees as hy die Laeveld binnery.

DRIE-EN-TWINTIG

"Môre, Oom Barries," groet André gemaklik as hy Jan Barnard by die stoetbul se kraal kry. Jan Barnard draai verras om. "Hallo, Seun," groet hy met 'n effense glimlag. "Die boerdery kom mooi aan," komplimenteer André. "André, ek ken jou. Jy is nie hier om oor my boerdery te praat nie," sê Jan Barnard bedaard. "Kom ons gaan maak koffie en eet van Miems se beskuit." Jan Barnard gooi nog 'n laaste blik na die bul se kant voordat hy aanstap huis toe.

"Vandag is reguit praat," dink André en verwelkom terselfdertyd Jan Barnard se gemoedstoestand. Jan Barnard skakel die ketel aan. André gooi suiker in sy beker. Jan Barnard drink swart en bitter. Hulle praat nie. Jan Barnard vat sy beker en gaan sit langs die lang kombuistafel. Hy slurp 'n bietjie daarvan en kyk afwagtend na André.

André skuif oorkant hom in en neem ook 'n slukkie van sy warm koffie. "Praat, Seun," nooi Jan Barnard strak. André vou sy hande voor hom bymekaar op die tafel. Hy kyk Jan Barnard stip aan. Hy deel alle feite sonder om sy blik van Jan Barnard te verwyder. Jan knik sy kop emosieloos namate hy verstaan wat André tot hom tuisbring.

Nadat André al die inligting so volledig moontlik verskaf het, skink Jan Barnard 'n tweede beker koffie. Dié drink hulle in stilte, elk besig met sy eie gedagtes. André maak aanstaltes om te vertrek sodra sy beker leeg is. Jan Barnard staan op en stap saam met André voordeur toe.

André steek sy hand uit om te groet. Jan Barnard neem dit

en trek André, soos in die vorige keer, onvoorsiens nader tot teen sy bors vas terwyl hy vertroulik op André se agterblad klop.

"Doen wat jy moet doen, Seun," sê hy saaklik en draai skielik om en stap die huis binne. André besef dat Jan Barnard geraak is deur André se onthulling. Hy klim in sy bakkie en ry na Luna se plaas toe.

Jakkels maak die hek oop as hy sien dat André by die hek staan. "Mara is mos dood," dink hy. "Siem sal nie meer *worry* as hy die hek vir die polisie oopmaak nie". Hy groet beleefd as André inry.

Luna merk André deur haar studeerkamervenster en drafstap haastig voordeur toe. Miems draai in die kombuis om as sy sien dat Luna vinnig verby die kombuis storm. Met dié stap André die voordeur binne en merk terselfdertyd dat Miems in die kombuis staan en Luna agterna kyk.

Dit is 'n baie kwaai Luna wat dreigend op André afstorm en haar stem bo die normale verhef. "Wat de hel maak jy…," maar voordat sy haar sin kon voltooi het André sy mond sterk en ferm oor hare geplaas en albei haar vreesaanjaende hande stewig agter haar blad vasgedruk terwyl sy vurige soen haar woorde smoor.

Miems glimlag ondeund en gaan dieper die kombuis binne. André laat vaar sy liefkosing sodra hy merk dat Miems uit sig is. Luna verstar en kyk hom oorbluf aan. "Nou gedra jy vir jou. Of ek kla jou vir moord aan," vermaan hy gevaarlik ernstig digby haar oor.

Luna verbleek. "Kom ons stap nou soos ordentlike twee volwasse mense na jou studeerkamer toe," sê hy dreigend, nogsteeds met haar hande styf agter haar rug vasgehou en sy mond naby haar oor. Hy voel hoedat haar liggaam meegee en ontspan onder sy greep. Hy laat haar hande gaan en kyk haar waarskuwend van bo-af aan. Sy vermy sy blik en draai om.

"Hallo, tannie Miems," groet André bedaard en vriendelik as hulle verby die kombuis stap. "Hallo, André," glimlag tannie Miems vriendelik, te bly dat André en Luna mekaar op een of ander wyse vind.

"Wat wil jy van my hê, André?" vra Luna gesmoord as hulle in die studeerkamer is. "Ek neem aan dit is waarna jy gesoek het," antwoord André matig en haal die wit koevert uit sy binnesak. Hy sit dit op Luna se lessenaar neer. "Laat weet my wanneer jy reg is," sê hy koud en afsydig. Sy houding onmenslik kil as hy haar agterlaat.

Luna hoor as André liggies met Miems in die kombuis klets. Sy stap stil en aangeraak daarheen, nie seker wat haar te doen staan nie. André staan met Nunus in sy arms. Nunus se handjie vertroetelend in André sin.

"Wil jy koffie hê, André?" vra Miems vriendelik. "Nee dankie, tannie Miems. Ek wag vir 'n belangrike besoeker. Ek wil nie ons afspraak mis nie," sê hy neutraal en kyk Luna betekenisvol aan.

Hy soen Nunus vlugtig op haar wang en gee haar oor aan Miems. Hy groet Miems vriendelik en stap die huis uit. Miems se blik wissel tussen André en Luna. Sy kan sien Luna is bleek en ongemaklik. Sy frons as sy merk dat Luna André agterna staar, haar gedagtes iewers elders.

Luna draai om en stap terug na haar studeerkamer toe. Sy gaan sit in haar oupa se stoel en trek die wit koevert nader. Haar hande bewe liggies. Sy verstar as sy die dokument in haar hande hou. Sy kyk weer na die inligting. Sy besef onmiddellik dat dit Nunus se geboortesertifikaat is. Geboortenaam: Zoné Prinsloo Jört. Moeder: Zoé Prinsloo. Vader: André Jört. Gebore

15/03/2020. Luna se hande bewe liggies.

Sy skuif die aangehegte enkelbladsy onder die geboorte-sertifikaat uit. "Laaste Wil en Testament van Zoé Prinsloo," lees sy. "Ek, die ondergetekende, Zoé Prinsloo, verklaar hiermee dat dit my laaste wil en testament is. Ek benoem, Luna Barnard, as pleegouer oor Zoné Prinsloo Jört. Geteken deur Zoé Prinsloo."

Luna staar na Zoé se handtekening en die datum waarop die testament opgestel is. Sy sak terug in haar sitplek en sluit haar oë as sy besef dat Zoé die testament opgestel het 'n week voor haar moord. "Uit vrees dat sy dalk vermoor sou word," dink Luna hartseer. Trane rol oor haar wange sonder dat sy huil. Sy laat toe dat die hartseer en pyn vrylik uit haar binneste vloei sonder dat sy snik. Sy gee mee aan die werklikheid en voel hoedat kalmte haar na etlike oomblikke later penetreer.

Miems kyk Luna bekommerd aan as sy haar met rooi gehuilde oë in die kombuis tegemoetstap. "Ma, ek ry gou oor na Jört toe," sê sy en soen Nunus innig op haar wang. Sy vleg Nunus se handjie vlugtig in hare voordat sy by die voordeur uitstap.

Miems frons en kyk Luna bekommerd agterna, onseker wat om te dink. Luna trek haar Volkswagen Polo uit die motorhuis en ry na André se plaas toe. Sy stop by die agterdeur. André stap haar tegemoet. Sy klim onseker uit en plaas Zoé se aptekerstrui in André se hande. Sy kyk hom skuldig aan. Hy vou die trui oop en lees *Zoe Prinsloo Apteker* daarop. Hy staar vir 'n oomblik ingedagte daarna.

Dan maak hy die sifdeur by die agterdeur oop en wys dat sy moet ingaan. Luna stap onseker binne. Sy bly in die kombuis staan. Hy wys dat sy moet deurstap sitkamer toe. Sy stap verder binne en merk die aantal stukke wat oop op die tafeltjie lê. Hy wys sy moet sit. Sy sien Zoé Prinsloo se dossier eenkant lê. André se gelaat is strak. Hy neem sy selfoon en skakel Jan Barnard.

"Luna is by my," sê hy saaklik en lui af.

Miems staan in Luna se studeerkamer en staar na Nunus se geboortesertifikaat. Sy sak hartseer op Luna se stoel agter die lessenaar neer en druk Nunus styf teen haar vas uit vrees dat sy uit haar lewe geneem kan word.

Miems merk die dokument wat langs die geboortesertifikaat lê en trek dit nader. Sy lees aandagtig daardeur. Trane vul haar oë as sy aan Luna dink en die groot hartseer wat sy só lank ongesiens in haarself ronddra. Sy verstaan egter nie die skakel tussen Nunus se biologiese ma, Zoé, en André nie. "Here, beskerm my kind," pleit sy vir die soveelste keer in stilte. Sy bly op Luna se stoel sit met Nunus op haar skoot en staar by die venster uit oor die boord totdat haar gemoed gevul is met kalmte.

VIER-EN-TWINTIG

André neem oorkant Luna plaas. Hy kyk haar strak en koud aan. "Nou vat my wéér deur die storie hoe jy Zoé vermoor het?" sê-vra hy skor en druk die *weer* ietwat harder uit. Luna staar hom strak aan. "Ek het Zoé nie vermoor nie," sê sy bewerig. "Nou wié het haar dan vermoor?" vra hy ongeduldig. "Ek weet nie," antwoord Luna. "Sy was reeds dood toe ek daar gekom het."

"Hoe weet jy?" vra André ongeduldig. "Sy het 'n mes in haar bors gehad," antwoord Luna. "'n Sportmes soos jou versameling in jou woonstel," maak André die stelling. Luna antwoord nie. "Jy hét mos ook aan mesgooi kompetisies deelgeneem op skool. Selfs 'n paar toekennings gekry?" sê-vra hy en kyk haar beskuldigend aan.

"Ek sê jou ek het haar nie doodgemaak nie," hou Luna vol. "As jy haar nie doodgemaak het nie, wie het dan?" vra André weer, die keer ongeduldiger. "Ek weet nie," antwoord Luna moedeloos en ook ongeduldig.

"Goed, kom ek vertel jou wat gebeur het die nag toe jy hulle vermoor het," sê André kil. "Jy gaan Zoé se huis binne. Sy betrap jou. Jy steek haar dood met een van jou versameling sportmesse. Stander is woedend, want jy het sy, dalk enigste verkrygbare bron van dwelms, so pas doodgemaak en storm op jou af. Hy wurg jou en jy maak hom ook dood met 'n glasstuk wat toevallig binne jou bereik was. Jy vat Zoé se kind, want jy weet jy is die pleegma en jy vlug met die gedagte om 'n lewe vir jou en die kind op die plaas te begin. Jy verander haar naam vir gerieflikheidshalwe na

171

Nunus." Hy gluur Luna aan.

"Jou beplande moorde is gepleeg tussen nege-en-tienuur. Daarna ry jy tot by die Caltex Garage, vul jou kar op. Dan trek jy weer iewers so tussen halfeen, dalk halftwee af, gee Nunus 'n bottel. Doen dieselfde weer so halfvier, voordat jy om agtuur by **Silver Mist Country Inn Gastehuis** inboek. Skoon aangetrek, want iewers in die nag het jy van jou bloedbevlekte klere ontslae geraak. Fyn beplan, Luna, baie fyn beplan," sê hy sinies.

"Jy weet, Luna, hoe lagwekkend die hele moord is?" Hy wag dat sy reageer, maar sy staar hom vyandig aan terwyl trane oor haar wange loop. "Jy poog om Mara se lewe kwansuis in die rivier te red, maar was terselfdertyd kop-in-een-mus met Gert Stander. Dalk was jy ook agter Mara se man se dood of agter Stander aan. Of dalk was jy en Mara kop-in-een-mus met die hele dwelmsmokkelary. Dalk is jy die brein agter alles! Is een moord nie genoeg nie, Luna?"

"Nee, nee!" gil Luna en druk haar gesig in haar hande. Sy snik liggies. André sit 'n boks met sneesdoekies voor haar neer. Sy geduld tot die uiterste beproef. "Ek wag, Luna. Wat het die aand gebeur toe Zoé Prinsloo en Gert Stander vermoor is?" vra hy kwaai. "Wie het wie betrap?"

Luna snik en blaas haar neus terselfdertyd uit. André gee haar kans om te huil en staar haar gevoelloos aan. Hy skuif Zoé se dossier ongeduldig voor haar in. Sy kyk vir 'n oomblik daarna en blaas haar neus weer liggies uit. Hy wag dat sy haar emosies onder beheer kry. Dan kyk sy op en vang sy ysige blik op haar. Sy merk vir die eerste keer sy donkerbruin oë wat geen gevoel toon nie en feitlik haatlik op haar gerig is.

Luna skuif Zoé se lêer doelbewus voor haar weg, skuldig dat sy nie haar belofte teenoor Zoé gestand kon doen nie, dieselfde soos in die geval van Mara. Dan vertel sy André alles wat daardie verskriklike nag gebeur het. Sy vertel hom selfs van haar ondersoek teen Stander waarmee sy besig was. Hy luister aandagtig en neem al die inligting noukeurig in.

Hy knik sy kop tevrede en stoot die wit koevert oor na Luna toe wat hy uit Zoé se woonstel geneem het. "Is dit wat jy die aand van Zoé se dood by haar moes gaan haal het?" vra hy kalm. Luna maak die koevert oop. Sy begin weer saggies snik en druk haar vuis liggies voor haar mond om die weersin wat voor haar blootgelê word te onderdruk. Sy knik.

"Het jy geweet wie die verkragter was?" vra hy. "Nee, nie tot nou toe nie," antwoord sy huilerig. "Hoe goed het jy Tannie Bes, die opsigter by Zoé se woonstelblok, geken?" vra hy neutraal. "Zoé het soms vir my inligting by haar gelos," antwoord Luna en snuif liggies terwyl sy haar neus afvee.

André lyk tevrede met haar antwoorde en staan op. Hy stap kombuis toe en maak twee sterk bekers koffie. Luna staar voor haar uit, gestroop van alle emosies. André plaas Luna se beker voor haar neer en skakel sy bevelvoerder.

"Ek moet jou terugneem Pretoria toe," sê hy saaklik voordat hy Jan Barnard vir 'n tweede keer skakel. "Oom Barries kan maar vir tannie Miems en Nunus gaan haal. Die geboortesertifikaat is in Luna se studeerkamer," sê hy beheersd, groet en lui af.

Luna kyk hom magteloos aan en voel die vloed van verwesenheid wat 'n tweede keer van haar besit neem. Haar hart skeur in haar binneste as sy dink dat sy haar belofte aan Nunus ook verbreek het. "Ek wou Zoé beskerm het, ek wou Mara beskerm… en Nunus…," sê sy magteloos en kyk André hulpeloos en verslae aan. André se hart word vir 'n oomblik week.

"Luna, jy behoort te weet as vryskutjoernalis van moord-en-roof dat jy niemand kan beskerm nie, nog minder 'n saak laat vaar waaraan jy besig was om te werk. Veral nie met die konkrete bewyse wat jy het nie." André se stem is saaklik en streng. "Ek vat jou terug Pretoria toe om jou ondersoek te gaan afhandel. Barries en Miems sal intussen na Nunus omsien." En daarmee beslis hy Luna se lot.

Luna staar André onverstaanbaar aan, nie seker of sy reg gehoor het nie. Bedoel jy…," "Ek bedoel as jy nie jou ondersoek voltooi nie, is jy direk skuldig aan moord op Stander en dalk nog Zoé ook." Hy kyk haar betekenisvol aan. Sy knik verstaanbaar.

"Ons ry in twee voertuie. Van nou af is jy op geheime-ondersoek. Jou bewegings sal fyn dopgehou word. Daar is kamera's in jou woonstel aangebring. Die saak is nou in jou hande. Ek het ontrek." Hy maak seker dat sy die implikasies van die ondersoek verstaan. "Is jy reg om te ry?" vra hy. "Ja, ek is reg," sê sy sag, oorgehaal en stap stadig kombuis toe.

André volg haar en sluit die agterdeur oppad uit. Hy sien toe dat sy in haar kar klim en maak haar deur toe. Daarna stap hy na syne. Hy kyk vlugtig op sy horlosie. "Die pad is lank," dink hy en voel tevrede as hy besef dat hulle Pretoria in die donker sal bereik.

Miems bly onrustig deur die sitkamer venster kyk, wagtend dat Luna moet huistoe kom. Nunus voel haar onrustigheid aan en is klaerig.

Miems staan vinnig op as sy die dreuning van 'n voertuig hoor nader kom. Sy maak die voordeur oop en sien dat dit Jan Barnard se bakkie is. Dit maak haar nog meer onrustig.

Sy draf-stap met Nunus in haar arms Jan Barnard tegemoet. "Jan, ek is bekommerd," sê sy angstig terwyl Jan Barnard uit sy bakkie klim. Hy maak sy deur toe en neem Nunus by Miems. Sy kyk hom openlik verbaas aan. Sy houding hopeloos te kalm en gemaklik vir sy bot geaardheid.

"Miems, gaan kry jou goed sodat ons kan huistoe gaan," sê hy neutraal en stap met Nunus in sy arms om die huis na Siem en Jakkels se kamer toe. Hy kry nie een van die twee by hulle kamer nie en stap rustig kraal toe. Hy hou Nunus se loshangende armpie stewig in sy hand vas.

Siem en Jakkels is besig om die kalwers te versorg en staak hulle werk onmiddellik as hulle hom sien. Jan Barnard groet met 'n kopknik. Siem en Jakkels groet beleefd terug. "Julle manne moet die fort hou vir 'n paar dae. Elias kan julle kom help. As daar probleme is, stuur vir Jakkels. Ek sal dadelik kom." Jan Barnard kyk dat hulle hom verstaan, groet en stap terug huis toe.

Hy sluit die agterdeur stewig agter hom toe. Hy kan hoor dat Miems nog in die kamer besig is. Hy stap daarheen. "Pak genoeg goed vir Nunus in. Sy gaan 'n rukkie by ons bly," sê hy egalig. Miems staar hom fronsend aan, maar glimlag liggies as sy merk dat Nunus rustig in Jan Barnard se arms is.

Jan Barnard stap studeerkamer toe. Hy gaan sit voor sy pa se ou lessenaar - nou Luna sin. Hy trek die geboortesertifikaat nader, lees dit en sit die testament gemaklik voor hom neer waar hy dit aandagtig kan lees.

Hy dink aan Luna en André wat oppad is Pretoria toe. Hy troos sy gedagte by die wete dat die Barnard-bloed sterk in Luna se are vloei en dat sy ook deur hierdie uitdagende tyd sal kom. "Hopelik die laaste van vele," dink hy.

Hy kyk op as Miems in die studeerkamer se deur staan. "Is jy gereed?" vra hy. "Ja," antwoord Miems. Hy loop rustig agter haar aan kombuis toe, dankbaar vir haar stil gebede wat sy in tye van nood so vrylik en gemaklik kan bid. Veral nou wat die nood op sy hoogste gaan wees. Hy gee Nunus aan haar en neem die tasse een-vir-een bakkie toe. Sy gedagtes stil.

VYF-EN-TWINTIG

Luna sluit haar woonsteldeur oop. Sy stap na binne en skakel die ganglig aan. Sy sluit onmiddellik die deur agter haar toe en skuif die veiligheidsslot oor die deur. 'n Ekstra veiligheidsmaatreël wat intussen deur die geheimediens aangebring is. André Jört het haar oppad Pretoria toe by die vulstasie laat aftrek sodat hulle vinnig iets kon eet. Hy het die geleentheid gebruik om al die kamera's in haar woonstel uit te wys, asook die nodige veiligheidsmaatreëls wat aangebring is. Luna was verlig toe hy haar meedeel dat sy handbeheer oor haar kamerkamera het.

Luna is doodmoeg en stap sleepvoet na haar kamer toe. Sy tap badwater in en skop terselfdertyd haar skoene uit. Sy neem haar nagklere en sit dit in die badkamer neer. Die woonstel voel vir haar koud en vreemd.

André het 'n nuwe selfoon in haar bedkassie se laai geplaas met sy nommer daarop. Sy stuur vir Jan Barnard 'n boodskap dat sy veilig is. Daarna sluit sy haar kamerdeur, skakel die kamera af en neem 'n warm bad. Sy lê vir etlike minute in die stoombad voordat sy afdroog, nagklere aantrek en in die bed klim. Haar liggaam is uitgeput en haar gees is moeg. Sy sluit haar gedagtes af en raak onmiddellik aan die slaap.

Die selfoon in die bedkassie se laai lui lank en aanhoudend. Sy hoor die klank van iewers uit haar benewelde slaap. Sy trek die laaikassie stadig oop. "Hallo," antwoord sy traag.

"Dit is al twee dae dat jy niks van jou laat hoor nie, Luna," raas André kwaai. "En jy klink onmenslik deurmekaar," gaan André voort. "Ek het geslaap," mompel Luna lui. Sy weet sy het met kort tye wakker geword, maar het onmiddellik daarna weer aan die slaap geraak, onwillig om op te staan.

"Maar twee dae...?" vra-raas André ontevrede. Luna kyk onwillig op haar bedkassie se horlosie. Die datum verskyn aan die onderkant. Sy merk dat sy inderdaad twee dae aaneenlopend geslaap het. Sy frons kriewelrig en beur orent.

"Hallo, Luna..., is jy nou wakker?" brom André ewenveel bekommerd en buierig. Luna vererg haar. Sy swaai haar bene van die bed af. "Moet my nie weer bel nie, Jört. Ek sal jou bel," sê sy kortaf en skakel die foon af. Sy maak seker dat sy alle verbinding met Jört verbreek en haal die battery uit. Daarna plaas sy die telefoon terug in die laai.

Sy het nie nodig om verslag aan hom te doen nie. Hy het dit duidelik gestel dat hy van die saak onttrek het. En buitendien is sy veronderstel om besig te wees met 'n geheime-ondersoek sodat sy haar onskuld kan bewys en haar "onvoltooide taak kan voltooi, soos wat hy dit gestel het," mompel sy vies en sluit haar kamerdeur oop.

Sy voel erg honger. Sy stap kombuis toe en sit die ketel aan. Dan maak sy 'n stewige ontbyt. Daarna stap sy na haar skryftafel in haar kamer toe en maak die lêer oop wat André vir haar gegee het. Sy wil die saak so gou moontlik afhandel, ter wille van Nunus en haar ouers.

Sy gaan rustig deur die foto's wat sy geneem het, haar aantekeninge, die inhoud van die wit koevert wat André vir haar gegee het en die reeks bewyse wat sy bymekaar gemaak het gedurende haar ondersoek. Sy was warm op Stander se spoor tot die aand wat Zoé vermoor is.

Sy neem 'n slukkie van haar koffie terwyl sy oor die inligting in die lêer peins. Dan plaas sy die gepaardgaande foto's by die ooreenstemmende inligting. Daarna lees sy noukeurig deur

Stander se profielontleding en ril opmerklik as sy in sy gesig vaskyk, wetend dat sy die een is wat 'n einde aan sy lewe gemaak het. Sy probeer om doelbewus nie aan daardie aand te dink nie. Die wete dat sy Mara se stilgebore baba se moordenaar om die lewe gebring het, gee haar nogtans 'n gevoel van genoegdoening. Sy glimlag skeef-sinies.

Sy plaas sy profiel aan die onderste lyn van die driehoek wat sy uitgepak het. Zoé se verkragter plaas sy aan die heel regterkantste lyn. Sy sit Zoé en Nunus se foto in die middel. Dan trek sy 'n lyn na die boonste deel van die driehoek met 'n vraagteken agter – rede vir Zoé se moord.

Sy staar na haar handewerk en neem 'n geroosterde broodjie uit haar bord terwyl sy al kouend die hele ontwerp betrag. Sy spandeer nog 'n rukkie aan die inligting voordat sy 'n warm bad neem, gemaklik aantrek en voor haar rekenaar inskuif. Sy maak 'n skoon woorddokument oop en tik 'n volledige verslag oor wat die aand met Zoé se moord gebeur het.

As sy tevrede is met haar verslag, pak sy haar skootrekenaar in 'n reissak met 'n paar kledingstukke. Sy skakel die kamerkamera aan en verlaat haar woonstel.

Sy ry deur 'n gemiddelde buurt naaste aan die apteek waar Zoé gewerk het en stop by die Spar-kompleks. Sy koop by **Pep Stores** 'n goedkoop selfoon. Dan skryf sy 'n kort nota en plaas dit op die kennisgewingbord waarop haar skuilnaam, Uné Brand, en die selfoon se kontaknommer verskyn met die hoop dat sy spoedig 'n kamer te huur sal kry.

Daarna skakel sy Speurder-Sersant André Jört se bevelvoerder van haar eie foon af. "Ontmoet my om 5:30 in die onderdak-parkering van die Spar Sentrum in Wierdapark," versoek sy sag en saaklik. Sy knik tevrede as die ontmoeting bevestig is. Daarna draf-stap sy oor die straat na die haarsalon toe. Sy merk met die intrapslag die verskillende haarstukke en koop 'n moderne rooi, kortgeknipte pruik. Sy stap by die Chinese winkel langs die haarsalon in en koop helder goedkoop grimering. Tevrede met haar aankope draf-stap sy terug na haar motor toe en maak haar skootrekenaar op haar skoot oop. Sy stel 'n eenvoudige kassiere en verkoopsdame curriculum vitae op en verskaf haar nuutste kontaknommer. Daarna open sy 'n eenvoudige epos-rekening vir Uné Brand.

As sy klaar daarmee is stuur sy Uné Brand se inligting na die hoofapteker, by die apteek waar Zoé werksaam was. Sy glimlag tevrede, neem haar handsak en stap na die koffiekroeg waar sy 'n ligte middagmaal bestel.

Luna se selfoon lui. Sy neem 'n vinnige slukkie koffie en antwoord sag en skamerig. "Uné Brand." Luna wag in spanning. "Hallo, Meisiekind, ek en die tannie het jou nota by Spar gekry." Die stem is krakerig-oud en praat stadig. Luna kyk vlugtig deur die venster van die koffiekroeg waar sy by haar tafeltjie sit. Sy merk 'n ouerige man en vrou by die kennisgewingbord op.

"Ek is baie desperaat, Oom," antwoord Luna en maak haar stem effens bewerig. "Nou kyk, Kind. Die kamer is te huur vir tweeduisend rand 'n maand. As jy etes wil by hê is dit 'n verdere vyfhonderd rand, en as die tannie jou wasgoed ook moet was, is dit nog driehonderd rand daarby." Luna dink vir 'n oomblik na as die oom stil is.

"Oom, ek sal die kamer neem vir tweeduisend vyfhonderd rand," sê Luna verlig. "Geen *boyfriends* nie!" kom die krakerige stem waarskuwend deur. "Ek en die tannie is nie lus vir 'n gefoefel nie!" Luna kan nie help om te glimlag nie en kug onderlangs as sy antwoord. "Oom, ek is ook nie lus vir 'n gefoefel nie," antwoord sy erg gemaak-skaam.

"Goed. Nou wanneer wil jy intrek?" vra die oom meer

gemaklik. "Vanaand, Oom," antwoord Luna vinnig en wag in spanning of dit hulle sal pas. Nadat die oom vir Luna verduidelik het dat die *rent* vooruitbetaalbaar is, het hy die adres verskaf.

Luna lui af en kan haar geluk skaars glo. Sy hou die oom en tannie nuuskierig dop terwyl die oom die tannie aan die bo-arm lei tot by hulle klein motortjie. Luna glimlag tevrede. Sy *google maps* die adres en merk tot verdere verligting, dat die woning twee blokke van die apteek af is.

Vyfuur ry Luna Spar se onderdakparkering binne om André Jört se bevelvoer te ontmoet. Luna klim by hom in die voertuig en stel haarself voor. Sy gesig is strak. Sy skerp blik wek respek by Luna as hy haar direk aankyk. "Jört het jou die gevaar van jou missie verduidelik?" vra hy, wat meer soos 'n stelling as 'n vraag klink. "Ja…," antwoord Luna effens afgetrokke.

"Jy is bewus van wat die gevolge van jou ondersoek sal wees indien jy misluk?" sê-vra hy op dieselfde toon terwyl hy Luna stilletjies opweeg teen die gevare van haar taak. "Ja…," antwoord Luna 'n oombliklik geïrriteerd. Luna oorhandig haar getikte verslag aan die bevelvoerder. "Zoé se afperser is nie wíe julle dink dit is nie. Lees my verslag dan sal jy weet wat ek bedoel," sê sy saaklik en kortaf. Sy maak haar kant van die deur oop en stap terug na haar voertuig toe. Daarna ry sy gemaklik en vinnig na haar eie woonstel toe.

Luna skakel die opsigter as sy by die hek indraai. Lena, die opsigter, draf-stap ongesiens en vinnig na haar motorhuis en sluit dit oop. Luna ry versigtig binne en sluit haar motor. Sy stap uit en oorhandig haar motorsleutels aan die ouerige dame. Lena is goed versorg en kan haar bitterlik vererg as iemand haar as tannie aanspreek, wat uiteraard verstaanbaar is as jy na haar flink en regop houding kyk.

Lena plaas haar rooi, 1970 Klassieke Volkswagenkewer se sleutels ongemerk in Luna se hande en gee haar vlugtig 'n drukkie voordat sy terug draf-stap na haar woonstel.

Luna groet onderlangs, klim in die motor en ry versigtig deur die hekke na die nuwe woning van Uné Brand. Sy neem 'n houertjie met handeroom uit haar handsak, druk 'n hele klompie daarvan in haar handpalm en smeer dit oor haar gesig. Sy neem 'n sneesdoekie en haal al die grimering van haar gesig af, bind haar hare op haar kop vas en plaas die kort rooihaarpruik daaroor.

Dan maak sy die afslaandakkie van die kewer effens oop en skuif in die stadige baan in sodat die wind saggies oor haar kan waai. "Dit is wat Lena anders maak as tannies," dink Luna glimlaggend. "Sy omskep 'n ou 1970 Volkswagen *Beatle* in 'n moderne sportmotor met 'n afslaandakkie." Sy glimlag en voel vir 'n oomblik vry en kommerloos.

Na 'n rukkie druk sy die rooiknoppie op die paneel sodat die afslaan dakkie terug oor die sitplekke kan skuif. Dan stop sy by die klein hekkie van haar nuwe tuiste.

SES-EN-TWINTIG

Oom Bert maak dadelik die deur oop as Luna klop. "Kom in Meisiekind. Tannie Ria wag vir jou," nooi hy en staan opsy sodat Luna kan instap. "As tannie Ria klaar jou kamer vir jou gewys het, moet jy jou kewer agter in die *yard* gaan trek," sê hy en maak die deur agter haar toe.

"Goeienaand," groet Tannie Ria vriendelik. "Hoe noem die mense jou?" "Uné," antwoord Luna gemaklik. "Die beddegoed is skoon oorgetrek. Jy het 'n opwasbak, toilet en stort in jou kamer. Daar is ook 'n klein yskassie met 'n ketel as jy wil koffie maak. Ek maak net aandete. Die res moet jy self na omsien," lig Tannie Ria Luna kortliks in terwyl sy gang af stap met Luna kort op haar hakke. Luna glimlag en knik haar kop tevrede as sy die kamer binnestap.

Tannie Ria lyk ook meer op haar gemak. "Hoe het die oom gesê moet jy betaal?" vra tannie Ria beleefd. "Kontant voor ek intrek, Tannie," antwoord Luna en glimlag as sy die opgerolde tweehonderdrand note uit haar handsakkie haal. "*Shame,*" dink Tannie Ria simpatiek as sy Luna se klein handsakkie opmerk. "Die kind het dit nie breed nie."

Luna trek die Volkswagen agter in die erf onder 'n enkel afdak in naaste aan die agterdeur wat Oom Bert vir haar gewys het. Sy neem die nodige besittings uit die motor en haas haar na haar kamer toe. Oom Bert keer haar in die gang voor en gee vir haar 'n spaar agterdeursleutel. "Ons gaan nie opsit nie en jy gaan ook nie laat uitbly nie," sê hy saaklik voordat hy haar 'n rustige nag toewens.

Luna pak haar min klere uit en plaas haar laptop onder die hopie klere in die kas. Sy sluit haar kamerdeur en skuif die losstaande stoel onder die deurknip in. Daarna neem sy 'n vinnige stort en klim in haar bed. Sy lees die inligtingstukke weer noukeurig deur en teken een of twee punte aan. Sy wonder hoe dit met Siem en Jakkels op die plaas gaan. Sy het besluit om vir eers kontak met almal te verbreek. Sy plaas al die stukke onder haar laptop as sy klaar daardeur gelees het. Dan klim sy terug in haar bed en skakel die bedlampie af.

Vroegoggend hoor Luna tannie Ria in die kombuis werk. Sy ruik vars gebakte brood en voel meteens honger. Sy stort en trek 'n ouerige rokkie aan. Sy torring die sakkie langs die kant van die rokkie moedswillig los en laat dit effens slonserig oorhang. Dan trek sy 'n paar oop sandale aan. Sy bekyk haar geverfde toonnaels effens skepties, maar besluit dat dit goed genoeg vertoon om haar aanvaarbaar te maak met die oog op die verkoopsdame betrekking by die apteek. Sy plaas oortollige grimering op haar gesig en sit haar pruik stewig vas op haar kop."

"A nee a, Kind," raas Tannie Ria teleurgesteld as sy Luna op en af bekyk. Luna staar tannie Ria verdwaas aan. "Jy lyk soos 'n goedkoop flerrie met daardie klomp geplakte goed op jou gesig," raas Tannie Ria kwaai. "Gaan was jou gesig, dan maak ek vir jou intussen 'n eiertjie om te eet. Die oom sê jy lyk soos 'n miershoop wat 'n harde slag met 'n tienpond hammer weg het!"

Luna kyk die tannie oorbluf aan en stap traag terug kamer toe. Sy haal die klomp grimering af en besluit om haar gesig met wit poeier te verbleek en net rooi lipstiffie aan te sit. Dit lyk of die voorkoms tannie Ria meer geval.

Tannie Ria het vir drie tafel gedek. Sy plaas die geroosterde broodjies in 'n silwer staander en sit dit op die tafel langs die botterhouer. "Môre, Meisiekind," groet Oom Bert en trek die stoel aan die hoofpunt van die tafel uit. "Maak toe jou oë dat ons kan dank," gebied hy saaklik as hy sien dat almal gereed is om te eet. Luna laat sak haar kop, haastig om haar uit die voete te maak. "Seën diegene wat ons eet, laat ons hul nimmer vergeet, Amen," dra Oom Bert se krakerige en gedienstige stem oor die tafel.

Luna glimlag onderlangs. Tannie Ria prewel "Amen," en sit die radio aan sodat Oom Bert die oggendnuus kan hoor. Luna eet klaar en maak verskoning dat sy kan vertrek.

"Nou waar gaan jy heen?" vra Oom Bert belangstellend. "Oom ek gaan werk toe," jok Luna en skuif haar stoel haastig agteruit. "Nou waar werk jy dan, Kind?" vra Oom Bert belangstellend. "By die sentrum," vermy Luna sy vraag en stap kamer toe om haar handsak te gaan haal. "Bert skaam jou om die kind so uit te vra," raas Tannie Ria ontevrede.

"Totsiens, Tannie Ria, Oom Bert," groet Luna gemaak opgewek as sy by die voordeur uitglip. Sy hoor hoedat tannie Ria haar 'n goeie werksdag toewens as sy die deur toetrek. Sy besluit om eers na die koffiekroeg te gaan en 'n koppie koffie te nuttig voordat sy 'n draai by die apteek maak.

Sy wag rustig tot tienuur. Dan stap sy die apteek binne. Sy dwaal ongemerk tussen die rakke deur. "Waarmee kan ons help?" vra 'n verkoopsdame onverwags vlak langs haar. Luna draai verras om. Sy merk die verkoopsdame op en glimlag gemaklik. "Wie is julle hoofapteker?" vra sy vriendelik.

"Vanessa Jonker," antwoord sy gemaklik terug. "Kan ek haar sien?" vra Luna gemaak onseker. "Ja," antwoord die verkoops-dame en stap na die aptekerstoonbank. Luna volg haar en staan eenkant as die verkoopsdame agter die aptekerstoonbank instap.

Die verkoopsdame praat saggies met Vanessa en wys in die rigting van Luna. Luna glimlag skamerig. Vanessa kyk Luna stip aan en stap haar na etlike oomblikke tegemoet.

"Ek verstaan jy wil my sien," sê Vanessa neutraal. "Ja," antwoord Luna afgetrokke. "Ek is Uné Brand. Ek het gister my inligting ingestuur vir 'n moontlike opening," voeg Luna effens verwese by. "Ja, ek onthou so iets," antwoord Vanessa ietwat geïrriteerd. "Ek is regtig desperaat," pleit Luna klaerig.

"My ouers is oud en ek is die enigste broodwinner. Ek is hardwerkend en leer vinnig," voeg sy kamma wanhopig by en trek haar gesig in 'n patetiese hulpkreet.

"Die salaris is nie hoog nie," antwoord Vanessa as sy Luna vir 'n oomblik stilswyend betrag. "Enige iets sal doen," pleit Luna en sug swaarmoedig. "Kan jy vandag begin?" vra Vanessa nou haastig om die gesprek af te handel. "Ja, natuurlik," glimlag Luna opsigtelik verlig en kyk Vanessa dankbaar aan. "Ek sal dat Charline jou onder vlerk neem," sê Vanessa en glimlag gemoedelik voordat sy wegstap.

Luna staan rustig. Sy kyk belangstellend in die apteek rond terwyl sy vir Charline se opwagting wag. "Hallo. My naam is Charline. Vanessa sê ek moet jou stoor toe neem en jou die voorraadbestuurstelsel leer. Dit sluit die verpakking in voordat dit rakke toe gaan…," verduidelik Charline vlugtig en glimlag flou verskonend as sy besef dat Luna dalk nie eers kennis dra van bestel- en verpakking van medisyne nie. Luna glimlag stil in Charline se opsommende blik. Sy merk dadelik die moeë lyne om Charline se oë. "Ek is Uné Barnard," stel Luna haarself voor. Charline glimlag afgetrokke. "Kom," nooi Charline en vat vlugtig aan Luna se arm. Dan stap sy vooruit stoor toe. Luna volg haar terwyl sy belangstellend om haar rondkyk.

"Hierdie deur lei na die kleedkamers toe," sê Charline en haal 'n oorjas in die verby gaan van die haak af. Sy gee dit aan Luna. "Jy moet vinnig leer, want ek maak eerskomende Vrydag klaar. Dan moet jy my werk kan doen," verduidelik Charline saaklik en lyk verlig as sy die nuus met Luna deel. Dan stap sy na die ontvangsboek toe en maak dit oop. Daarna wys sy Luna hoe om medisyne te bestel, te ontvang, op te berg en te dokumenteer.

"Het jy nuwe werk gekry?" vra Luna belangstellend en hou haar ingedagte dop. "Ek was net 'n locum, maar het 'n permanente pos elders aanvaar. Ek en my ma trek na my broer toe in die Vrystaat," antwoord sy effens ontwykend. Luna frons liggies en blaai aandagtig deur die voorraadboek.

"Die voorraad is op datum. Jy kan met jou volgende inskrywing hier begin," help Charline Luna reg. "Kom ek wys jou die prosesse van ontvangs en inskrywings op die rak," bied Charline aan en stap na die naaste rak toe. Sy neem Luna geduldig deur die proses en knik tevrede as sy merk dat Luna snap.

"Ek stel voor ons doen 'n volledige voorraadopname voordat jy oorneem. Dan begin jy vars met die voorraad op hand." Charline kyk Luna afwagtend aan. Luna glimlag gemaklik. Dit laat Charline ontspan.

Die dag gaan vinnig verby. Luna is tevrede met die vordering wat sy gemaak het en stap tydsaam terug na haar nuwe verblyf toe.

Sy voel honger as sy die huis binnestap en tannie Ria se kos ruik. Sy sit haar handsak in haar kamer neer voordat sy kombuis toe stap. Sy groet opgewek. "Jy kan die borde maar uithaal," moedig tannie Ria Luna aan en glimlag as sy met die opskeplepel in die hand in die rigting van die kombuiskas wys. Luna knik en haal drie borde uit. "Vanaand wil ek 'n bietjie vroeër inkruip, Tannie Ria," skimp Luna en plaas die borde op die plekmatjies.

"Moenie bekommerd wees nie, ek was die drie borde sommer vinnig uit," lag Tannie Ria gemoedelik as sy sien dat Luna inderdaad moeg lyk. Luna sug verlig. Die aand-etery is 'n herhaling van die oggend s'n. Luna onderdruk haar irritasie, nie seker hoe lank sy die traagheid daarvan sal kan hanteer nie.

As sy klaar geëet het maak sy vinnig verskoning om kamer toe te gaan. Sy sluit haar deur stewig toe en plaas die stoel se leuning weer daaronder. Dan haal sy haar laptop uit en tik die dag se gebeure puntgewys op 'n skoon dokument. Daarna stoor sy dit onder 'n nuwe lêer genaamd *Nunus*. Sy plaas haar laptop terug onder haar hopie klere en skakel haar kamerlig af.

"Charline het nog twee werksdae voordat sy klaarmaak," dink Luna. Wat beteken dat sy soveel moontlik inligting by Charline moet bekom as wat sy kan. "Maar hoekom moet sy môre die voorraadinskrywings op 'n nuwe blad begin?" wonder Luna voordat sy aan die slaap raak.

SEWE-EN-TWINTIG

Charline groet teruggetrokke as Luna die volgende oggend aanmeld vir werk. Luna ignoreer haar houding en glimlag vriendelik as sy teruggroet. Die voorraadlys is reeds opgestel en Charline wys vir Luna hoe om die voorraadopname te doen. Sy begin met die inskrywings op 'n nuwe registerblad. Luna besluit om Charline nie daaroor uit te vra nie en hou haar onderlangs dop. Sy merk dat Charline senuweeagtig voorkom.

Luna neem die ry agter Charline en begin die voorraad tel. "Charline, as jy klaar is gaan ek jou voorraadopname na, en jy myne," beveel Luna gemaak opgewek aan. Charline frons en kyk Luna ongemaklik aan. "Op die manier weet ek dat ek nie foute gemaak het nie en jy kan met 'n geruste hart jou voorraad aan my oorlaat," verduidelik Luna kamma opgewek. Charline knik en gaan voort met tel.

Voor etenstyd het hulle 'n goeie voorsprong gekry op die voorraadopname en die wydersydse beheer daarvan. "Is jy lus vir koffie?" vra Luna terwyl sy nog 'n ry pille tel. Charline kyk haar onderlangs aan. "Sommer daar by die kafee oorkant die straat," bied Luna aan. "My ma het 'n geldjie in my hand gestop vanoggend," jok Luna. Charline huiwer. "Toe, man," smeek Luna en glimlag sag. "Ok…," stem Charline na 'n kort tydjie in.

Die twee jong meisies stap die koffiekroeg binne en gaan sit iewers in die middel van die vertrek. Luna bestel twee geroosterde broodjies met *filter* koffie. "Hoekom werk jy in die stoor as jy 'n gekwalifiseerde apteker is?" vra Luna belangstellend terwyl sy rooi lipstiffie oor haar lippe trek. Charline is vir 'n oomblik stil. "Ek het agter die toonbank gewerk vir 'n kort rukkie, maar moes instaan vir 'n jong apteker wat vermoor is net nadat ek daar begin werk het," antwoord Charline effens afsydig.

"Jinne, maar dis verskriklik," sê Luna gemaak afgehaal en frons nuuskierig. "Ja, blykbaar met 'n mes doodgesteek," antwoord Charline en kyk nikssiende na die menu wat nog voor haar ooplê.

Charline sug verlig as die toebroodjies voor hulle geplaas word. Luna merk dat Charline se hande effens bewe as sy suiker in haar koffie gooi. "Het jy die meisie geken?" vra Luna matig en neem 'n slukkie van haar koffie.

"Ek verstaan haar naam was, Zoé. Ek het haar een of twee keer gesien. Dis al," antwoord Charline en konsentreer op haar toebroodjies. Sy sny dit verder in kleiner stukkies voordat sy een stukkie in haar mond plaas.

"Hoekom dink jy sou sy vermoor word?" vra Luna belangstellend en klik simpatiek met haar tong terwyl sy haar kop afkeurend skud. Charline bly stil en ignoreer Luna se vraag. Luna besluit om die onderwerp te verander.

"As my ouers geld gehad het sou ek vir 'n apteker wou leer," lag Luna sag en probeer 'n geselsie uitlok. "Is jou ouers arm?" vra Charline onverwags. "Ja," antwoord Luna en lag kamma skamerig. "As ek nie werk nie, eet ons nie." antwoord Luna gemaak moedeloos en trek haar skouers op. Sy neem 'n happie van haar toebroodjie. "Ek weet hoe dit voel," stel Charline Luna gerus. Die twee meisies glimlag stil vir mekaar.

Toe die rekening voor Luna geplaas word om te betaal sit Charline onverwags haar hand op Luna se arm. "Uné, wees versigtig met die voorraad," sê Charline. Luna kan nie verhelp om die dringendheid in Charline se stem te merk nie.

"Hoekom?" vra Luna gemaak dom en frons onverstaanbaar. "Ek dink Zoé was opsetlik vermoor," erken Charline huiwerig en sag. "Ek dink ek is volgende," voeg sy hulpsoekend by en kyk Luna bang aan. "Wat bedoel jy?" vra Luna bekommerd. Charline bly vir 'n oomblik stil en haal haar hand van Luna se arm af.

"Vergeet wat ek gesê het," verander Charline die onderwerp en staan skielik op. "Ok…," stem Luna vir eers in sodat sy Charline se vertroue kan wen. Daarna knoop Luna ligte geselsies aan terwyl hulle toonbank toe stap om die rekening te betaal. Charline glimlag afgetrokke vir Luna as hulle oor die straat stap.

Luna merk dat Charline se gemoedstoestand verbeter het. Maar die oomblik toe hulle die apteek binnegaan is Charline weer teruggetrokke. Hulle stap in stilte na die stoorkamer toe. "Môre is jou laaste dag," glimlag Luna bemoedigend en begin die volgende ry pille tel. "Ja," sug Charline effens gemaklik. "Ek kan nie wag nie."

Die res van die dag werk hulle vinnig om die hoeveelheid van voorraad aangeteken te kry. Hulle korrigeer, vergelyk, tel weer oor en teken dan die ooreenstemmende hoeveelheid in die voorraadregister in. Charline ontspan geleidelik en glimlag selfs gemaklik vir Luna se lomp uitspraak as sy die pille se name hardop lees.

"'n Geneesmiddel of chemikalieë kan as 'n skedule een middel vir strafregtelike vervolging hanteer word, selfs al is dit nie 'n beheerde middel nie," lees Luna aspris hardop. "Jinne, dis gevaarlik," voeg sy ontsteld by.

"Los daardie rak. Ek sal dit self tel," sê Charline en stap vinnig nader aan Luna. Sy neem die register uit Luna se hand. "Maak gou my ry klaar. Dan is ons amper klaar met die voorraadopname." Charline begin dadelik aan die voorraad tel wat op die rak staan. Luna trek haar skouers liggies gemaklik op en stap na Charline se rak toe. "Ek sal daardie rak vroeg môre-oggend nagaan," dink sy heimlik.

Luna wag Charline by die deur in as hulle van diens afgaan. Charline kyk onseker op. Luna glimlag gemaklik. "Ek is sommer lus om 'n entjie saam met jou te stap," stel sy Charline op haar gemak. "Wanneer verhuis julle?" vra Luna belangstellend. "My broer kom my ma die naweek haal. Ek moet die laaste goed inpak en seker maak dat die regte meubels vervoer en die res verkoop word," antwoord sy gemaklik terwyl hulle voortstap.

"Ahh, dit is my straat," sê Luna glimlaggend. Sy groet opgewek en wens Charline 'n rustige aand toe voordat sy by haar straat indraai. Sy draai onverwags om en merk dat Charline haar agterna kyk. Sy waai opgeruimd, alhoewel sy onrustig is oor Charline se waarskuwing van vroeër die dag.

Luna groet as sy die huis binnestap, help Tannie Ria met die nodige en gaan dadelik kamer toe na ete. Sy wil die dag se gebeure aanteken. Sy haal haar selfoon uit haar handsak en gaan deur die foto's wat sy skelm geneem het van die voorraadregister. Sy skryf al die voorraad wat nie balanseer met die voorraadopname nie, neer. "Almal skedule een," mymer sy. "Verpakking van Alkaloïede Opiumpapawer."

Daarna stuur sy Charline se identeitsnommer en 'n gesigfoto van haar na André Jört se bevelvoerder. "Profiel asb?" As sy klaar is pak sy alles weer sorgvuldig onder haar klere weg. Sy neem 'n dun skerp meslem en druk dit in die onderkant van die kas tot in die deur in. Sy pluk saggies aan die deur en glimlag tevrede as die deur nie kan oopmaak nie. Sy klim in haar bed en herdink die afgelope dae se gebeurtenisse by die apteek.

Luna is vroegoggend wakker. Sy maak 'n sterk koppie koffie en neem twee beskuitjies na haar kamer toe. Sy stort en trek vinnig aan, sit haar pruik op en gooi 'n bietjie poeier in die palms van haar hande. Sy tik dit liggies oor haar gesig. "So ja," dink sy tevrede. Sy hoor Tannie Ria in die kombuis werk en sug as sy dink aan die tradisionele oggendontbyt wat sy verplig is om te nuttig "en nie voor betaal nie," dink sy effens geïrriteerd en stap kombuis toe.

"Tannie Ria, kan ek my eier op 'n toebroodjie saamneem werk toe asseblief? Ek raak teen tienuur erg honger," vra Luna as sy die kombuis binnestap. "Môre, Kind," groet Tannie Ria en kyk haar terselfdertyd bekommerd aan as sy sien dat Luna vanoggend bleker as gewoonlik lyk en besluit om 'n ekstra eierboodjie te maak. "Môre, Tannie," groet Luna en wag geduldig dat haar kosblik gepak word. Tannie Ria sit die kosblik op die kombuistafel neer. Luna glimlag tevrede. "Baie dankie, Tannie." Sy neem die kosblik, gooi haar handsak oor haar skouer en stap voordeur toe. "*Baai*, Kind!" roep Tannie Ria agterna en skep Oom Bert se eier in sy bord. "*Baai*, Tannie!"

"Tji, maar jy's vroeg aan die gang," sê Oom Bert as hy bykans binne-in Luna vasloop in die gang. "Ek is haastig, oom," lag Luna en glip by die voordeur uit. Sy drafstap voorhekkie toe met die hoop dat sy vanoggend genoegsame tyd sal kry om deur Charline se voorraadlys te werk voordat sy by die werk opdaag.

Sy tik aan die apteek se deur en Vanessa sluit van binne-af oop. "Môre," groet Luna gemaak skaam. "Hoe gaan dit daar in die stoor?" vra Vanessa gemaklik. "Goed. Ek verstaan die werk." Luna lag skrams en kyk grond toe. Vanessa staar haar vir 'n oomblik opsommend aan. "Intelligente kind," dink sy tevrede en sluit weer die deur agter haar toe.

Luna gebruik die kans om haar handsak in die kassie by die stoor toe te sluit en haas haar na die rak waar Charline werksaam was. Sy neem die selfoon uit haar kort aptekersoorjas. Sy kyk vlugtig om haar. Dan maak sy die bladsye oop waar Charline se handtekening onderaan verskyn.

As sy tevrede is met wat sy afgeneem het, sit sy haar selfoon weer vinnig terug in haar sak, bewus daarvan dat hulle nie met selfone in hulle besit mag werk nie. Sy begin by die volgende ry en tel oor-en-oor om seker te maak sy begaan nie 'n fout nie. As sy tevrede is stap sy vloer toe opsoek na Vanessa.

Sy merk Vanessa tussen die rakke op en sien dat sy met 'n man staan en gesels. Die man draai onverwags om en kyk in haar rigting. Luna laat haar kop sak. Sy vroetel tussen die botteltjies op die rak en beweeg ongemerk verder af sodat sy uit sig is. Sy kyk op en merk dat hulle in 'n diep gesprek betrokke is terwyl hulle vlak langs haar verby stap. "Ek soek jou nie hier nie…," hoor sy Vanessa gedemp sê. "Ek het na jou verlang…," spot-lag die man terwyl hy speels by haar arm inhaak. Luna kyk vinnig op en sien hoe Vanessa vererrgd eenkant staan. Sy gluur hom vir 'n oomblik vyandig aan. Luna laat vinnig weer haar kop sak as beide onverwags in haar rigting kyk. Haar maag senuwees trek gespanne saam as sy die man onmiddellik herken. Vanessa groet kortaf en stap weg, maar draai dan weer vinnig om as 'n gedagte haar byval.

"Uné, daar is 'n reeks bestellings wat inkom. Skedule een's. Het jy hulp nodig om dit aan te teken?" vra sy. "Nee, ek sal regkom, dankie," antwoord Luna onkant gevang en glimlag skaam terwyl sy vinnig stoor toe stap. Vanessa kyk haar agterna.

AGT-EN-TWINTIG

Luna merk dat Charline meer uitgerus daarna uitsien as sy die stoor binnestap. "Goeie nagrus gehad?" vra Luna belangstellend. "Ja…," sug Charline en glimlag skrams. "Dis my laaste dag," voeg sy verlig by. Luna glimlag en handig die voorraadregister aan haar. "Ons het nog nie die voorraad in die hoek agter die sekuriteitshek getel nie," sê Luna en wys in die rigting van die stoor.

"Dit is Vanessa se verantwoordelikheid. Ons word nie daar toegelaat nie," verduidelik Charline kortliks en ietwat afsydig. "*Great*, dan is ons klaar," lag Luna. "Wat is my volgende taak?" "Kom ek neem jou deur die rakke op die vloer," stel Charline voor. "Jy het geen toegang tot die *dispensary* nie," waarsku Charline. Luna knik verstaanbaar en stap agter Charline aan.

Vanessa hou Charline en Luna onderlangs dop terwyl Charline Luna deur die rakke neem. Charline verduidelik kortliks wat die behoefte- of uitwerking van die verskillende medikasies op die mens kan hê. Luna maak aantekeninge.

"Ek loop vandag eenuur," sê Charline. "Mag ek my toebroodjies darem net by die koffiewinkel met jou deel met 'n sterk warm koppie koffie voordat jy groet?" bied Luna vriendelik aan. Charline kyk haar vir 'n oomblik onseker aan en glimlag. "Jy mag."

Hulle stap later die middag geselsend oor die straat na die koffiewinkel toe. Charline lyk ontspanne. Luna verwelkom haar spontaneïteit. Hulle skuif by die hoektafel in en bestel elk 'n mega koppie koffie. Luna stoot haar houertjie met toebroodjies oor na Charline toe.

"Wanneer vertrek jou ma?" vra Luna belangstellend. "My broer kom haar môre-oggend haal," antwoord Charline en neem 'n slukkie koffie. "Het jy hulp nodig?" vra Luna vriendelik. "Nie op die oomblik nie. As my ma vertrek het sal ek die nodige uitsorteer en die huis leefbaar maak terwyl ek nog daar bly," antwoord Charline. "Jy moet sê as jy 'n huismaat soek," bied Luna gemaklik aan. "Ek kan doen om 'n bietjie onder my ouers se voete uit te kom," voeg sy laggend by. "Ek mag dit dalk oorweeg," lag Charline saam.

Luna staar 'n oomblik na Charline. "Jy moet meer male lag. Jy het 'n mooi lag," komplimenteer Luna haar en bewonder terselfdertyd haar skoonheid.

"Jy moet iets met jou hare doen. Dit lyk aaklig," terg Charline liggies terug en glimlag spottend. Luna lag hardop. "Ek weet." Die meisies se oë ontmoet. Luna verwelkom die vriendskap en ontdek tergelyke tyd 'n vertrouenswaardige band tussen hulle. Charline kyk vir 'n oomblik by die venster uit.

"Uné...," sê-vra Charline huiwerig. Luna kyk haar onseker aan. "Moet asseblief nie naby die sekuriteitsvoorraad kom nie." Luna merk die dringendheid in Charline se stem. "Hoekom nie?" vra Luna sag nuuskierig. "Wees maar net gewaarsku... as jy jou lewe liefhet," antwoord Charline versigtig.

Luna kan nie verhelp om onrustig te voel oor Charline se waarskuwing nie. "Ek belowe," stel sy haar gerus. Na nog 'n rukkie van gesels, deel hulle kontaknommers uit en Charline vertrek. Luna stap ingedagte terug apteek toe.

Die res van die dag spoed vinnig verby. Luna stap later die middag huistoe en herroep Charline se waarskuwing. "Ek wonder wat sy regtig bedoel het," dink sy en stap die huis binne. Sy groet en merk dat die tafel reeds gedek is.

"Ons eet vanaand vroeër. Die predikant kom kuier," fluister Tannie Ria vertroulik en knipoog speels vir Luna. "Die oom het klaar die kollekte in 'n koevert gesit." Luna knik haar kop, te dankbaar dat sy vroeër kamer toe kan gaan.

"Ria, het jy die teekoppies al reggesit?" vra Oom Bert besorgd vanuit die sitkamer. "Bert, die Here het my geseën met twee hande," antwoord Tannie Ria effens verergd. "As hulpmaat vir die man moes hy ons vrouens toegerus het met twee stelle hande en voete," voeg sy hard sugtend by en fluister vertroulik sonder om asem te haal, digby Luna se oor. "Liewe kragties, Uné, hou jou fyn vroulike benere weg van die mansgeslag, want die soogdiere het hulself die saligheid belowe…," sy haal vinnig tussenin asem, "nog voordat die Skepper kans gehad het om ons Evageslag te skape." Sy blaas haar asem lank uit en trek haar oë betekenisvol groot.

Luna glimlag breed vir Tannie Ria se komiese houding. "Ek sal, tannie Ria, so waar as wat muggies 'n somersplaag is en hulle die geur van denne-olie haat…," fluister sy op haar beurt ook weer digby tannie Ria se oor. Sy herroep Mara se beeld in haar gedagtes as sy terugdink aan die oulap wat in denne-olie deurdrenk voor die vensters van die plaashuis opgehang was. Sy is vir 'n oomblik gevul met verlange en trek die skinkbord nader om Tannie Ria te help met die regsit van die teekoppies.

Die aandete verloop stil. Luna help Tannie Ria opruim en skarrel kamer toe so gou as wat sy kan. Sy trek haar skootrekenaar in haar kas onder haar klere uit en gaan sit gerieflik op die bed. Sy skryf die gebeurtenisse van die dag neer en besluit terselfdertyd dat dit 'n goeie geleentheid is om meer omtrent die Opiumpapawer plant te wete te kom.

"Opiumalkaloïde kom in rou Papawer Somniferum voor en is een van die oudste medisinale plante. Alkaloïede word deur 'n groot verskeidenheid organismes geproduseer en het 'n wye verskeidenheid farmakologiese aktiwiteite insluitend antimalaria, antiastma, antikanker. Dit veroorsaak onder meer die verbreding van bloedvate en onderdruk abnormale hartritmes. Het ook pynstillende aktiwiteite soos byvoorbeeld morfien. Bevat stimulerende aktiwiteite soos kokaïen, kafeïen, nikotien en teobromien. Dit word ook gebruik vir rituele of onspanningsmiddels," lees Luna belangstellend, bly dat sy haar kennis met die inligting kan verbreed.

Sy besluit om meer op te lees aangaande die gebruik van Kokaïne. "Kokaïne word verkry uit die blare van die *kokaboom* en is een van die gewildste dwelms onder welgestelde gebruikers. Dit word ingeneem deur dit in die neusgange op te snuif. Dit is egter nie so verslawend soos byvoorbeeld heroïen nie. Heroïen, in teenstelling met Kokaïne, is bykans twee maal so sterk soos morfien. Heroïen word van morfien vervaardig en kom onder meer in die vorm van wit poeier voor," lees sy saggies. Sy glimlag stil.

"Die dwelm word as skedule een gedefinieer met die potensiaal van misbruik daarvan wat gewoonlik tot ernstige sielkundige of fisiese afhanklikheid kan lei. Kapsules word met deursigtige vloeistof gevul vir medisinale gebruik."

Luna trek Stander se profiel nader. Sy sit haar verslag langs dit neer. Dan open sy die e-pos waarin Charline se profiel deur die bevelvoerder aan haar teruggestuur is. Sy staar lank daarna voordat sy haar driehoek-skets nader trek. Sy besef instinktief dat Heroïen-voorraad agter die traliedeure van die hoekstoor gestoor word.

"Waar word dit vervaardig? Wie is die verskaffer? Of dien die apteek miskien net as stoorplek van die voorraad?" vra sy saggies vir haarself terwyl sy die agterkant van haar pen ingedagte tussen haar tande vasbyt. Is haar vermoede bevestig dat die hoofbrein agter die hele smokkeloperasie tóg die persoon is wie sy van die begin van haar ondersoek af, verdink het? wonder sy.

Sy sak terug teen haar kussings wat teen die katel opgestapel lê. Sy bepeins die moontlikheid, maar skud haar kop ontkennend. "Nee, die moontlikheid is daar, maar die bewyse ontbreek. Daar is meer bewegings by die operasie betrokke," redeneer sy.

Sy sit nog vir etlike oomblikke voordat sy moedeloos opstaan en 'n peuselding in haar yskassie gaan soek. Sy maak die yskas se deur oop, maar maak dit weer onmiddellik toe as 'n ander gedagte haar binnedring. Sy gaan weer op die bed sit. Sy blaai ingedagte deur die verskillende verslae.

"Zoé, wat wou jy my vertel het die aand van jou moord?" mimmer sy die vraag vir die onsienbare. Dan val haar oog op die skuinslyn van die driehoek waar sy die verkragter se naam geskryf het. Sy staar vir 'n oomblik daarna. 'n Glimlag versprei oor haar lippe, helder haar gesig op en sy kan skaars haar grinnik beteuel as die verhaal voor haar oog ontbloot lê.

"Dit maak sin," fluister sy ingenome. "Nou vir aksie," sluit sy haar gedagtes af. Sy plaas al die inligting veilig terug in die lêer en versteek dit saam met haar skootrekenaar weer veilig in haar kas.

Luna slaap swak as haar gedagtes al om die moord, die smokkelary, Mara, Zoé en Stander draai. Nunus se beeld kom plaerig tussen-in op. Dit maak haar angstig om die saak spoedig op te los. Met Charline uit die pad by die apteek kan sy dalk vinniger vorder, maal haar gedagtes.

Dit is vroegoggend toe sy uiteindelik aan die slaap raak nadat sy besluit het om haar plan in aksie te stel. "Ten minste weet sy waar die voorraad verberg word."

NEGE-EN-TWINTIG

G oeie werk, Luna," prys André Jört se bevelvoerder. "Ons
weet nou dat die dwelms direk van Afghanistan af verkry
word en al langs die kus van Afrika tot by Pemba of Cacala
deur Mosambiek na die hoofstad, Maputo, vervoer word. Die
skakelpersoon tel die voorraad iewers op die N4 hoofroete
op nadat dit deur die Mosambiekse grens gegaan het. Ons
vermoed die optelpunt kan in Komatipoort self wees, maar
is nie seker nie," lig hy Luna in. Sy skud haar kop ingedagte.

"Van daar af het Stander en sy makkers vermoedelik
oorgeneem by die skakelpersoon," bevestig Luna die bevel-
voerder se vermoede. Sy staar by die voorruit van die voertuig
uit. "Jip, net so...," antwoord hy terwyl hy sy asem stadig
uitblaas.

"Die verpakking word dan in kleiner pakkies verpak en die
erkende embleem, wat die bende verteenwoordig, word dan
op die pakkies aangebring," voeg die bevelvoerder nadenkend
by.

"Die vraag is... wié het Stander se plek ingeneem...?"
bepeins die bevelvoerder ingedagte. Daar heers 'n oomblik se
stilte terwyl elkeen met sy eie gedagtes besig is. Dan sug die
bevelvoerder hulpeloos as hy aanstaltes maak om te vertrek.

"Luna, kyk of jy 'n foto van die embleem in die hande kan
kry. Dit sal help om die bende en die hoofleier te identifiseer,"
beveel hy sag streng.

Luna besef dat dit tyd is om te groet. Sy knik haar kop
terwyl sy vinnig uit die motor klim en na haar motor toe stap.

Die versoek is ietwat waaghalsig, maar sy besef sy het nie veel van 'n keuse as sy haar saak wil beredder nie. Sy sluit die kewer se deur oop en skuif gemaklik agter die stuurwiel in.

Sy besluit om op haar pad terug by Charline in te loer. Charline se ma het gister vertrek en dalk sal sy geselskap verwelkom. Sy parkeer voor in die straat, sit haar rooi pruik op haar kop en stap flink voordeur toe. Sy klop 'n paar keer, maar besef dat niemand tuis is nie. Sy besluit om tog om die huis te stap. Die agterdeur staan effens oop.

"Charline!" roep sy. Sy hoor 'n geskarrel in die kamer. "Charline is jy tuis?" roep sy weer en staan vir 'n oomblik stil. Die geskarrel in die kamer is harder as bokse rondgeskuif en kasdeure hard toegeslaan word. Luna frons en wil net kamer toe stap om ondersoek in te stel toe Charline haar antwoord. "Ek kom!" Luna sug verlig

"Kan ek jou kom help!" bied Luna aan. "Nee, nee, ek is amper klaar. Sit solank die ketel aan!" hoor sy Charline antwoord. Luna kyk in die deurmekaar kombuis rond.

"Jy moet nie jou deure so laat oopstaan nie!" raas Luna besorgd terwyl sy die ketel vol water maak. Charline glimlag as sy in die kombuis instap en Luna voor die wasbak merk.

"Ek dra die vol bokse buitekamer toe," verduidelik sy vlugtig en wys na 'n stapel bokse wat eenkant in die kombuis gereed staan. Luna se oog vang 'n netjiese vierkantige boksie wat op die rak van die kombuis langs die hoop bokse staan.

"My ma se juwele. Ek wil dit vir haar stuur," verduidelik Charline kortliks en haal twee skoon bekers uit die kas.

"Jy lyk gehawend," terg Luna laggend as sy Charline se slonsdrag sien. "Jy lyk veel mooier met ligte grimering," terg Charline terug. "Nou moet jy iets met jou hare doen," voeg Charline by. "Kan nie. Dis die rooi gene," lag Luna opgewek en trek die oorblywende stoel onder die tafel uit. Charline sleep 'n teetafeltjie nader en gaan sit gemaklik daarop.

"Het jy nie koek saamgebring nie?" vra Charline gemaak teleurgesteld as sy 'n slukkie koffie neem. "Ek het nie geld nie," skerts Luna terug. Sy merk Charline se ontspanne houding en verwelkom haar gemaklike spontaneïteit.

"Kom jy reg so alleen?" vra Luna skielik ernstig. "Natuurlik," antwoord Charline behoedsaam en kyk vlugtig in Luna se rigting. Luna merk die onsekerheid wat onverwags in Charline se kykers verskyn. "Iets is nie pluis nie," dink Luna. Sy betrag Charline vir 'n oomblik in stilte. Charline vermy haar blik opsetlik en drink haar koffie.

"Sal jy regkom by die apteek?" vra Charline na 'n rukkie se stilte. "Ek is seker ek sal," antwood Luna. "En as ek nie kan nie... sleep ek jou net weer nader," terg Luna opgewek, maar merk dat Charline weer teruggetrokke is en haar gedagtes iewers elders.

"Wanneer begin jy by jou nuwe werk?" vra Luna belang-stellend om die atmosfeer te verlig. "Môre," antwoord Charline en glimlag skrams. "Is jy reg daarvoor?" vra Luna besorgd. "Ek ken medisyne en die salaris is driemaal beter as wat ek verdien het as *locum*," antwoord Charline effens afsydig.

Luna glimlag stil en sluk die laaste bietjie koffie weg. Sy spoel haar beker onder die kraan uit. "Ek moet waai. My ouers wag vir my," jok sy doelbewus. "Jy ry 'n windgat kar," sê Charline in 'n ligter luim. "My broer sin. Jy moet sê as jy lus is vir 'n spin," bied Luna vriendelik aan. "Ek sal," antwoord Charline, spyt omdat sy effens onbeskof was teenoor Luna. "Tata, sien jou iewers in die week," groet Luna en wuif liggies as sy by die agterdeur uitstap. "Ek sal jou laat weet as ek by die huis is."

Luna laat 'n stil Charline agter as sy die kewer aanskakel om terug huistoe te ry. Sy parkeer die motor weer veilig onder die afdak agter in die erf. Sy stap die kombuis binne.

"Tji, maar jy kan gat skuur," groet oom Bert en lag saggies. "Ek was by 'n vriendin wat saam met my by die apteek gewerk het," antwoord Luna liggies en groet tannie Ria terselfdertyd.

"Ek het jou bord kos in die lou oond gesit, Kind." "Dankie tannie," antwoord Luna. Die twee vrouens glimlag gemoedelik vir mekaar. Luna haas haar na die kombuis toe. Sy merk dat haar kant van die tafel nogsteeds gedek staan. Sy haal die gekookte bord Sondagmaal uit die oond, sit by die tafel aan en herhaal Oom Bert se tafelgebed saggies in haar gedagtes, maar haak vas by 'diegene wat ons eet, laat ons hul nimmer vergeet." Sy glimlag skrams. "Amen," sê sy saggies as sy die gebed afsluit.

Toe sy klaar geëet het, spoel sy haar bord uit, droog dit af en plaas dit netjies terug in die kombuiskas. "Ek gaan kamer toe. Nag, Oom Bert. Nag, Tannie Ria," sê sy gemoedelik terwyl sy verby die sitkamer glip. Sy het werk om te doen en is haastig om haar skootrekenaar uit die kas te haal.

Sy kyk vlugtig na Zoé en Nunus se foto in die middel van haar driehoek. Dan trek sy 'n kleiner driehoek binne die groter een. Sy skryf bo-aan die kleiner driehoek. Versending uit Afghanistan – Ontvangs Mosambiek. Aan die heel regterkantste skuinslyn van die kleiner driehoek skryf sy. Na skakelpersoon. Sy maak 'n vraagteken langs dit. Verder laer af skryf sy. Verpakking. Weer maak sy 'n vraagteken langs dit. Dan skryf sy aan die heel linkerkantste skuinslyn. Berging – Apteek. Op die reguit lyn onder die kleiner driehoek skryf sy. Verspreiding. Sy bring ook 'n vraagteken langs dit aan.

Sy maak haar skootrekenaar oop en roep haar verslagdokument op. Onderaan tik sy die volgende: "Suid-Afrika staan uit as die belangrikste bestemming van Heroïene, beide as eindbestemming vir plaaslike verkope en verdere versending na Europa. Dit is voordelig omdat daar groot volume wettige handel tussen Suid-Afrika en Europa plaasvind."

Sy sluit af met: "Hierdie tipe handelsmokkelary is winsgewender vir die Europese mark." Sy glimlag tevrede. Sy stoor die dokument en skakel haar skootrekenaar af. Daarna plaas sy dit saam met die res van die dokumente weer veilig terug in haar kas. As sy tevrede is dat die inhoud toegesluit is, neem sy 'n warm stort en klim in die bed.

DERTIG

Dit is vroegoggend as Luna opstaan en aantrek. Sy haas haar na die kombuis om vir haar toebroodjies te maak. Sy dek die tafel vir twee en maak Franse roosterbroodjies. Daarna rasper sy 'n klein bietjie kaas oor en plaas dit op 'n lae hitte in die oond. Sy is net betyds klaar toe tannie Ria in die kombuis kom.

"Kind!" roep tannie Ria uit van verbasing en slaan haar hande saam. Sy kyk vir 'n oomblik na die gedekte tafel. "Bert!" roep sy opgewonde. "Die kind kan wragties kosmaak!" lag sy spottenderwys.

Luna lag en soen haar vlugtig op die wang. Sy neem haar handsak van die bank af en swaai dit oor haar skouer - net betyds om Oom Bert in die voordeur raak te loop. "*Baai*, Oom Bert," groet sy vlugtig. *Baai*, Tannie Ria!" roep sy kombuis se kant toe en slaan die deur hard agter haar toe.

"Tji, kan die meisiekind nie 'n deur sagter agter haar toemaak nie?" raas oom Bert op die daad omgekrap. "Kom, Bert, kom eet. Die kind het uit haar pad gegaan om jou roosterbrood te brand!" terg Tannie Ria goedmoeds as sy oom Bert se ontbyt in sy bord skep.

Oom Bert grom nog 'n keer of wat voordat hy die tafelgebed doen. "Amen!" sê Tannie Ria hard en vinnig, te dankbaar dat Oom Bert vanoggend die langdradige dankseggings vir eers gelos het.

Luna glip haar selfoon versigtig in die spleet van haar bra voordat sy die stoor binne stap. Sy het seker gemaak sy het dit van klank afgehaal.

Die oggend begin alreeds besig as sy die eerste besending ontvang. Sy teken die voorraad in die register aan en vul die rakke in die apteek op. Vanessa hou haar onderlangs dop, beïndruk met die vordering van haar werk.

"Ek wens sy wil iets met daardie rooi bossiekop van haar doen," dink Vanessa geïrriteerd en tel tien waterpilletjies ekstra uit vir 'n ongeduldige kliënt wat voor die toonbank rond-trippel.

Luna stap terug stoor toe. Sy merk 'n onbekende man voor haar die stoor binnegaan. Sy wag 'n paar minute voordat sy by die stoor se deur inglip. Sy maak die deur weer saggies agter haar toe. Sy byt liggies op haar onderlip terwyl sy geluidloos tussen die twee-ry rakke in die stoor loop.

Sy loer versigtig om die rak en merk dat die man by die hoekstoor se sekuriteitshek vroetel. Hy sluit die hek gemaklik oop en stap sonder versuim die stoor binne. Sy wag etlike oomblikke voordat sy weer versigtig om die rak loer. Sy merk die man gebukkend oor een van die verpakte bokse buig.

Sy trek haar asem diep in, wag 'n wyle en hardloop vinnig na die hek toe. Sy stamp die hek teen die sekuriteitsraamwerk vas en druk die slot terselfdertyd stewig op mekaar toe. Die man kyk verskrik om. "Haai! Wat vang jy aan?" skreeu hy verbaas. Luna gluur hom kwaai aan, bly dat sy hom veilig agter slot en grendel het.

"Ek ken jou nie!" snou sy hom parmantig toe en loop vinnig na die stoor se deur toe om Vanessa te gaan roep. "Tenminste is daar al iemand in die hok," dink sy ietwat komies selfvoldaan met verwysing na die doel van haar ondersoek, maar herinner haarself gelyktydig aan haar rol as Uné Brand.

"Haai! Maak oop!" skreeu die vreemde man. "Jou f.…

stupid, simpel, krampagtige merrie!" gil hy agterna en laat sak sy kop moedeloos in sy hande met die gebrek aan 'n reeks kragwoorde wat hy haar bitter graag sou wou toesnou.

"Nie voordat die polisie jou agter tralies smyt en die sleutel wegneuk nie!" skree Luna op haar pad uit. Sy stap onverwyld kortasem en grootoog na Vanessa waar sy agter die aptekerstoonbank staan. Vanessa merk haar onmiddellik op as sy naarstiglik nader draf.

"Wat maak jy hier?" vra Vanessa kwaai en onkant gevang. "Bel die polisie," dring Luna fluisterend en dringend aan. "Daar is 'n onbekende man in die sekuriteitsstoor," verduidelik fluister Luna harder en wys in die rigting van die stoor. "Ek het hom toegesluit," lig sy Vanessa ongeduldig in as dié haar stupid aankyk.

"'n Man?" vra Vanessa saggies oorbluf. "Ja," fluister Luna ewe sag, maar ongeduldiger terug en frons skielik vieslikonvroulik as sy nie meer seker is of die roekelose Uné-vermomming iets vir haar saak gaan beteken nie.

"Watter deel van 'man' verstaan Vanessa nie?" wonder Luna onthuts en bykans hardop en staan nog 'n klein bietjie nader aan Vanessa se gehoor.

"'n Man met 'n broek, 'n hemp, twee bene, twee arms,'n bleskop en boonop hel vertraag," sein sy die dringendheid van haar boodskap in Vanessa se verdwaasde blik. Vanessa verstar en gluur Luna in ongeloof aan.

"Uné, is jy seker?" vra Vanessa twyfelagtig en effens harder. "Net ek het die slot se sleutel," verduidelik sy kalm en laat staan die gesaggiespraat.

"Vanessa, ek het die man self toegesluit," gooi Luna handdoek in en besluit basta met suutjiespraat. "Bel die polisie… of beter nog, kom kyk self!" Luna draai parmantig om en stap vinnig terug stoor toe, van voorneme om die polisie self te skakel.

Vanessa draf-stap verergd agter Luna aan. Luna loop nog vinniger tot voor die sekuriteitshek, bewus dat Vanessa kort op haar hakke is. Luna vou haar arms selfvoldaan oor haar bors. Sy merk dat die man ewe kordadig op een van die verseëlde bokse sit, nie seker of sy rooigesig te danke aan verleentheid, nie-sobergewoontes of woede is nie.

"Ek moet weet wat in daardie bokse is," dink Luna desperaat en wil net aanstaltes maak om die polisie te skakel toe Vanessa skielik langs haar uitbars van die lag. "Henk, jy lyk soos 'n verlore aasvoël op 'n stapel verbode eiers," stamel sy spottend en vou, nes Luna ook haar arms oor haar bors. Sy kyk laggend van die man na Luna.

"Goeie *job*, Uné, maar hy's die eienaar van die apteek," sê sy spottend, dog effens vermanend en haal die sleutels uit haar aptekersjas se sak. Sy sluit die hek met 'n verpotte trek om haar mond oop. Luna staan eenkant sodat die eienaar, Henk Roggelman, kan uitkom.

Vanessa sluit onmiddellik weer die hek agter hom toe, haar irriterende en verspotte glimlag nogsteeds om die hoeke van haar mond vasgeplak. Luna hou hulle aandagtig dop.

"Uné is 'n junior by ons," verduidelik Vanessa kortliks. "Sy vervang Charline…," voeg sy meer betekenisvol by. "Ek sien," antwoord Henk matig en trek sy wenkbroue merkbaar op. Hy kyk vlugtig na Luna.

Luna kyk verskonend weg en merk terselfdertyd 'n stel sleutels wat op die boks agtergebly het toe Henk uit die stoor gestap het. Sy kyk vlugtig na Vanessa en merk dat Henk alreeds danig is met haar. Sy skuif doelbewus nader aan Henk.

"Ek is vreeslik jammer, Meneer," sê Luna uiters pateties en maak asof sy wil huil. Henk kyk haar gesteurd aan, dan glimlag hy skrams. "Toemaar, jy's nog jonk en 'n mens maak soms *stupid* foute," troos hy ietwat geïrriteerd en vestig sy aandag onmiddellik weer op Vanessa.

"Uné, jy kan maar voortgaan met jou werk," beveel Vanessa liggies en lei Henk by die stoorkamer uit. Sy wag totdat Vanessa en Henk by die deur uit is en die deur agter hulle toegetrek het voordat sy vinnig die haakstok in die hoek van die stoor gaan haal.

"Die voorraadstok met sy booghaak sal vandag 'n dubbele doel dien," dink sy tevrede en haas haar na die sekuriteitsstoor toe.

Sy steek die stok versigtig deur die tralies en haak die sleutels stadig om die staal hoekhak van die stok. Sy trek die stok versigtig weer terug na haar toe totdat die sleutels binne haar bereik is.

Sy neem die sleutels van die hoekhak af en sluit die hek se slot vinnig oop. Sy trek die hek agter haar toe en stap haastig na die naaste boks toe. Sy merk dat die een flap van die boks half oop lê. Sy trek dit wyer oop. Sy merk 'n aantal klein sakkies wat verpak is met wit poeier. Dan sien sy een of ander vorm van embleem op die boonste deel van die verpakking. Sy haal die selfoon uit die gleuf van haar bra en neem 'n foto van die embleem en inhoud. Sy neem ook 'n aantal naby foto's van die bokse.

As sy tevrede is plaas sy die selfoon weer terug in haar bra en haal die sekuriteitssleutel van die ringetjie af terwyl sy na die hek toe draf-stap. Sy plaas die enkel sleutel vinnig in haar oorjas se sak en skuif die oorblywende bondel sleutels oor die vloer tot min of meer langs die boks waarop Henk gesit het.

Sy glimlag tevrede as sy die hek agter haar toesluit en die hakstok terug op sy plek plaas, net betyds om voetstappe by die stoordeur te hoor inkom. Sy glip ongemerk tussen die rakke in.

"Het jy dalk 'n bos sleutels gesien?" vra Henk bekommerd as hy Luna tussen die rakke opmerk. Luna kyk vlugtig op. "Nee, Meneer," antwoord sy en verskuif 'n paar boksies op die rak rond. Hy kyk vir 'n oomblik belangstellend na haar, klik sy tong verergd en stap vinnig na die sekuriteitshek toe.

Hy steur hom nie verder aan Luna nie en sluit die hek met Vanessa se sleutel oop. Hy kyk om hom rond en stap woordeloos na die boks toe waarop hy gesit het. Luna hou hom onderlangs dop. Hy merk die sleutels langs die boks lê en sug verlig. Hy tel dit op en stap onmiddellik weer daarmee uit. Hy sluit die sekuriteisdeur agter hom toe.

Luna beweeg ongemerk na een van die binnerakke toe. Sy maak 'n boks wat op die vloer by die rak staan, oop. Sy neem die verpakte voorraad uit die boks en plaas dit op die rak. Sy merk dat Henk onverwags langs haar staan.

"Wat is jou naam?" vra hy ietwat vriendelik. "Uné," antwoord Luna effens ontwykend. "Hoe het jy aan die werk gekom?" wil hy belangstellend weet. "Ek het my inligting vir Vanessa gestuur," antwoord sy matig afsydig. "Ek was desperaat om werk te kry…." "Dalk byt hy die aas," dink Luna. "My ouers is pensionarisse…," voeg sy sugtend by en trek haar skouers weerloos op. Sy haal nog vooraad uit die boks op die vloer.

"Ek kan jou dalk help met 'n ekstra inkomste," bied Henk huiwerig aan, nie seker hoe om haar op te som nie. Luna kyk hom pateties aan. "Ek bedoel… ekstra werk, hier in die apteek." Daar heers 'n oomblik se stilte. "Laat weet my as jy sou belangstel," voeg hy vinnig by en draai om om weg te stap. Luna knik en staar hom agterna tot hy uit sig verdwyn. Sy glimlag tevrede as hy die stoor se deur toetrek.

Luna besluit om nog voorraad vloer toe te neem. Sy merk dat Vanessa en Henk in die kliniek sit en gesels. Albei drink tee en eet toebroodjies wat hulle van die koffiewinkel oorkant die straat af bestel het. Sy merk dat hulle die vloeroppervlakte van die apteek bespreek as hulle telkens na die binnekant van die apteek wys.

"Dit blyk dat die eienaar van die apteek veranderings binne die apteek wil aanbring," dink sy en beweeg ongesiens nader aan die kliniek se deur om na hulle gesprek te luister, maar besef dat dit doelloos is as sy geen nut by hulle gesprek vind nie.

Sy besluit om op die vloer te bly en van die kliënte te help. Op die manier vlieg die res van die middag vinnig verby en kan Luna haar terughaas huis toe.

"Middag, Tannie Ria, Oom Bert," roep-groet sy as sy die huis binnestap en direk na haar kamer toe gaan. Sy sit haar handsak op die bed neer en haal haar selfoon uit. Sy stuur al die foto's wat sy in die hoekstoor geneem het vir die bevelvoerder. Daarna laai sy dit op haar skootrekenaar af. As sy tevrede is, vee sy die foto's van haar selfoon af. Sy plaas die selfoon weer terug in haar handsak en versteek die sekuriteitshek se sleutel onder haar klere in die kas. Daarna stap sy voorhuis toe.

"Wat eet ons vanaand?" vra sy opgewek as sy die kombuis binnegaan. Tannie Ria lag innemend. "Ai, die bossiekopkind het maar haar eie streke," dink sy gemaklik en betrag Luna vir 'n oomblik waar sy alreeds ken in haar hand aan die tafel gaan sit het.

"Vir wat neul jy so vir kos?" raas oom Bert spelerig en skuif ook voor sy eetplek in. "Nee, liewe kragties," kla Tannie Bets. "Waar is julle maniere? Die kos is nog nie eers in die borde nie of julle sit hongeroog vir my en staar," raas sy en krap die gebraaide hoenderboudjies en aartappels onnodig in die oond deurmekaar.

Oom Bert staan sugtend op en haal drie wynglase van die rak af. "Bets, vanaand kan ons maar 'n bietjie saam kuier," kug hy en trek die bottel wyn uit die wynrak. Hy knipoog speels vir Luna en skink aldrie die glase voor hom op die tafel vol.

EEN-EN-DERTIG

Luna besluit om ongenooid vir Charline te gaan kuier. Sy verkies om die paar straatblokke na haar toe te stap. Die oefening sal haar goed doen, dink sy. Sy merk tot haar verbasing, Theuns se bakkie agter in die erf staan as sy om die hoek van die huis loop. Sy staan vir 'n oomblik onseker stil - nie seker wat om daarvan te dink nie. Dan stap sy saggies nuuskierig nader en buk laer af as sy by die kombuisvenster kom. Sy hoor harde stemme binne die kombuis praat. Sy spits haar ore aandagtig. Dit is duidelik dat Charline en Theuns in een of ander argument is.

"Wil jy dieselfde pad loop as Zoé?" skree Theuns hard. "Nee…," huil Charline skaamteloos. "Ek kan dit net nie meer doen nie!" skree-snik Charline onbedaarlik. Dit is duidelik dat Charline omgekrap is. "Ek gaan nie meer nie! Ek sê jou, julle kan maak net wat julle wil!" skree sy woedend, snikkend. Daar heers 'n kort oomblik van stilte.

Luna brand van nuuskierigheid en wil net haarself ophys om by die venster in te loer toe Theuns bruusk buite homself skreeu. "Ek gaan nie toelaat dat jy of enige iemand anders die operasie opfoeter nie!" bars sy stem deur Charline se beangste gille.

Luna skrik as 'n stoel iewers in die kombuis rondgeruk word en hard op die grond te lande kom. "Jy moes daaraan gedink het…!" bars Theuns se waarskuwende stem bo die harde geskarrel in die kombuis uit.

Luna hys haar lyf verskrik hoër op teen die muur om by die

kant van die venster in te loer. Sy sien hoedat Theuns Charline aan haar hare in die kombuis rondpluk en kru op die grond neergooi.

"Ons het jou nie meer nodig nie, Vroumens!" skree hy woedend en skop Charline terselfdertyd in haar ribbes. Charline krul in 'n hopie op. Hy trek haar hardhandig weer aan haar hare orent en klap haar genadeloos hard deur haar gesig. Sy val teen die kombuiskas en land op die grond voor Theuns se dreigende houding.

Sy gil en skop histeries na Theuns as hy wellustig oor haar buk en haar bene terselfdertyd met mening oop fors terwyl hy haar hande gevaarlik bokant haar kop vaspen.

Luna sak bewerig terug op haar hurke. Sy moet vinnig hulp kry, dink sy angsvervuld. Haar hande bewe merkbaar as sy haar selfoon vinnig uit haar denimbroeksak uithaal en die bevelvoerder se nommer soek. Tot haar verligting kry sy dit vinnig en druk die *location* waar sy haar tans bevind. Sy tik die voorafopgestelde woordsein "Nood!" Dan wag sy in spanning dat dit deurgaan. Sy sit die selfoon weer vinnig in haar broeksak terug terwyl haar kop aan planne dink om Charline te help.

"Dis tyd dat jy 'n les geleer word!" kners Theuns op sy tande terwyl Charline aanhoudend gil, sy gulp alreeds oop om Charline binne te dring. Luna kyk desperaat om haar rond en merk 'n halwe baksteen wat links van Theuns se bakkievoorwiel lê. Sy hardloop geluidloos na die bakkie toe, kyk vlugtig by die venster in en merk tot haar teleurstelling dat die bakkie gesluit is as sy die deur op dieselfde oomblik probeer oopruk.

Sy gryp die baksteen en storm op die agterdeur af. Theuns kyk verskrik om, te laat om Luna se kragtige hou teen die sykant van sy kop te keer. Sy liggaam verslap onmiddellik. Hy val gewigtig, gesig eerste, op 'n gillende Charline wat histeries skop en stoot om Theuns se lywige liggaam van haar af te kry. Luna trek moeisaam aan sy regter skouer en bolyf totdat hy van Charline afrol.

Charline gril huilend as sy Theuns langs haar sien lê en sukkel-snikkend orent van die vloer af op. "Het julle toilet se deur 'n sleutel?" vra Luna uitasem. "Ja…," antwoord Charline ontsteld en gluur Luna terselfdertyd verbysterd aan.

"Help my om hom daarheen te sleep voordat hy bykom," beveel Luna angstig en trek alreeds sterk aan altwee Theuns se bo-arms. Charline val langs Luna in en sukkel-sleep hom met al hulle kragte tot binne-in die nou toilet. Luna sluit onmiddellik die deur agter hulle toe nadat hulle Theuns in 'n half sittende-posisie teen die muur opgetrek het. Sy is vir eers tevrede met hulle heldedaad en kyk terloops of die klein venstertjie in die toilet aan die binnekant enigsins diefwering voor het. Sy knik tevrede en lei Charline besorgd aan haar arm terug kombuis toe.

Charline bewe onbedaarlik. "Maak solank vir jou sterk swart koffie met baie suiker," beveel Luna streng en stap vinnig na buite waar die toiletvenster behoort te wees. "Vandag moker ek jou, Theuns Jört, met 'n hamer oor jou kop as jy probeer om deur daardie klein venstertjie te ontsnap," mompel sy vies en ietwat braaf daarby. Sy staan nog vir 'n wyle ongeduldig rond en besluit om die bevelvoerder se nommer te skakel. "Waar is julle?" vra sy angstig en ongeduldig. "Amper daar," antwoord hy kortaf en lui af.

Charline staan bewerig in die kombuis terwyl sy die kookwater in die koffiebekers gooi. Sy snik saggies tussendeur. Luna kyk haar simpatiek aan. Dan besluit sy om 'n warm ding

214

uit Charline se kamer te gaan haal en gooi dit vertroostend oor Charline se skouers. Charline staar haar tranerig aan. Luna ignoreer dit.

"Wat is jou betrokkenheid by die operasie?" vra Luna, skielik minder simpatiek en haal die lastige pruik van haar kop af. Charline aarsel en Luna merk tot haar verbasing dat Charline se gelaat opsigtelik verder verbleek het.

"Wie is jy?" vra Charline verras en erg onkant gevang terwyl sy haar trane onvroulik met die agterkant van haar hand wegsnuif. "Ek is *under cover*…,' antwoord Luna neutraal. "So, wat is jou betrokkenheid by die smokkelary?" vra Luna duidelik ongeduldig.

Luna rol haar oë ongemerk in haar kaste as Charline haar rug op Luna keer en by die kombuisvenster uitkyk. "Charline…?" sê-vra sy kwaai.

"Ek doen die verpakking… sit die poeier in kleiner sakkies en plaas die embleem op elke pakkie," antwoord Charline droog, huiwerig. "Waar?" dring Luna skerper op 'n antwoord aan. "In die stoor agter die motorhuis," antwoord Charline sagter en trek haar skouers effens op.

"Het jou ouers geweet hiervan?" vra Luna. "Nee, my ouers het nie belanggestel in my bedrywighede in die stoor nie," erken sy effens traak-my-nie-agtig en begin eweskielik onbedaarlik huil as sy aan haar pa dink wat 'n paar maande gelede oorlede is.

Luna kan dit nie verhelp om haar jammer te kry nie en staan van haar stoel af op. Sy sit haar hande vertroostend om Charline se skouers.

"Luna!" roep die bevelvoerder van buite af. "Kom uit!" Charline kyk verskrik na die deur. "Julle kan maar inkom!" roep Luna terug. Sy kyk bekommerd na Charline en trek haar beskermend teen haar vas. Sy laat toe dat Charline op haar skouers huil.

"Jy is nou veilig," troos sy. "Gaan ek tronk toe?" vra Charline snikkend. "Nie as jy saamwerk nie," verseker Luna haar en vryf troostend oor haar hare.

"Is die stoorkamer gesluit?" vra Luna saggies by Charline se oor. "Ja…," stamel Charline, "die sleutel is bo in die kombuiskas, aan die binnekant, op 'n hakkie."

Die bevelvoerder stap daarheen en haal die sleutel van die haak af. Hy oorhandig dit aan een van die polisiekonstabels. Luna merk dat die bemanning in verskillende rigtings beweeg. Hulle loop versigtig en beraad deur die huis, oor die erf en na die stoor toe. Luna hoor toe hulle Theuns uit die toegesluite toilet haal, sy regte bekend maak en op dieselfde oomblik boei.

'n Senior Offisier bring vir die bevelvoerder 'n bewys van die verpakte Heroïen wat hulle in die stoor gevind het. "Dawn5," sê die bevelvoerder betekenisvol as hy die embleem dadelik herken. Theuns verskyn geboei in die deur. Die bevelvoerder merk hom op.

"Ons soek al lank na julle bende," glimlag die bevelvoerder sinies en tevrede vir Theuns. "Vat die gemors weg en sien toe dat sy bakkie veilig by die polisiestoor uitkom. Ek is seker julle gaan nog iets waardevol daarbinne ook kry. Dalk 'n stel messe, want dis mos sy gunsteling moordwapen," voeg die bevelvoerder sarkasties by.

Die konstabels neem Theuns dieper die kombuis in, verby Charline. Hy gluur haar woedend aan en verstar as hy Luna herken. "Jou teef!" snou hy haar hard toe. "Ek moes jou lankal van kant gemaak het," sis hy deur sy tande.

"Hou jou bek, Jört! Jy sal jou beurt kry om te praat," raas die bevelvoerder streng en wag dat Theuns weggelei word na buite.

"Maak seker julle neem al die verpakkings na die polisiestoor toe," vermaan hy die polisiebeamptes vir 'n laaste keer. "Luna, vat die meisie na jou woonstel. Ek sal 'n konstabel stuur om julle verklarings daar af te neem." Luna knik. "My motor is nog by Oom Bert-hulle," lig sy die bevelvoerder in as dit haar byval dat sy gestap het.

"Ogh, ja...," sug hy nadenkend. "Ons wil nie nou daar of by die apteek gaan pla nie... jy moet nog 'n rukkie daar werk," voeg hy ingedagte by.

"Konstabel Cordel! Vat die dames na Luna se blyplek toe!" beveel hy streng en staar niksseggend vir 'n oomblik na Charline. Haar gesig is bleek en sy bewe onbedaarlik. Dan stap hy nader aan haar. Sy kyk hom verwese aan.

"Jy sal vir eers veilig wees by Luna se blyplek," stel hy haar gerus. Charline knik en snuif saggies. Hy verneem waar die huissleutels is, knik as hy tevrede is waar om al die sleutels te vind en sien toe dat Luna en Charline veilig vertrek na Luna se woonstel toe.

Die konstabel is ywerig om Luna en Charline te vergesel. Hy is streng opdrag gegee om daar te bly totdat die vrouekonstabel by hom oorneem.

Luna sluit haar woonstel oop en laat Charline eerste binnestap. Charline sit haar aandtassie op die sitkamerbank neer. Luna stap direk kombuis toe en sit die ketel aan. Sy krap in die kas vir 'n eetding en besef dat daar niks is nie. Sy skakel Panarotti's naby haar huis en bestel 'n groot Margherita Pizza. Daarna skink sy vir hulle altwee 'n glasie witwyn.

Charline kyk haar verdwaas aan, nie seker wie die meisie is by wie sy haar bevind nie. Luna kyk op en vang Charline se blik. Sy glimlag bemoedigend. "Ek is nog dieselfde Uné," lag sy skrams, "net met 'n ander kapsel," spot sy. Dit stel Charline meer op haar gemak. Sy glimlag effens en neem die glasie wyn by Luna.

Luna gaan sit langs haar op die rusbank. Hulle drink in stilte hulle wyn, elk besig met haar eie gedagtes. "Charline, as jy jou verklaring aflê moet jy asseblief so eerlik en so breedvoerig as moontlik wees. Dit is van uiterste belang dat jy alles vertel. Zoé se kind is ook hierby betrokke. Dink aan haar," moedig Luna Charline aan, desperaat om die ondersoek afgehandel te kry. Charline knik ingedagte en neem nog 'n slukkie wyn.

TWEE-EN-DERTIG

Daar is 'n ligte klop aan die deur. "Seker die pizza-man," sê Luna liggies en staan op om die deur oop te sluit. Sy verstar as sy die vrouekonstabel merk. Die polisievrou gluur haar glaserig aan en val vooroor. Sy verloor haar bewussyn. Luna staan verskrik eenkant as Henk die volgende oomblik in die deur verskyn met die vrouekonstabel se slaplyf al hangende oor sy voorarms.

"Vir wat vat jy so lank?" spring Charline skielik en verlig agter Luna van die sitplek af op. Henk sleepdra die vrouekonstabel verder die vertrek binne en sluit die deur onmiddellik weer agter hom toe. Luna se verbysterde blik wissel tussen Charline en Henk, bewus daarvan dat haar mond intussen onnatuurlik droog geword het.

"Ek moes eers die verdomde Theuns se boodskap ontsyfer voordat ek die regte adres kon kry," mompel hy terwyl hy terselfdertyd die vrouekonstabel op 'n nabygeleë stoel sitmaak en haar hande agter die stoelleuning vasboei. "Daarna was dit maklik om julle te volg," lag hy roekeloos gesuip.

Charline vererg haar vir sy besope toestand en besluit om hom later 'n goeie les te leer. "Kom hier jou brawe poppie, ons wag al lank vir jou!" sê Charline hard vyandig agter Luna en trek haar genadeloos aan haar hare tot op die rusbank. Nog voordat Luna tot verhaal kan kom klap Charline haar hard in die gesig dat sy skuins oor die bank val.

"Ek het Stander verloor as gevolg van jou lang neus!" sê sy kil en klap Luna 'n tweede keer deur haar gesig. Luna gil verskrik en skuif vinniger teen die bank op sodat die bank agteroor kantel. Dit gee haar kans om te vlug. Sy spring vinnig op en kry koers na haar kamer toe, Charline kort op haar hakke. Henk lag walglik hard as hy die Charline in aksie betrag.

Dan is daar onverwags 'n klop aan die deur. Henk sit sy vinger op sy mond en wys vir Charline dat sy Luna se mond moet toedruk. Charline druk Luna met haar lyf stewig teen die grond vas. Sy gaan lê-sit op Luna se bo-rug. Luna spartel onder Charline se stewige greep, maar gee die stryd na 'n paar sekondes gewonne. As Henk tevrede is dat Charline Luna onder beheer het stap hy deur toe en sluit die deur oop.

"Aaaah…," sê hy gemaak vriendelik. "Ons pizza…." Hy glimlag en haal 'n fooitjie uit sy sak. Hy oorhandig dit aan die pizzaman en sluit die deur weer dadelik toe voordat hy die pizza op die kombuiskas neersit.

"Hartjie!" roep hy in Charline se rigting. "Vat jou gas kamer toe en maak haar so gerieflik as moontlik voordat jy jou aandete kom nuttig. Daarna kan ons haar tydsaam van kant maak," paai hy en lag verraderlik. Hy vat Luna se glasie wyn en neem 'n stukkie pizza. Hy gaan sit langs die vrouekonstabel wat intussen haar bewussyn herwin het.

Sy kyk hom koud aan. "Wil jy ook 'n stukkie hê?" spot hy en swaai sy sny pizza voor haar neus verby. Sy trek haar kop walglik weg. Hy lag hardop.

Charline het Luna weer aan die hare beetgekry en trek stamp haar die kamer binne. Sy gooi haar op die bed neer. Luna stoei vir al wat sy kan, maar verloor haar bewussyn as Charline haar met die bedlampie teen die kop slaan. Charline sug van verligting en blaas haar asem moeisaam uit. "Bliksem! Maar die koekie is *tuff*!" mompel sy onderlangs.

"Kom jy reg my vuurvretertjie?" roep Henk ekstaties al etend vanuit die sitkamer. Hy haal terselfdertyd die inspuiting uit sy broeksak en sit 'n naald aan. Die bottel met vloeistof sit hy langs die inspuiting neer. Die vrouekonstabel kreun hulpsoekend as sy besef wat Henk van plan is om te doen. Henk glimlag grimmig vir haar en neem nog 'n slukkie wyn. Hy hou die glas vermakerig in 'n heildronk uit na haar. Sy kreun weer en kyk verkieslik weg.

Charline sluit by Henk aan en skink haar glasie verder vol wyn. Sy ignoreer die vrouekonstabel opsetlik en hou Henk onderlangs dop terwyl sy 'n groot sluk van haar wyn neem.

"Jy lyk *onfit*, baas," terg Henk as Charline besluit om langs hom te gaan sit. "Henk, *watch* jou tong!" dreig sy gevaarlik kalm en gluur hom kwaai aan. Henk sluk sy wyn en vee sy verspotte poppo-lag van sy bakkies af.

Henk het gou-gou geleer om Charline nie te onderskat nie. Per slot van sake, was dit nie vir haar nie was hy nie deel van die suksesvolle smokkelhandelbedryf nie. *After all,* "hy geniet sy losbandige luukse bestaan en om daarby die eienaar van 'n apteek te wees is wragtig 'n bonus," dink hy lighoofdig en drink tydsaam aan sy glasie wyn terwyl hy Charline in stilte betrag.

"Baas," spreek hy Charline met 'n bietjie meer respek aan. Charline kyk versteurd op. "Gee my eers 'n minuut met daardie poplap op die bed voordat jy die spuit in haar slagaar indruk," smeek-vra hy smalend. "Jy kan hierdie een eerste spuit," sê hy en swaai sy kop in die rigting van die vrouekonstabel. "Neem jou tyd as jy toesien hoedat sy haar laaste asem oor Moeder-aarde uitblaas," dramatiseer hy komies. Charline glimlag wrang.

"Net soms is ek lus en druk die spuitnaald armlengte tussen jou lieste in, jou verkrampte moer," dink Charline verergd en staan op om te kyk of haar *undercover lady,* Luna, nog wel is op die bed. Sy glimlag as sy merk dat Luna nog nie haar bewussyn herwin het nie. Sy besluit om die kamerdeur agter haar te sluit, min lus vir enige verdere steurnisse.

Sy neem nog 'n snytjie pizza en drink haar glasie wyn klaar. Sy is duidelik omgekrap omdat Luna haar suksesdrywende bedryf omver kom gooi het. "Met Theuns in die tronk sal sy vinnig die produkte moet verskuif. Dan het sy ook die voorraad by die huisstoor verloor," dink sy ongemaklik.

"Henk, eet klaar dat ons hierdie twee kan afhandel. Daar's werk om te doen," beveel sy streng en trek die vloeistof uit die botteltjie in die spuit in. Sy staan op.

Henk sluk vinnig aan die oorblywende wyn in die bottel en stap ietwat wankelrig die gang af kamer toe. Hy gaan nie die geleentheid verby laat gaan nie, neem hy homself voor. "Theuns is die verkragter van Zoé," dink hy, "en dit maak hom die verkragter van haar vriendin, Luna." Die gedagte daaraan laat hom eintlik vrek goed voel.

Hy sluit die kamerdeur oop. Luna is wakker. Sy kyk hom grootoog aan. Hy glimlag vermakerig en trek sy gulp dronklomp en stadig oop terwyl hy nader aan die bed loop. Luna spring van die bed af op, bewus daarvan dat hy besope is. Sy gryp die blompot naaste aan die bed en hou dit stewig in haar hand vas, gereed om hom daarmee te moker. Hy lag walglik.

Luna hou sy bewegings berekenend dop. Dan hoor sy skielik 'n gil vanuit die sitkamer, maar verloor nie haar konsentrasie op Henk nie. Sy hoor weer die konstabel gil en dan is dit stil in die sitkamer, bewus daarvan dat Charline die konstabel se mond toegedruk het.

"Vandag pleeg ek my tweede moord," dink sy sku-braaf as Stander se beeld helder in haar gedagtes verskyn. Sy beweeg ongemerk nader aan die laaikas en trek die laai van die laaikas met die agterkant van haar hand oop. Sy voel die sportmes teen die voorkant van die laai lê. Sy hou Henk in oog. Die sportmes stewig in haar hand en die blompot in haar ander hand.

Henk geniet die speletjie en beweeg versigtig oor die vertrek nader aan Luna. Luna hou sy beweging dop, die mes se handvatsel in die holte van haar palm, gereed om dit stewig binne sy hart te gooi. Sy besef sy sal moet vinnig en hard mik sodat sy links van die borsbeen die hart kan binnedring. Daarna moet sy Charline aandurf.

Charline sien hoedat die konstabel se oë verdof, haar hartpols verswak en haar kop vooroor val. Sy glimlag tevrede. "Henk, is jy klaar? Ons moet waai!" roep sy terwyl sy die spuitnaald vir 'n tweede keer vol trek. Vir 'n oomblik is Henk se aandag van Luna af, sy mik en plant die mes kragtig net bokant Henk se hart in sy skouerspier vas.

Henk gil van die pyn en terselfdertyd bars daar chaos in die woonstel los as André die woonsteldeur gewelddadig oopskop. Charline stol in haar spore oppad kamer toe en kyk verras om, vas in die strak gesig van die gehate hoofspeurder, André Jört.

Sy vloek onvroulik en storm op hom af met die spuitnaald in haar hand, reg om dit in sy lyf in te druk, maar André Jört is min lus vir speletjies en klap haar uiters onbeskof met een slag bokveld toe. Sy sak stadig teen die gangmuur af totdat haar jong lyf slap op die grond lê. Hy kyk haar vir 'n oomblik haatlik aan en haas hom onmiddellik daarna na die kamer waar hy 'n gevloek en geskarrel van mense hoor.

Henk strompel op Luna af, sy hand oor die bloeiende wond. André storm kwaad op Henk af en Luna hou 'n tweede sportmes slaggereed om Henk se maagwande tot duskant sy stuitjie oop te skeur.

Henk val agteroor as André Jört hom agter die nek beetkry en teen die hangkasdeur vasgooi. Henk fokus om 'n hou of twee iewers op André Jört se groot lyf te plant, maar maak vinniger kennis met die sterrehemel as waarvoor hy eintlik gebaken het.

André Jört se gelaat is strak, befoeterd en uiters moeg na die gesukkel om die laaste moordsaak op sy lys af te handel. Hy kyk vlugtig in Luna se rigting, maar merk dat sy slaggereed is vir 'n volgende aanval. "Stadig nou, Meisiekind!" paai hy bedagsaam en ietwat bekommerd. "Die oorlog is verby," sê hy sagter. Hy merk dat Luna die mes stadig laat sak. Hy stap vinnig na haar, 'n groot skans tussen hom en Henk. Hy trek haar vlugtig teen sy bors vas en vryf liggies oor haar hare. Hy voel hoedat haar liggaam stelselmatig ontspan.

"Greyling, voordat jy foto's neem en jou forensiese span laat kom, maak seker die spul is veilig agter tralies," beveel Sersant André Jört kortaf en tevrede.

"Die saak is opgelos, Luna, jy is vry," sê hy sag bo-oor haar kop sodat net sy dit kan hoor. Sy snik saggies en verlig teen sy bors. Hy laat haar vir 'n oomblik begaan.

Die bevelvoerder staan tevrede in die deur. Hy knik sy kop en sien toe dat die twee verdagtes verwyder word. Hy kyk jammerlik na die konstabel wat haar lewe aan diens verloor het. "Dis tyd dat ek Jört se voorbeeld volg en aftree," dink hy vasbeslote en stap kombuis toe.

"Jört, ek kry julle by die stasie. Die verdagte, Vanessa, is reeds in hegtenis geneem," voeg hy gelykmatig by. "Is jy reg om jou verklaring af te lê?" vra André besorgd. "Ja," bevestig Luna sag en glip uit André se arms, skaam dat sy haar oorgegee het aan die swakheid van trane.

DRIE-EN-DERTIG

Luna wag totdat hulle op die snelweg oppad polisiestasie toe is voordat sy André konfronteer.

"Waarom is jy by die ondersoek betrokke?" vra Luna nuuskierig; dog effens ongeduldig. André Jört kyk haar vir 'n oomblik oorwegend stil aan. "Omdat ek my familie se belange op die hart dra," sê hy iewat verergd.

"Jou familie?" vra Luna opgesmuk. "Ja…" antwoord André, "of het jy vergeet dat Nunus my kind is?" Luna staar 'n oomblik na hom voordat sy nikssiende by die venster uitkyk. Die gedagte dat sy Nunus kan verloor is vernietigend.

"André, jy het my voor 'n keuse gestel om die smokkelarysaak waaraan ek gewerk het voor Zoé se dood, op te los. Dit is waarom jy my hierheen laat kom het, anders het jy my vir moord op Stander aangekla. Jy het die saak aan my oorgegee. Dit het jou nie toegang gegee tot die saak nie. Ek het direk aan jou bevelvoerder gerapporteer." Luna is opmerklik kwaad en aanvallend.

"Moenie vergeet dat Theuns my broer is nie… en ongelukkig ook Zoé se verkragter, die ma van my kind," voeg hy ongeduldig en koud by. Daar heers 'n oomblik se stilte voordat André kalm verder praat.

"Theuns was die ontvanger van die dwelms… die skakelpersoon wat die dwelms op die N4 ontvang het… nadat dit deur die Mosambiekse grens gegaan het," lig hy haar in. "Dit is waarom hy die plaas op Karina gekoop het, langs Jan Barnard se plaas, naas die N4 snelweg. Dit was verder ook gemaklik om vir Jan Barnard te boer. Die plase was goed geleë vir versteekte Heroïen. Dit alles onder jou niksvermoedende ouers se neus," sê hy duidelik omgekrap. Die gedagte daaraan walg hom. "Gesiene mense soos die Jan Barnard-familie sal nie verdink word van dwelmsmokkelary nie, veral nie 'n Alzheimer-ouman nie!" Die gedagte daaraan laat Luna liggies gril.

Sy kyk vlugtig na André en merk die harde trek om sy mond. "Hy het Zoé verkrag wetend dat sy swanger was met my kind. Daarna het hy haar afgepers met die foto's wat hy daarvan geneem het. Haar selfs gedreig dat hy my daarvan sou vertel, van Nunus en die feit dat sy die persoon was wat die kleiner hoeveelhede verpakte poeier uit die apteek huis toe geneem het vir Stander om af te haal, soms ook ekstra skedule een medisyne aan hom voorsien het…."

André bly vir 'n oomblik stil as hy by die vierrigtingstop stilhou sodat die voertuig aan die regterkant voor hulle kan indraai. "Sy het gevrees dat ek sou uitvind van my kind, Nunus, en haar, Zoé, se betrokkenheid by die smokkelary. Dat ek as gevolg daarvan Nunus sou wegneem van haar af. Ek kan dink dat Theuns haar ook verder sou gedreig het met gevangenskap indien ek sou uitvind." André bly vir 'n oomblik stil as sy gedagte na Vanessa se betrokkenheid by die operasie gaan.

"Aanvanklik was Charline se pa die eienaar van die apteek…." André bly vir 'n oomblik stil as hy Luna se verbasing opmerk. Hy glimlag strak en gaan voort.

"Ja…, hy het vroeg in sy lewe gekwalifiseer as apteker. Daarna het hy die apteek begin. 'n Gevestigde winsgewende besigheid. Jare later is hy gediagnoseer met kanker. Dit was gedurende Charline se finale jaar van haar studies in aptekerswese. Vanessa en Charline se pa het in die geheim 'n jarelange liefdesverhouding gehad. Charline was bewus van die verhouding. Kort na Charline se pa se dood het Charline die bestuur van die apteek aan Vanessa oorgelaat en die agterste stoor ingerig as 'n bergplek vir Heroïen." Luna frons en kyk nou onseker na André, nie seker of sy die verband tussen die twee bergplekke van die apteek en plase verstaan nie.

"Theuns het die uitvoervoorraad wat na die Europese mark toe moet gaan aan die apteek verskaf. Die oorblywende voorraad is in groter hoeveelhede hoër op na die Afrika lande versprei." Luna knik as sy verstaan.

"Charline het self die apteek se voorraad by haar huis in kleiner hoeveelhede verpak en die erkende embleem, 'Dawn5", daarop aangebring. 'n Embleem wat deur haar en Vanessa ontwerp is. *Dawn* is die betekenisvorm van haar pa se afsterwe. 'n Tipe van eensvormige verlies vir haar en Vanessa saam. "5" staan vir die vyf hoofkarakters wat by die operasie betrokke was, naamlik die skakelpersoon en ontvanger, wat natuurlik Theuns is. Hy het inderdaad die hele operasie bymekaar gehou en was ook die hoofkarakter agter die Afrika-versendings." Luna luister aandagtig verder.

"Stander en later Henk, was die hoofverspreiders binne die raamwerk van Suid-Afrika. Kaapstad, Johannesburg en Durban is maar drie van 'n hele paar afsetgebiede binne die land. Dit bring ons by Vanessa. Die een verantwoordelik vir stoorplek en die akkurate versending of uitreiking van voorraad aan Henk, wat die nuwe eienaar van die apteek is na Charline se pa se dood. Die ironie is, Henk was Charline se *fling*. Hy het haar op Universiteit vermaak en hulle het saans saam uitgehang. Dit was hy wat haar aan die wêreld van smokkelary blootgestel het. Eenmaal verslaaf aan geld, altyd verslaaf aan geld!" eindig hy die gesprek.

"Waar het Zoé presies ingepas?" vra Luna nuuskierig en tog ook versigtig. "Zoé was op 'n verkeerde plek, op 'n verkeerde tyd," antwoord hy ingedagte by. Om die "5" van die embleem te voltooi het hulle Zoé by die operasie betrek, natuurlik sonder haar medewete. Die gedagte was om die klein verpakkings uit die apteek te kry. Zoé was onkundig en het onskuldig voorgekom. Dit was die regte kandidaat vir hulle doel." André bly vir 'n oomblik stil.

"Die enigste inligting wat kortgekom het, was hoe jy in die operasie ingepas het," bepeins hy ingedagte. Luna kyk hom verbaas aan. "Jy was ons hoofverdagte, die brein agter die hele operasie. Komaan, Luna, jou pa se plaas, jou kontak met Zoé en later jou besoek aan haar. Nunus wat verdwyn die nag van haar ma se moord… dink daaraan. Jy was die heeltyd daar, besig met iets." Luna frons kwaai.

"Maar ek was besig met die ondersoek," skerm sy. "Was jy…?" vra hy en kyk stip na haar. "Ons sou net weet as jy jou ondersoek deurgevoer en afgehandel het…." Hy kyk betekenisvol na haar. Sy knik verstaanbaar en wens skielik dat alles tot 'n einde wil kom. "Weet jy wat die aand met Zoé se moord gebeur het?" waag Luna om te vra.

"Ja," antwoord André en draai links in die straat van die polisiestasie in. "Dit is eenvoudig. Ons weet almal dat Stander 'n man was wat eerder 'n pistool sou gebruik om te moor as 'n mes. Theuns is die mesman. Die moorde moes min of meer so gebeur het."

"Zoé weier om verder deel van die operasie te wees, min geskeel of ek sou uitvind van Nunus en of Theuns sy dreigement sou uitvoer - tronk toe sou sy gaan, het sy moontlik gedink. In daardie geval sou Nunus beter af gewees het by my. Theuns is woedend omdat sy wil onttrek. Daar is nie 'n plaasvervanger om die produkte uit die apteek huis oe te neem vir Stander om op te tel nie."

"Theuns gaan na haar huis toe om haar te konfronteer. Sy kom uit die kamer gestap en is verras en vrees pak haar beet as sy Theuns by die deur opmerk. Hy dreig, sy weier, hulle argumenteer, skreeu selfs. Zoé is vasbeslote, Theuns besef wat dit vir die operasie kan beteken."

Hy gryp sy mes, Zoé keer, hulle stoei. Die blomvaas op die eetkamertafel val op die grond en breek. Dit trek Theuns se aandag vir 'n oomblik af. Zoé draai om om kamer toe te vlug. Hy ruk haar terug en plant die mes woedend in haar bors. Sy val op die vloer en skuif-vlug effens onder die tafel in. Hy sien hoedat sy sterf en stap tevrede by die deur uit."

'n Rukkie later kom Stander aan, verras dat die deur oopstaan en stap gemaklik na binne om die voorraad af te haal. Hy merk haar dood op die vloer lê en besluit om die verpakking te soek. Toe hy niks in die voorhuis kry nie, stap hy kamer toe." Luna gril ongemerk.

"Jy kom by die oop deur in en sit jou handsak op die eetkamertafel neer," gaan André voort en kyk vlugtig na Luna. "Stander stap op dieselfde oomblik uit die hoofslaapkamer en herken jou onmiddellik as die nuuskierige polisiejoernalis wat tot die operasie se ergerlikheid, warm op hulle spoor is. Hy besluit om jou van kant te maak."

"Stander wil nie aandag trek nie en besluit om jou eerder te verwurg as om sy pistool te gebruik. Hy kry sy hande om jou keel, jy stoei en beland onder sy brute krag op die vloer. Die slegste posisie waarin jy jou kan bevind, maar jammer vir hom steek jy hom van onder af met die gebreekte vaas se glasstuk in sy nek."

Hy sterf en jy haas jou vir een of ander rede na die kamer

toe, val oor Zoé se lyk, gryp die eetkamerstoel se leuning om jou ewewig te behou en spaander daarna voort kamer toe. Jy gryp die babawiegie, meeste van die babagoed en vertrek. Die res van die storie ken jy… en kan jy in jou verklaring skryf," eindig hy die gesprek gevoelloos.

Luna lyk verwese, maar voel nogtans effens verlig met die wete dat die saak nou tot 'n einde kan kom. "Hoe het julle van my bewegings geweet?" vra Luna voordat André sy voertuig by die parkering intrek. "Ons het 'n redelike skerp bevelvoerder," antwoord hy geamuseerd. Luna kyk weg.

"André skakel die motor af en maak sy deur oop. Luna klim ook uit. Hy stap effens vooruit en maak die deur vir haar oop wat na die polisiestasie toe lei. Daarna trek hy weer die deur agter hom toe. Hulle stap direk na die bevelvoerder se kantoor toe.

Die bevelvoerder glimlag as hulle binnestap. Hy laat Luna sit. André neem langs haar plaas. "Is ek nou vry om te gaan?" vra Luna moeg. "Ja, ons wil net die laaste paar feite agtermekaar kry en jou verklaring afneem," antwoord die bevelvoerder tevrede.

"O ja, so terloops, stel jy dalk belang om voltyds vir ons te werk?" vra die bevelvoerder in 'n ligter luim. "Nee, dankie," antwoord Luna gemaklik en glimlag. "Ek gaan nou voltyds boer," voeg sy by en kan nie verhelp om met 'n gevoel van heimwee aan Nunus, Siem, Jakkels, haar ouers en selfs aan Mara te dink nie. Sy kyk weg om nie haar gemoed te verklap nie.

André en die bevelvoerder gesels verder oor die ondersoek - verlig dat 'n lid van een van die grootste Heroïensmokkel-operasies, agter tralies sit.

DRIE-EN-DERTIG

Dit is vroegoggend toe Luna wakker word en haar woonstel begin inpak, haastig om terug te gaan na haar lewe op die plaas in Karino. Sy verlang na Nunus, haar ouers se beskerming en die bekendheid van die omgewing.

Lena klop liggies aan die woonsteldeur met 'n bordjie varsgebakte skons. Luna maak die deur op 'n skrefie oop en glimlag as sy Lena merk. Sy sluit die traliehek oop. "Gaan aan met jou werk, Luna. Ek weet jy is haastig om te vertrek." Lena sit haar een hand vlugtig op Luna se arm. Luna ervaar haar warmte en voel onverwags bewoë met die gedagte dat sy Lena binnekort alleen gaan agterlaat. Hulle het 'n besondere hegte band ontwikkel.

"Ek sit die ketel aan voordat jy ons albei in trane het," keer Lena vinnig as sy Luna se gemoedstoestand betrag. Luna sluit weer die sekuriteitshek agter hulle en sleep die leë boks naaste aan die deur na die sitkamer toe waar sy die ornamente almal bymekaar maak om in te pak.

Lena het intussen die ketel aangesit en bordjies uitgehaal. Sy plaas dit op die kombuistafel neer. Luna laat toe dat Lena in die yskas rondkrap vir wat sy ookal wil by sit.

"Kom hartjie. Kom eet gou," nooi sy as sy die melk by die koffie skink. Luna slaak 'n sug van verligting. "Een boks klaar," sê sy glimlaggend en stap na waar Lena vir haar 'n eetplek voorberei het. Sy verwelkom die gasvryheid en Lena se teenwoordigheid.

"My ou kewertjie is darem veilig weer terug in die motorhuis," probeer Lena ligtelik 'n gesprek aanknoop. Luna glimlag sag spottend. "Lena, ek het die witwarm waks uit jou kar uit gery," terg Luna en hou Lena onderlangs dop. "Jy sou nie," lag Lena goedsmoeds terug.

Luna," sê Lena onverwags erngstig. "Ek weet jy het baie op jou hande… met die gepakkery. Laat die meubels agter wat jy nie wil saamneem plaas toe nie… ek sal dit kan gebruik onder die huurders, waar hulle skaarste het aan iets," stel Lena voor. Luna knik ingedagte. Sy was self nie seker wat om daarmee te maak nie. Sy het klaar gereël dat haar meubels wat sy wil saamneem en die bokse die volgende dag gelaai word. Sy wil kort daarna ook vertrek. "Dankie, Lena," antwoord sy verlig. "Ek was nie seker wat ek daarmee gaan doen nie."

"Nou goed, hartjie, kom ons spring aan die werk," en daarmee neem Lena die leë bekers en bordjies na die opwasbak toe. Sy spoel dit vinnig uit. Luna hou haar dankbaar in stilte dop. Lena draai om en glimlag moederlik vir Luna. Luna glimlag skrams terug en skuif die stoel terselfdertyd terug onder die tafelblad in voordat sy nog 'n leë boks nader trek.

Lena se hande is flink as sy die kombuisbreekgoed in koerantpapier toedraai en in kleiner boksies sit. "Dit verseker dat die verpakkers die bokse makliker en sonder skade kan vervoer, dink sy. Luna beweeg na haar kamer toe en gooi terselfdertyd klere uit wat sy wil agterlaat vir Lena om vir die armsorg te gee. Die pakkery verloop aansienlik vinnig.

Teen middagete verdwyn Lena terug na haar woonstel toe om 'n bietjie te rus. Luna gebruik die tyd gunstig om deur haar persoonlike skryfblokke en joernale te blaai terwyl sy een na die ander wegpak. Sy sit haar versameling sportmesse versigtig bo-op. Sy besluit om die boks saam met haar in haar motor te vervoer.

Sy haal een of twee goeie musiek CD's uit haar versameling en pak die res weg. Dan sit sy sagte musiek in die agtergrond aan. Dit stil haar gedages.

Dit is laataand as sy badwater intap en tevrede tussen die skuim insak. "Môre-aand hierdie tyd is ek op die plaas," dink sy gelukkig en besluit om haar ouers vroeg die volgende oggend te skakel voordat die dag se bedrywighede begin.

Haar gedagtes wissel verder tussen Siem, Jakkals, die boerdery en Nunus. Sy verkies om André Jört uit haar gedagtes te sluit, wetend dat haar laaste ultimatumgeveg om Nunus in haar sorg te kry, nog voor haar lê. "As hy gedink het ek gaan Nunus so maklik opgee, maak hy 'n hengse fout," besluit sy en daarmee sluit sy haar gedagtes af.

Lena is in haar nagklere en japon as sy vir Luna 'n laataand eetding bring. Sy gee dit vinnig deur die traliedeur vir Luna. "Sorg dat jy vroeg genoeg gaan slaap," vermaan Lena oplaas en besorgd voordat sy omdraai en gang af stap. Luna knik en maak seker al die deure is goed gesluit. Daarna breek sy, min lus vir eet, klein happies af terwyl sy op die bank, bene onder haar ingevou, daaraan knibbel. As sy klaar is, was sy die bordjie uit en plaas dit nat op die wasbak. Sy stap kamer toe en glip tussen die lakens in. Sy raak onmiddellik en sonder moeite aan die slaap.

Luna word vroeg die volgende oggend wakker. Sy draai op haar sy terwyl die son deur die kantgordyn 'n welkome streep oor haar bed gooi. Sy glimlag tevrede as sy na die straal wat by die venster inskyn kyk. Die gedagte dat sy vandag plaas toe gaan is inspirerend. Opgewondenheid betree haar gemoed as sy besef hoe gelukkig sy werklik is.

Sy staan na 'n kort rukkie op, neem 'n vinnig stort, trek gemaklik aan en pak die laaste oorblywende en losstaande goedjies in een boks. Daarna parkeer sy haar motor naaste aan die trap van die gebou en pak die kattebak vol. Sy plaas sommige kosbare besittings en die oorblywende beddegoed op die agterste sitplek. Dan trek sy weer die motor terug in die motorhuis. Sy sluit die motorhuis voordat sy die woonstel trappies op draf-stap.

Die kleinerige vervoervragmotor is op tyd en die helpers werk flink. Dit is skuins voor twaalf as die vragmotor uit Pretoria vertrek. Luna stap met gemengde gevoelens nog eenmaal deur die woonstel. Lena is kort op haar hakke. Lena laat haar begaan en hou haar ingedagte dop. Sy merk die gemengde gevoelens wat oor Luna se gelaat speel. "Luna betree 'n nuwe wêreld," dink Lena stil terwyl wysheid haar oumens oë beloon. Luna draai onverwags om en plaas die sleutels versigtig in die palm van Lena se hand. "Lena, dankie vir die liefdevolle rol wat jy in my lewe gespeel het." Lena sluk ongemerk aan 'n lastige knop in haar keel, dan glimlag sy moedig vir Luna.

"Ek het vir jou padkos gepak," moedig Lena Luna aan om te vertrek. Luna kyk haar vir 'n oomblik dankbaar aan en druk Lena onverwags styf teen haar vas. "Ek gaan jou oneindig mis," prewel sy saggies. "Jy weet waar om my te kry, Meisie," troos Lena en vryf vir 'n oomblik oor Luna se hare. "Sy is soos 'n dogter vir my," dink Lena bewoë.

Luna soen haar liggies op haar wang, neem die houer met padkos en stap uit die woonstel uit, sonder om om te kyk. Sy stap flink na haar motorhuis toe, plaas haar handsak en padkos langs haar op die sitplek neer en stoot die motor agteruit. Sy skuif weer die motordeur toe en kyk op na die woonstel waar Lena in die gang staan. Hulle waai-groet vir mekaar en Luna vertrek.

Sy haal die vervoervragmotor vinnig in en ry gemaklik agter dit aan. Hulle stop by **Alzu vulstasie** waar sy vir die helpers weegneemetes en drinkgoed koop. Hulle ry na twintig minute verder. Luna gebruik die tyd om haar gedagtes gunstig oor die plaas te laat gaan, oor Nunus se toekoms te dink en haar ouers opnuut te waardeer.

Sy vertroetel die herinneringe aan Mara en besef weereens dat Mara se plek 'n groot leemte in haar, Luna, se lewe agterlaat, maar glimlag ook skrams as sy Mara se sêgoed herroep. Die pad snel verby en dit is skemer as hulle die plaas binnery.

Jan Barnard het intussen die hek oopgesluit en staan wagtend in die deur van die plaashuis. Hy glimlag ongemerk en verlig as Luna se voertuig veilig langs die vragmotor stop. "Ystervrou, Barnard bloed," dink hy innemend en trots.

Luna merk dat die plaashuis se ligte aan is. Dit vul haar gemoed. Sy staar vir 'n oomblik stil na Jan Barnard. "Haar pa...., man van staal," flits dit deur haar gedagte en vir die soveelste maal is sy dankbaar vir sy innerlike krag wat hy so brutaal en soms bombasties uitstraal, wat respek en agting afdwing, waar hy homself ookal mag bevind. Sy weet, sonder om dit ooit hard uit te spreek, dat hy die fondasie van onbeweeglike krag in haar ingeboesem het. "Dieselfde hardkoppigheid," glimlag sy liggies en maak die kant van haar deur oop.

Sy klim uit haar motor en stap verby die vragmotor stadig en gemaklik voordeur toe. Sy glimlag afwagtend en haar hart word week en weerkaats in haar oë as sy Miems kort agter Jan Barnard met Nunus in haar arms merk.

Dan laat Luna die trane van blydskap onbeskaamd oor haar wange loop. "Ek is tuis," glim dit deur haar gemoed en vul die volheid van haar wese. Jan Barnard maak sy arms wyd oop as Luna die trappe na bo stap. Sy glip kinderlik, soos wat sy selde as kind tussen sy sterk vaderlike arms gedoen het in, en rus haar kop vir 'n kort oomblik teen sy groot boere-borskas. Hy laat haar begaan. Voel hoedat sy hemp nat word onder die trane van blydskap, van vrees, van verligting en helaas van genoegdoening. "Sy, Luna, die anker van alles wat tot nou toe behoue gebly het," dink hy stram en sluk ongemerk die knop in sy keel weg.

Luna kyk nie op nie…, wil ook nie…, sy snuif liggies en gly weer saggies ongemerk onder Jan Barnard se beskerming uit. Sy draai na haar ma, Miems, toe en hou haar vir 'n oomblik styf teen haar vas. Miems laat haar begaan.

Jan Barnard neem Nunus ongemerk uit Miems se arms sodat Miems altwee haar arms om Luna vou. Vir 'n oomblik is ma en dogter sonder woorde, verstaan hul bestaan die traan van dankbaarheid en geluk.

Luna laat Miems gaan en neem Nunus uit Jan Barnard se arms. Sy soen en druk haar liggies terwyl sy die huis dieper binnestap. Jan Barnard en Miems volg kort op haar hakke. Jan Barnard neem Miems se hand ongemerk liggies in syne. Miems se hart versag vir die grootheid van die oomblik.

Luna verkyk haar aan Nunus wat so vinnig groter geword het, praat babataal, vertroetel en liefkoos haar totdat Nunus agteroor en rustig in Luna se arms lê terwyl sy haar bottel drink, altwee handjies stewig om haar bottel gevou.

Jan Barnard sien toe dat Luna se vrag afgelaai word en dat die vragmotor weer vertrek. Hy stap die huis binne. Hy staan in die kombuis teen die opwasbak, tevrede met wat hy sien.

"Nou ja, ek laat julle vrouens eers weer agter. Luna jou ma sal vanaand hier oorslaap, maar môre kom sy huistoe. Ons het gereël dat Nunus tussen Sophie se dogter en jou ma bedags versorg word," sê hy. "Lucie slaap in en het die huishouding hier hanteer terwyl jy weg was. Ons sal môre die boerdery bespreek," voeg Jan Barnard kortliks by en soengroet Miems op haar wang. Hy streel sy hand liggies oor Nunus se wang voordat hy toesien dat die sluitskuif ingedruk is en hy die voordeur opknip trek.

Daarna ry hy na André Jört se plaas toe. Elias merk die ligte op wat in die stofpad afdraai. Hy erken Jan Barnard se Hilander en draf-stap om die hoofhek oop te maak.

"Is Meneer André al tuis?" vra Jan Barnard deur die bakkie se venster. "Nee, Meneer," antwoord Elias.

Jan Barnard se oë gly vinnig oor die werf, die huis en die verbeterings wat Elias op sy opdrag aangebring het. "Dinge lyk goed hier, ou grote," prys Jan Barnard. Elias lag oopmond en voel inderdaad trots op alles wat hulle in 'n kort tydjie verrig het.

"As Meneer André tuis kom, sê vir hom ek wil hom sien," sê Jan Barnard saaklik. Elias knik en Jan Barnard vertrek kort daarna, sy gedagtes by Nunus en Luna. Hy weet dit is 'n kort tydjie voordat die Alzeimers sy tol gaan eis.

VIER-EN-DERTIG

D it is vroegoggend as André Jört liggies aan Jan Barnard
se voordeur klop. Jan gooi die warm water by die ketel
met moerkoffie in voordat hy rustig voordeur toe stap. "Aah,
André!" verwelkom hy André blymoedig en staan opsy sodat
André kan binnestap.

"Is dit geleë om te praat, Oom Barries?" vra André gemaklik.
"Ja, ou seun, die vroumense is op Luna se plaas," bevestig hy
ewe gemaklik en stap sonder versuim vooruit kombuis toe.
André stoot die voordeur agter hom toe en volg Jan Barnard
kombuis toe.

Jan trek nog 'n groot beker nader. "Jy's vroegoggend al
op die pad?" sê-vra Jan Barnard neutraal. "Ja, Oom Barries,"
antwoord André. "Ek moes eers 'n paar sake afhandel voordat
ek pad kon vat," antwoord André en frons effens vir Jan
Barnard se knorrige gemoedstoestand, bewus daarvan dat iets
gewigtigs op Jan Barnard se hart rus.

Daar heers stilte tussen die manne terwyl Jan Barnard nog
'n oomblik langer wag dat die koffie in die koffiepot trek.
André kyk Jan Barnard ietwat uitvisserig en besorgd aan.

"Is Luna al hier…?" vra hy huiwerig, belangstellend. Jan
Barnard ignoreer André se vraag en roer die moerkoffie in die
pot voordat hy André vir 'n oomblik ernstig aankyk.

"Dit is tyd vir praat, André," sê Jan Barnard streng saaklik
en sit sy beker koffie reg oorkant André neer. Hy plaas
terselfdertyd André s'n voor hom. Dan trek hy sy stoel effens
hardhandig uit.

André ken Jan Barnard goed genoeg om te weet dat hierdie terrein van gesprek sonder doekies omdraai gaan wees. Hy staal hom vir wat mag kom, bewus daarvan dat die gesprek beslis om Nunus en Luna draai – en op dieselfde oomblik nie seker is of hý, óf Jan Barnard bereid sal wees om aftog te blaas, of 'n kompromie aan te gaan ten opsigte van Luna of Nunus nie.

Die manne kyk mekaar skerp en direk aan, effens uitdagend, meet mekaar op - Jan Barnard, met 'n gevoel van vaderlike liefde en toegeneëntheid jeens André self, in vergelyking met Luna en Nunus.

André op sý beurt weer, gevul met respek en agting jeens Jan Barnard soos vir 'n vader self, maar onwillig om Nunus teen enige koste af te staan.

Jan Barnard maak sy keel effens kru skoon. André verskuif sy beker eweneens ietwat hardhandig voor hom weg. "André," sê Jan Barnard ferm.

André kyk-gluur Jan Barnard afwagtend aan. "Ek gaan nie een van die twee laat gaan nie…!" eis Jan Barnard en hou André se kragtige blik uitdagend gevange.

'n Oomblik se stilte heers terwyl André Jan Barnard se uitlating opweeg, bewus daarvan dat Jan Barnard nog nie klaar gepraat het nie, daarvoor is die wyse heer te hardkoppig om 'n halwe eis ter tafel te lê.

"Ek sien jou as my seun, wat ek nooit gehad het nie. 'n Byvoeging tot my lewe…." Jan Barnard haal 'n oomblik diep asem. "En dit is hoe ver ek sal gaan," stel Jan Barnard sy saak prominent en saaklik.

André knik sy kop verstaanbaar ingedagte terwyl hy die opsie noukeurig deurdink. Jan Barnard hou hom aandagtig dop. "En hoe gaan ons dit doen, Oom Barries?" vra André ferm en berekenend.

"Ek weet nie…, maak 'n plan!" antwoord Jan Barnard effens ongeduldig, staan terselfdertyd op om die koffieketel op die kas te kry. Hy sit dit tussen hulle neer en neem weer sy sitplek in.

André frons en vul sy beker op. Hy gooi 'n ekstra lepeltjie suiker by. Jan Barnard volg sy voorbeeld, maar laat staan die ekstra suiker vir eers. Jan Barnard kug en neem 'n paar slukke van sy koffie.

André frons en lyk sterk manlik as hy onverwags opkyk. "Ek het 'n plan, Oom Barries," sê hy saaklik verlig en neem vinnig 'n slukkie van sy koffie as 'n blink gedagte hom skielik binnedring.

Jan Barnard se gelaat is strak. "Laat ek hoor," antwoord Jan Barnard bedaard saaklik en trek ook sommer op dieselfde tyd die beskuitblik nader.

"Vandag sal daar gepraat word," dink Jan Barnard lastig, "Ek wil 'n definitiewe oplossing vir die saak hê," pla sy gemoed. Hy kyk effens knorrig in die beskuitblik en haal die grootste een onder die ander kleineres uit. Hy skuif die blik oor na André toe.

André volg Jan Barnard se voorbeeld en soek ook vir die grootste beskuit tussen die ander uit. Hy is tevrede as hy die regte een uithaal, sy gedagtes hard besig om sy plan te formuleer. Hulle doop die beskuit gesamentlik in hulle koffie, elk op sy eie missie.

Jan Barnard kyk na 'n wyle ongeduldig en vraend op. Hulle oë ontmoet. André sluk die laaste slukkie van sy koffie vinnig weg, vul dan weer, tot verdere irritasie en ongeduld vir Jan Barnard, sy beker weer op. Jan Barnard onderdruk sy ongeduld en eet gemaak tydsaam aan sy beskuit.

André maak sy keel na 'n wyle deeglik skoon. "Oom Barries," sê hy ernstig en saaklik. "Ek vra Oom om Luna se hand, ek wil haar my vrou maak. Ek sal goed na haar en Nunus omsien en hulle versorg," stamel hy ietwat onhandig.

Jan Barnard staar hom vir 'n oomblik verbysterd en spraakloos aan. Dan spring hy onverwags van sy stoel af op. Die stoel kantel gevaarlik eenkant en val op die grond. André skrik en staan vinnig op.

"Liewe magtig, Jört, ek het vir 'n oomblik gedink die speurdiens het bruin klonte in jou broek gemaak!" roep hy ernstig verontwaardig uit terwyl hy hande oor sy borskas teen die wasbak gaan leun.

"Hugh," kan André nie verhelp om sy onverstaanbaarheid te erken nie. Hy gluur Jan Barnard onnosel aan.

"Nou dat die handvraery verby is, kom ons praat plaas," sê Jan Barnard ewe skielik weer saaklik en tel die stoel van die vloer af op. Hy skuif dit tot voor die tafel en gaan sit gemaklik daarop terwyl hy sy derde beker koffie skink.

André skud sy kop dronkgeslaan, nou seker daarvan dat Jan Barnard intussen iewers die kluts kwytgeraak het. Hy gaan sit weer op sy ou plek voor Jan Barnard, min lus vir die res van sy koffie. Hy vou sy hande oor mekaar en betrag Jan Barnard bekommerd in stilte.

Jan Barnard steur hom min aan André se bekommerde blik. Nou dat die saak in sy guns tel kan hy die res van die formaliteite bespreek, dink hy.

"Seun, ek het gehoor jy gaan jou nikswerd broer, Theuns, se plaas koop," sê Jan Barnard weer saaklik, in volle beheer van homself. "Ja…," antwoord André vir 'n tweede keer verras. "Nuus *travel* vinnig," dink hy en betrag Jan Barnard in stilte, bewus daarvan dat hy netjies in Jan Barnard se strik getrap het.

"Luna is die enigste erfgenaam van my plaas," sê hy streng en hou André se gelaat noukeurig dop om seker te maak dat hy sy stelling verstaan. André luister ernstig, aandagtig.

Die vier plase, Theuns s'n wat binnekort joune is, my plaas, Luna se plaas en jou eie, grens direk aanmekaar. Jy behoort 'n groot en gesonde boerdery daaruit te bou om vir my kleindogter, Nunus en jou vrou, Luna 'n goeie lewe te verseker," sê hy ferm en beëindig sy gesprek wat ook sy seënwense en goedkeuring insluit. André knik verstaanbaar en sluk tog maar die laaste koue koffie ingedagte af. Jan Barnard se plan is duidelik en verstaanbaar.

Dan skuif Jan Barnard die beskuitblik en koffieketel met bekers eenkant. Hy vou sy hande gemaklik vooruit op die tafel en knoop sy vingers inmekaar. "Jy het drie maande om Luna kansel toe te sleep. Indien sy jou uitoorlê gaan ons mekaar in die hof aandurf vir voogskap oor Nunus." Die woorde vang André vir 'n tweede keer onkant. Hy ken Jan Barnard se drif en kyk van Jan Barnard se toegevoude hande na sy uitdagende blik. 'n Ligte tog ernstige glimlag speel om die hoeke van Jan Barnard se mondhoeke. Die trekke onder sy oë onveranderd en hard. André merk die desperaatheid op Jan Barnard se gesig en blaas sy ingehoue asem lank en ingedagte uit.

"Skaakmat," sê Jan Barnard sag en staan van sy stoel af op, vir André klink dit meer soos 'n uitdaging as 'n oorwinning. Hy staan ook op. Gereed om Jan Barnard die teendeel van die speletjie wys.

Die mans ontmoet mekaar halfpad as André voor Jan Barnard, koplengte bo hom uitstaan. André strek sy hand uit. Jan Barnard neem dit stewig vas. Woorde oorbodig. André knik sy kop. Jan Barnard volg sy voorbeeld.

Hulle stap woordeloos voordeur toe. André draai nog 'n

slag om as hy sy motor bereik. Hy lig sy hand skrams in 'n groet. Jan Barnard beantwoord die gebaar deur dieselfde te doen. Albei in hulle eie gedagtes en volkome tevrede met die uitkoms van hulle gesprek.

Daarna stap Jan Barnard kamer toe, neem 'n warm stort, trek sy plaasdenim aan en ry na Luna se plaas toe om Miems te gaan haal.

VYF-EN-DERTIG

Dit is vroegoggend as André Jört liggies aan Luna se voordeur klop. Lucie maak die deur oop. Sy glimlag breed as sy André herken. Sy skuif opsy dat hy kan binnestap.

"André!" lag Miems opgewek en staan op om nog 'n beker van die rak af te haal. Nunus sit in haar sitstoeltjie. Hy merk dat Miems besig was om haar oggend babapappies te voer. Hy buk en streel saggies oor haar sagte rooi wangetjies. Dan neem hy Miems se sitplek gemaklik voor Nunus in en skep klein happies op die punt van haar voerlepel. Hy bring dit versigtig nader tot voor haar mondjie.

Hy glimlag stil en tevrede as sy haar mond outomaties oopmaak. Hy plaas die pap saggies op die boonste gedeelte van haar voorste verhemelte en wag half gretig dat sy dit moet sluk en kan kwalik sy geluk glo as hy merk dat Nunus die pappies gulsig eet sonder om dit te mors of uit te spoeg. Hy lag sag diep agter in sy keel. "So ja…, pappa se meisiekind," kloek hy trots en tevrede.

Miems glimlag ingenome met André se eerste poging as hy vlugtig na haar kant toe kyk. "Nogal handig," kan Miems nie verhelp om te dink nie. Sy laat hom rustig begaan en skink hulle bekers vol koffie. Sy laat die oorblywende twee bekers, vir eers, leeg agter.

Hulle gesels gemaklik terwyl André voortgaan om Nunus te voer. Miems staan na 'n rukkie op om 'n warm nat gesigdoekie te gaan haal sodat André Nunus se gesiggie en handjies kan afvee. Lucie glimlag gemaklik vir André se indrukwekkende poging en maak vir Nunus 'n oggendbottel.

Daarna neem sy Nunus kamer toe om haar luier te verander. Die atmosfeer in die kombuis is stemmig. André en Miems gesels nog 'n kort rukkie oor Nunus se vordering voordat hy 'n rukkie later verskoning maak en na buite stap.

Hy merk Jan Barnard en Luna by die kalwers se kraal op. Siem en Jakkels het die Hereford-kalwers, wat intussen al heelwat groter geword het, uitgelaat veld toe.

Jan Barnard verduidelik kortliks hoe hy die kalwers se dieetprogram aangepas het gedurende Luna se afwesigheid om sodoende hulle vrugbaarheid te verhoog. "Die Herefords is bekend vir hulle kruisteelpotensiaal vanweë hulle moeders-eienskappe," deel hy sy kennis met Luna en gaan voort deur die voerprogram, of eerder die vetmaakproses, op natuurlike en gevestigde weidings aan Luna te verduidelik.

André sluit ongemerk by hulle aan. Jan Barnard knik sy kop liggies vir André. André doen dieselfde en staan gemaklik, hande gevou, 'n entjie agter Luna terwyl Jan Barnard ongestoord voortgaan met praat. "Siem en Jakkels is goed opgelei om die kalwers te versorg. Die kalwers is ook alreeds goed aangepas om onder ons warm klimaatstoestande te presteer. Jy kan dus vir jou 'n gesonde kudde uit hulle bou," voeg hy ongehinderd by. "Verder stel ek voor dat jy nog weiding aanplant...," eindig Jan Barnard die gesprek en hou Luna belangstellend dop.

Sy knik haar kop verstaanbaar terwyl sy Jan Barnard se advies oorweeg. Daarna draai sy ingedagte om en kyk binne André se gestalte vas. Sy gelaat strak. Hulle oë onmoet vlugtig en André kan nie verhelp om die waarskuwende blitse daarin op te merk nie. Hy glimlag spottend af na haar. Sy klik haar tong vies en skuur astrant verby hom, oppad iewers heen. "Solank ek net onder sy verspotte bakkies kan uitkom," dink sy omgekrap.

"Verskoon my, dis tyd om huis se kant toe te staan," maak Jan Barnard wyslik verskoning. Hy soen Luna liggies op haar wang as sy omdraai om hom te groet. Luna kyk hom ingedagte agterna, die verbasing vir 'n oomblik op haar gelaat. Dit word onmiddellik weer vervang met teerheid as sy instinktief besef dat Jan Barnard inderdaad verander het, meer nog, sy sagte vaderskap kom meer prominent na vore.

Sy besef dat André nog steeds *versteen* staan en kyk hom half versteurd, half verergd aan. "Wat soek jy, Jört?" vra sy moeg geïrriteerd. Hy ignoreer haar vraag opsetlik en laat sak sy groot uitgestrekte manslengtelyf sittend op die raam van die kraal. Hy sit sy bene gemaklik weerskante van hom neer terwyl hy gerieflik sy sitvlak verskuif om sy balans te behou. "Ek het jou kom vra om met my te trou, Luna," sê hy sag saaklik en ernstig.

Luna verstik feitlik van verbasing as sy in alle ongeloof na hom staar. Hy kyk haar strak aan. "Ekskuus?" vra sy opgesmuk. "Jy het reg gehoor, Meisie," sê hy met dieselfde erns in sy stem. Luna lag ongemaklik kortaf, nie seker of die wêreld om haar mal geword het nie. "Wat laat jou dink dat ek met jou wil trou, Jört?" vra sy verergd.

"Jy is my kind se pleegma…. Zoé se testament is immers duidelik daaroor, of het jy dit nie so verstaan nie?" vra hy ietwat spottend. "Verder is ek haar biologiese pa…. Ek sou dink dat dit net logies sou wees as ons trou en haar saam grootmaak…. Behalwe natuurlik as jy jou voogskap opgee…" voeg hy ernstig by.

Luna staar hom verdwaas aan. Sy sluk die droogheid in haar mond weg en vee vlugtig met haar tong oor haar droë lippe. Sy beweeg gevaarlik nader aan hom en staan dreigend, onstuitbaar, voor sy groot gestalte. Sy knieë onopmerklik weerskante van haar.

"Jy sal nie Nunus van my af wegneem nie…, en jou haatlike ideé is walglik," voeg sy vyandig by en dreig met haar vinger in die lug terwyl sy hom waterpas in die oë kyk.

André gly sy hande gemaklik van sy bo-bene af en trek haar sonder inspanning tussen sy bene in tot vlak voor hom. Hy plaas sy hande agter haar rug en druk haar ferm teen sy lyf vas. Hulle gluur mekaar berekenend aan.

Dan gly sy een hand tot agter haar kop, sy vingers tussen haar hare en hy buig haar kop saggies vooroor, na bo totdat sy mond hare bereik. Sy trek haar kop effens terug. Sy greep versterk en hy neem altwee haar hande met een ligte beweging in 'n kragtige greep agter haar rug in sy groot hand vas.

Luna besef sy is vasgevang in die holte van sy arms. Sy mond soek hare. Sy draai haar kop weg. Hy soen haar nek en draai haar kop geleidelik weer terug met sy hand wat nog steeds agter haar kop rus, weer na die vurigheid van sy mond… dwing haar lippe effens oop. Druk haar lyf stywer teen hom vas.

Luna voel sy manlikheid teen haar buik terwyl sy hand ferm agter teen haar lae rug rus. Sy soene warm, sag en begeerlik. Sy gee stadig oor. Laat hom begaan en soen terug.

Haar mond ontvanklik vir sy sagtheid. Hy buig haar kop effens agteroor. Soen oor die onderkant van haar mond, haar ken, haar nek. Dan beweeg hy stadig weer teen haar nek op totdat hy haar mond bereik, die effense oopte van haar lippe verwelkom. Hy seël haar mond met die vurigheid van sy lippe.

Sy soene word dringender, begeerliker en dan laat hy haar begaan as sy haar verlange na iets warms, soos bemindheid, uitstraal. Hy antwoord terug, hard, vurig en besitlik.

Dan staan hy onverwags op, tel haar op en swaai haar gemaklik totdat hy haar reg voor hom op dieselfde raam sittend maak sonder om sy mond van hare af te haal. Hy sit sy hand beskermend om haar rug sodat sy nie agteroor kan val nie. "Ons kan gesamentlik goeie ouers vir Nunus wees," fluister hy sag terwyl sy soene haar hunker beloon.

Luna se oë vlieg ontnugter oop. Sy stamp hom skaam en verergd voor haar weg. "Jy's 'n siek man, Jört," sis sy deur haar tande. Haar wange rooi, ontsteld en erg in verleentheid. Sy spring vinnig en lomp van die raam af en verstuit haar enkel in die proses. Sy sak kreunend op haar knieë, gryp haar enkel met beide hande vas terwyl pyn deur haar ligamente en voet skiet.

Jan Barnard draai stilletjies en tevrede om. Wat hy gesien het is genoeg om te weet sy plan is goed in werking. "André Jört is meer van 'n man as wat hy ooit kon wees." dink Jan Barnard terwyl 'n geheimsinnige trek om sy mondhoeke speel.

"Miems kom ons ry," beveel hy streng sag as hy die kombuis binnestap. "My goed is reg, Jan," antwoord Miems en soen Nunus liggies op haar wang. "Lucie, jy kan haar maar in haar kot gaan sit, haar ogies raak alreeds swaar," voeg Miems besorgd by.

Lucie knik en glimlag vriendelik as sy Nunus uit haar speelstoeltjie tel. Sy groet Jan Barnard en Miems voordat sy gang af stap kamer toe.

"Hou jou vuil pote van my af, Jört!" raas Luna as André haar stewels van haar voet aftrek. Hy kyk besorg na haar enkel. "Lyk sleg," mompel hy. Luna staar bekommerd na haar alreeds geswelde enkel, vies vir haarself omdat sy so lomp afgespring het.

"Ek sal jou moet huistoe dra," sê André en kyk vlugtig na

Luna. Luna vang sy blik. "Ek sal eerder loop," antwoord sy opstandig. "Liewe magtig, Vroumens, waar kom julle Barnards aan julle hardkoppigheid?" vra André streng en onmiddellik omgekrap. Hy druk Luna se stewel in haar hande en tel haar sonder moeite op.

"As jy jou nie gedra nie, gooi ek jou oor my skouer!" waarsku hy ongeduldig en maak Luna terselfdertyd gemaklik in sy arms sit. "Gooi jou arm om my skouer," sê hy kortaf streng.

Luna se gesig is gevaarlik naby André sin. Sy vermy sy oë opsetlik en sit haar arm liggies om sy nek. Hy glimlag ongesiens, tevrede en stap tydsaam met haar in sy arms huis toe.

"Maak oop die sifdeur," beveel hy op dieselfde streng manier en wag geduldig op die tweede boonste trap. Luna buig vooroor en maak die sifdeur effens oop. André vang die punt van die deur met sy skoen en tree 'n trappie af. Luna swaai die deur gemaklik wyer oop.

"Ek het jou gesê ons maak 'n gewigtige span," waag André dit en geniet terselfdertyd Luna se vuilkyk as vlamme in haar oë skiet.

Hy stap met haar na haar kamer toe, net betyds om Lucie in die gang te kry. Lucie slaan haar hande voor haar mond saam as sy die prentjie betrag. Sy merk op dieselfde oomblik dat Luna se enkel geswel is. Sy skarrel sonder 'n woord kombuis toe om 'n asynlappie en 'n pak ys bymekaar te skraap. Sy neem terselfdertyd die kombuishanddoek om die ys daarin toe te draai.

André stap tydsaam tot in die kamer en laat lê Luna gemaklik teen die kussings van die katel. Hy betrag haar 'n oomblik in stilte en trek die ander stewel ook uit.

"Ons sal nou regkom…, dankie André," sê Luna sag, min

lus om verder met hom te stry. "Jy kan nie in hierdie toestand na Nunus omsien nie…," mompel hy onderlangs, hard genoeg vir haar om te hoor. Sy kyk hom ondersoekend aan. "Wat bedoel jy?" vra sy onseker en ietwat opstandig.

"Net dat… Lucie vanaand na haar kamer toe gaan en Nunus niemand in die nag het om na haar om te sien nie," lig hy Luna egalig in en trek sy wenkbroue effens op.

"Ek sal regkom," antwoord Luna strak. André skud sy kop in ongeloof. "Ek is bewus daarvan dat jy op jou eie sal regkom, Luna… ek twyfel nie daaraan nie," sê hy skor. "Lucie, pak asseblief vir Nunus klere vir die week in!" roep hy kombuis se kant toe, min lus vir Luna se astrantheid.

"Nee, André! Asseblief moenie?" smeek-vra Luna onverwags as sy besef dat André by magte is om Nunus van haar af weg te neem. "Asseblief," vra sy sagter en kyk André smekend aan. Hy laat sy oë ingedagte oor haar gly. "Goed…, dan moet ek maar hier oorbly totdat jy weer op die been is," sê hy beslis en staan van die bed af op. Luna staar hom verbaas agterna as hy die kamer woordeloos uitstap.

Lucie neem 'n skottel met soutwater en verbande die kamer binne. Luna hoor terselfdertyd André se stem iewers buite praat. Sy luister aandagtig na die dreuning daarvan.

Hy praat hard, maar sy voel onmiddellik weer gerus as sy Siem terug hoor antwoord iewers vanuit die voorpunt van die lemoenboord. "André het klaar beheer oorgeneem van die werkers," dink sy gemoedelik en tevrede. Sy kyk ingedagte na Lucie wat haar enkel versorg.

"Lucie vat raak, net soos wat Mara dit sou gedoen het," dink sy en laat haar kop teen die kopleuning rus en sluit haar oë vir 'n oomblik.

"Lucie, kook vanaand vir ons 'n goeie bord boerekos…, vir

Meneer André ook," beveel sy sag met 'n onbekende verlange in haar stem, verlange na Mara, verlange na 'n warm tuiste. Lucie knik haar kop en gaan voort om Luna se enkel versigtig toe te draai met die rekverbande

"Sal jy my ook asseblief kan help met Nunus totdat sy slaap vanaand?" vra Luna sag, bang dat André dalk nie die mas alleen sal opkom nie. "Ja, Ma'am Lucie," antwoord Lucie inskiklik.

Dit is laatmiddag as André terugkeer met 'n reissak en sy skeergoed in die hand. Hy sit dit in die spaarkamer naas Luna se kamer neer. Dan loer hy vlugtig by Luna in en merk dat sy en Nunus rustig slaap. Lucie is in die kombuis besig om die aandete voor te berei.

"Lucie dis nie nodig om vir ons tafel te dek nie. Ek gaan saam met Ma'am Luna eet," sê hy saaklik en stap by die agterdeur uit. Hy sluit by Siem en Jakkels aan. Hy merk dat Elias ook by hulle is.

"Julle manne moet môre die lyndraad verder verskuif in my plaas in. Daar is goeie weiding vir die beeste. Dit sal die huidige grasweiding kans gee om te rus," beveel hy neutraal. Siem-hulle antwoord tevrede op die opdrag wat hulle ontvang het.

Hulle sien die res van die middag toe dat die uitgegroeide kalwers rustig in die kraal inkom. André is tevrede as hy merk dat die bakke vol water gepomp en daar genoegsame voerbale vir die nag is. Hy hou die kalwers ingedagte een vir een dop om te verseker dat hulle nie een of ander siekte intussen opgedoen het nie. Hy stap kort daarna terug huis toe.

Hy merk met die intrapslag dat Lucie twee gedekte skinkborde op die kombuistafel neergesit het. Die borde onderstebo gedraai totdat sy opskep met messe en vurke weerskante daarvan. Dan hoor hy Lucie en Nunus in die badkamer gesels. "Mamma," hoor hy Lucie herhaaldelik vir Nunus leer sê. Hy wag in spanning vir Lucie om vir Nunus *pappa* te leer, maar blykbaar ontbreek dit haar woordeskat.

"Die pappa-woord word seker in nood geleer," dink hy half sinies, half geamuseerd. Hy stap rustig na Luna se kamer toe. "Sal jy regkom met die badwerk?" vra hy lig spottend. Sy kyk hom kwaai aan. "Moet dit nie druk nie, André," waarsku sy strak.

André gaan langs haar op die bed sit. Sy skuif effens op. "Ek sal jou nie druk nie, Luna," antwoord hy saaklik. "Jy het drie-maande om 'n besluit te neem, dan gaan ek Nunus kom haal," stel hy die ultimatum kort en saaklik. Luna kyk hom oorwegend en strak aan, wetend dat sy die grens van André se geduld alreeds bereik het.

"As jy kan bewys dat Nunus jou kind is en nie Theuns s'n nie, sal ek met jou trou," sê Luna stadig, uitdruklik en meet terselfdertyd André se ultimatum teen hare op. André betrag haar vir 'n oomblik stilswyend, die knersende beentjie in sy kakebene duidelik sigbaar soos wat hy sy humeur beteuel. Dan staan hy op en stap kombuis toe.

Die res van die aand sien sy hom nie. Lucie het Nunus se bottels gemaak en op die bedkassie langs Luna se bed neergesit. Sy het Nunus rustig aan die slaap gemaak en by Luna in die bed geplaas. Luna het haar hand liggies beskermend oor Nunus se lyfie gevou en so aan die slaap geraak.

André het heelwat later ingeloer, Luna se kamerdeur wyer oopgestoot en sy eie kamerdeur oopgehou sodat hy Nunus kan hoor as Luna hulp nodig het. Die res van die nag verloop rustig.

SES-EN-DERTIG

André stap vroegoggend by Luna in die kamer in met 'n beker koffie in albei hande. Hy merk dat Luna en Nunus wakker is. Nunus tel haar agterlyfie op asof sy wil kruip en rol gemaklik oor op haar sy. Dan kantel sy spontaan oor op haar ruggie. Luna lag saggies ingenome en streel liefdevol tussen Nunus se vingers deur.

André betrag die wonderprent vir 'n oomblik en plaas Luna se beker koffie versigtig langs haar op die bedkassie. Hy stap met syne in sy hand na die ander kant van die bed toe. Luna hou hom ongesiens dop en glimlag sag as hy langs Nunus op die bed plaasneem. Hy sit sy beker koffie op die bedkassie naas hom neer en streel liggies oor Nunus se kaal beentjies.

Sy gelaat is sag vaderlik en sy glimlag innemend. Luna se hart versag as sy hom in stille bewondering dophou. Sy laat toe dat André Nunus se vertroeteling by haar oorneem en glimlag tevrede.

André neem Nunus se handjies in syne en bewonder dit vir oomblikke, dan streel hy saggies oor haar laggende gesiggie. Hy praat nie, kyk net en bewonder die skeppende skoonheid voor hom.

Sy blik verskuif sag na Luna wat intussen haar koffie nader getrek het. Hulle kyk vir 'n oomblik na mekaar, asof hulle die wonder van die oomblik woordeloos met mekaar deel. Dan word sy gesig effens strak. Hy staan op en neem sy beker koffie en stap kombuis toe. Luna frons, spyt dat die oomblik verby is.

Later hoor Luna Lucie by die agterdeur inkom, André wat stort en vertrek. Sy herdink die oomblik wat hy vertroetelend en teer oor Nunus gestreel het, sy gelaat helder en onmenslik sag. Haar hart word week as sy dink aan die effense hartseer trek in sy oë wat sy waargeneem het.

"Dalk was die oomblik vir hom te groot as hy waarskynlik teruggedink het aan die verlies van sy vrou en ongebore baba tydens hulle ongeluk," dink sy geraak en weëmoedig.

Lucie versteur Luna se gedagtes as sy verskoning maak en die slaapkamer binnestap. Sy kloek om Nunus en tel haar van die bed af op en stap spaarkamer toe waar sy die nagluier verander en vir Nunus skoon klere aantrek.

Luna sukkel badkamer toe op die een been, steunend teen die gangmuur af totdat sy uitasem op die bad se rand gaan sit. Sy stort vinnig en trek 'n gemaklike denimbroek en oorhangbloesie aan.

Dit is net na nege-uur as Luna Siem by die hek opmerk. Hy stoot dit stadig oop. Luna erken nie die motor nie. Sy sukkel ongemaklik voordeur toe en maak die deur terselfdertyd met die klop oop.

Die jong dame kyk verras op. Sy het 'n donkerblou oorjassie aan. "Ek is Andrea van Medi-Kliniek," stel sy haarself voor. "Ek is Luna. Waarmee kan ek help?" vra Luna vriendelik.

"Meneer Jört het my gestuur om 'n bloedmonster te neem van die Prinsloo Jört baba," antwoord Andrea. "Ohh…, kom gerus binne," nooi Luna haar aarselend en effens van stryk gebring in.

"Is jy die pleegmoeder?" vra Andrea belangstellend. "Ja…, antwoord Luna teruggetrokke, nie seker wat om van die vraag te dink nie. Andrea glimlag en stap dieper die voorhuis binne.

Luna maak die deur toe en sukkel-spring agter Andrea aan.

"Verskoon…. Ek het gister my enkel verstuit," maak Luna verskoning en roep in die rigting van die spaarkamer.

"Lucie!" sy wag vir 'n antwoord. "Bring vir Nunus, asseblief!" probeer sy weer, met 'n effense onrustigheid in haar gemoed. Sy hou Andrea terselfdertyd in sig. "Ek bring haar Ma'am Luna!" antwoord Lucie en kom na 'n rukkie met Nunus in haar arms die voorhuis binne.

Adrea glimlag gemaklik as sy voorberei om 'n bloedmonster van Nunus te neem. Die gedagte daaraan ontstel Luna opnuut. "Is dit werklik nodig om 'n bloedmonster te neem?" vra Luna ongeduldig.

"Ons gaan drie monsters neem van die baba asook van haar Vader, wat insluit hulle speeksel, bloed en 'n buccale skraap - kortliks beteken dit, ons neem weefsel van die binnekant van die wang," antwoord Andrea neutraal en trek haar wenkbroue effens op. "Ons skei die moeder se DNA van die baba s'n en dan vergelyk ons die oorblywende inligting met die Vader se DNA," voeg sy by.

Luna besluit om nie verder uit te vra nie en die proses verby te kry. Nunus huil onmiddellik as die naald haar velletjie prik. Andrea gesels vertroostend. Luna soen Nunus liggies op haar koppie terwyl Andrea speeksel en weefsel uit Nunus se kwylende mondjie neem. Sy is angstig dat die oomblik verby moet gaan.

"So ja," troos Andrea. "Dit behoort die ding te doen," sê sy tevrede en vermy Luna se oë as sy merk dat Luna haar skielik nie goedgesind is nie. Sy groet vriendelik en vertrek onmiddellik daarna.

Lucie neem Nunus uit Luna se arms en stap met haar kombuis toe. "Vir wat sukkel die grootmense met my kind vandag," hoor Luna Lucie troos en haal 'n mariebeskuitjie uit die pakkie. Sy sit dit in Nunus se handjie. Nunus is omgekrap en onwillig om die beskuitjie te neem.

Dan neem Lucie Nunus se fopspeen en druk dit in die grondboontjiebotter houer. Sy sit dit saggies in Nunus se huilende mondjie. Nunus kry die smaak daarvan en hou op met huil. Lucie lag saggies. Luna hou haar onderlangs dop, tevrede met die manier waarop sy Nunus hanteer.

Luna voel eienaardig onrustig en sukkel studeerkamer toe. Sy het behoefte om haar oupa se nabyheid te voel. Sy blaai rusteloos deur sy aantekeninge, kyk dan weer uit oor die boord, sak weer terug in haar stoel, blaai doelloos deur werkstukke wat sy besig was om vir die Laevelder te skryf.

"Die het ook al intussen verval," mompel sy onderlangs en smyt die spul getikte blaaie in die vullisblik langs die lessenaar. Sy staar vir 'n oomblik weer by die groot skuifvensters van die studeerkamer uit, haar gedagtes by André, self nie seker wat haar gevoelens rondom die DNA toetse is nie.

Sy dwing haar gedagtes van Theuns af, maar kan dit nie verhelp om aan die eindresultaat van die bloedtoetse te dink nie. "As dit Theuns se kind is, het sy volle voogskap. Dit ontsê indirek enige regte wat André op Nunus kan hê," dink sy met gemengde gevoelens.

"Dit maak die saak soveel makliker," worstel sy, maar die gedagte daaraan is nie so welkom soos wat sy wou gehad het dit moet wees nie.

"Hoekom het André nog nie huis toe gekom vir tee of 'n toebroodjie nie," wonder sy. Sy stoot die stoel ongeduldig agteruit en sukkel voordeur toe net betyds om Miems se motor in die stofpad op te merk. Sy verwelkom die besoek.

Miems klim vinnig uit die kar en stap besorgd na Luna toe. "Ai, Luna. André sê jy het gister jou voet verstuit," sê sy en buk dadelik om na die toegedraaide voet te kyk. Luna leun teen die deur.

"Ma, dit sal geriefliker wees as ons sit," kla Luna ongeduldig. "Ja, natuurlik," stem Miems verskonend in en help Luna na die rusbank toe. "Lucie, maak asseblief vir ons twee tee's!" roep Luna kombuis se kant toe. "Lucie se gemoedstemming is aan die verkeerde kant van die dag," merk Miems stilswyend op.

Lucie groet Miems vriendelik as sy Nunus in haar loopring binnestoot. Miems groet terug en tel Nunus uit die loopring, vertroetel en soen haar op haar wangetjies voordat sy haar op Nunus se skoot neersit. Sy neem langs Luna op die rusbank plaas.

"Gee my jou voet dat ek kan kyk?" sê sy moederlik sag. Miems se teenwoordigheid kalmeer Luna se gemoed. Luna sit haar voet liggies op Miems se skoot. Miems haal die kous en rekband af. Dan trek sy haar handsak nader en haal 'n buisie met essensiële room daarin uit. Sy smeer liggies oor Luna se enkel en voet. Sy smeer totdat die enkel warm onder haar hande voel. "Dit lyk of die room goed ingetrek het," dink sy en draai die rekband stewig om die enkel en bokant van die voet. Daarna skuif sy die kous bo-oor.

"Skuif terug, Luna, sodat jou voet kan rus," beveel Miems moederlik en neem Nunus by Luna. Sy sit Nunus gemaklik weer terug in haar loopring en plaas 'n rubber speeldingetjie in haar handjies. Sy glimlag tevrede as sy merk dat Nunus rustig is.

Dan gee Miems Luna se tee vir haar aan en skuif self ook gerieflik terug in die rusbank. Sy kyk Luna ondersoekend aan. "Wat pla, Luna?" vra Miems besorgd en kyk Luna direk bekommerd aan.

"Ma, ek wens ek het geweet," antwoord Luna effens

ongemaklik. "Is jy bekommerd oor die uitslag van die DNA toetse?" pols Miems weer. "Ek is nie seker nie," antwoord Luna weer ietwat afsydig.

"Luna…," sê Miems ferm en ernstig met effense ongeduld in haar stem, wetend dat die vaderskap-saak reguit gepraat moet word. Sy betrag Luna vir 'n oomblik streng.

"Wat dink jy sal 'n ouer vir haar kind doen in omstandighede soos hierdie, sonder om selfsugtig te wees?" vra Miems stadig. Sy neem nie haar oë van Luna af nie.

Luna staar Miems op haar beurt stilswyend aan. Haar gesig broos en terselfdertyd onverklaarbaar hartseer. "Ek wil nie hê André moet gaan nie," erken Luna saggies en haar oë skiet vol trane. "Ek haat hom, en tog het ek hom met dieselfde passie lief!" snik sy onverwags en plaas haar hand verskonend oor haar gelaat, skaam dat sy die bekentenis aan Miems gemaak het.

Miems skud haar kop verstaanbaar en staan vinnig van die bank af op om die koppie tee uit Luna se hand te neem. Sy plaas dit op die tafeltjie en skuif besorgd langs Luna op die rusbank in. Sy druk Luna se kop saggies teen haar bors vas.

"Van wanneer af het jy besef dat jy vir hom lief is?" vra Miems troostend en is self lus om net heerlik saam te huil, deels van verligting en ter wille van Jan Barnard se onverklaarbare vaderlike liefde vir André, maar sy sluk die knop in haar keel bedagsaam weg. "Vandat hy Nunus se geboortesertifikaat in my hand gedruk en my simpel gesoen het, daarna…" huil-lag Luna deurmekaar.

"Het hy jou gesoen!" roep Miems verbaas uit en giggel onbeskaamd. "Ma…!" raas Luna en vergeet dat sy so pas oor André gehuil het, die duiweltjies lustig en tergend in Miems se oë.

Luna beur orent. "Sit, Luna!" raas haar ma sagmoedig en roep terselfdertyd kombuis se kant toe. "Lucie, is daar nog tee in die pot!" Sy wag dat Lucie terug antwoord en glimlag tevrede as die bestelling geplaas is.

Luna kyk Miems bewonderend aan. "'n Vrou met begrip," dink sy trots en versit haar lyf sodat sy gemaklik teen die kussings van die bank kan teruglê.

Miems sit ook gemaklik terug. "Luna," sê Miems na 'n rukkie se stilte. "Die digter Kaklil Gibran het die liefde so beskryf. Hy het gesê: **"Wanneer die liefde jou roep, volg hom na, al is sy weë swaar en steil. En as sy vleuels jou omvou, gee jou aan hom oor, al mag die swaard wat tussen sy penvere verstoke is jou wond. En glo hom wanneer hy jou aanspreek, al mag sy stem jou drome verpletter soos die noordewind wat die tuin verwoes. Want net soos die liefde jou kroon, sal hy jou ook kruisig. Net soos hy laat uitspruit, sal hy jou ook snoei. Net soos hy na jou kruin opstyg en jou teerste takkies vertroetel wat in die sonlig bewe, so sal hy ook na jou wortels neerdaal en hulle skud waar hulle aan die aarde vaskleef."** Luna skud haar kop begrypend en haar hart word stil.

 André kom laataand by Luna se huis aan. Hy maak die voordeur saggies oop en toe. Hy stap kombuis toe waar Lucie sy eetplek gedek het. Hy skakel die ketel aan en stap na Luna se kamer toe. Hy merk dat Nunus alreeds slaap. "Hallo, Luna. Kan ek vir jou koffie maak?" vra hy saggies sodat hy nie vir Nunus wakker maak nie. "Naand, André. Ja, dankie. Dit sal welkom wees," antwoord Luna saggies terug.

Sy hoor hoedat André sy kos in die mikrogolf opwarm en koffie maak. Hy bring haar beker koffie kamer toe en stap terug kombuis toe. Hy skuif sy stoel uit. Na 'n rukkie hoor sy hom stort. "Het jy nog iets nodig voordat ek die ligte afskakel?" vra hy na 'n rukkie en wag op haar antwoord. "Nee, dankie," antwoord Luna. Sy wag dat André die ligte in die huis afgeskakel het voordat sy afskuif en die komberse oor haar trek.

Sy raak heelwat later aan die slaap. Nunus kriewel en kreun iewers in die nag vir haar bottel. Luna skuif gemaklik op die bed en trek Nunus nader. Sy ruik onmiddellik die sterk reuk van haar doek en besluit om eers haar luier te verander voordat sy vir Nunus haar middernagbottel gee, maar druk haar neus onmiddellik toe as sy die oorvol doek opmerk.

"Genade tog," dink sy hulpsoekend as sy probeer om die nat afveedoekies op die bedkassie te bereik. Sy verskuif haar sitvlak nader aan die bedkassie en trek Nunus terselfdertyd saam.

"Het jy hulp nodig?" vra André onverwags agter haar. "Liewe magtig! Wat stink so?" vra hy en druk sy neus terselfdertyd toe. "Nunus het 'n vuil doek," antwoord Luna neutraal en ignoreer hom terwyl sy die nat afveedoekies een na die ander uittrek en op 'n bondel langs haar opgaar.

"Dit lyk nie goed nie," besluit hy en stap kombuis toe waar hy 'n kwart teelepeltjie vla met louwater meng. Hy keer na 'n paar minute terug met 'n klein skotteltjie in sy een hand en 'n bottel met geel vloeistof in die ander hand. "Skittery," mompel hy onderlangs en trek Nunus se babalyfie van Luna af weg, nader aan hom.

"André, dis nie 'n kalf nie!" raas Luna ontsteld. "Een en dieselfde," sê hy neutraal en gaan ongesteurd voort. "Gee vir haar die bottel om te drink," beveel hy en was Nunus se boudjies met warm water en 'n waslap af.

Nunus hou van die louwarm vloeistof en drink dit gulsig.

"Waar kry ek skoon klere?" vra hy terwyl hy die vuil doek en nat afveedoekies bymekaar skraap, erg naar en bleek om die kiewe.

Luna glimlag skrams. "In die laaikas langsaan in die spaarkamer. Kyk in die tweede laai is skoon nagkleertjies," sê sy glimlaggend. André gluur haar aan en sluk ongemerk aan die bol naarheid op sy maag. "Nie eers 'n kalf skittery so stink nie," mompel hy onderlangs. Luna kan haar lag nie meer terughou nie.

André krap ongeduldig in die laaikaste rond. "Watter laai?" roep-vra hy weer. "Die tweede een van onder af," antwoord Luna tussen haar lagbuie deur. Na 'n paar minute hoor sy hom die laaie toeklap. Hy stap haar kamer met 'n strak gesig binne, sit die bondel slaapklere en skoon doek op haar skoot neer en trek Nunus met drinkende bottel en kaalbas tot voor Luna. Hy stap om die bed en tel die vuil doek en die inhoud daarin met sy vry hand op. Die ander hand styfgedruk voor sy neus, sy blik waarskuwend in Luna se rigting. Luna sluk haar lag en vou die skoon doek netjies onder Nunus in.

"Mooi gedoen, Nunus," dink sy. "*Like Father like daughter.* As hy jou pleegma met stank hanteer, gee jy dit dubbeld terug vir hom, nê?" giggel sy onderlangs, die terglus al spelend in haar oë.

"Julle moet wegmaak met die bottels melk en haar op soliede kos sit," sê André kortaf en sit 'n beker met warm milo langs Luna op die bedkassie neer. Hy merk dat Nunus wawyd wakker is en baba-geluidjies maak. Hy stap om die bed en gaan sit gemaklik aan die ander kant. Hy skuif teen die bedleuning op en swaai Nunus om na hom toe. Luna kyk hom verbaas aan. "Drink jou milo voor dit koud word." sê hy sag en streel oor Nunus se beentjies.

Luna draai gemaklik om sodat sy haar beker kan bykom. Sy skuif ook teen die bedleuning op. Sy drink haar milo in stilte. André gesels babataal met Nunus. Later skuif hy 'n bietjie laer af op die bed en trek Nunus in die holte van sy arms in as sy neulerig raak. Luna skuif ook gemaklik tussen die beddegoed in. Sy raak lomerig as sy na André en Nunus staar.

Dit is vroegoggend toe Luna wakker word en merk dat die spaarkamer se kombers oor haar gegooi is. Sy tel haar kop op en sien dat André op sy sy lê en slaap, Nunus styf in die holte van sy arm. Die dun straal van die oggendson net 'n halwe skynsel deur die gordyn en dit laat 'n oranje glans oor André se gelaat.

Luna staar lank na hulle, geraak deur die beeld wat sy ervaar en sy weet instinktief… nee, sy begeer in die volheid daarvan, dat die DNA resultate positief moet wees. "Nunus behoort aan André," dink sy en haar gemoed raak week as sy besef dat sy bereid is om Nunus af te staan aan André, ongeag die uitslag.

SEWE-EN-DERTIG

André stap Luna se huis haastig binne, opsoek na haar. "Waar's Ma'am Luna?" vra hy ongeduldig aan Lucie met die deurstap kombuis toe. "Buite by die stoor," antwoord Lucie strak, "Ma'am Luna sê die Vintage Trok is moer toe, want Siem kry hom nie aan die brand geskop nie," mompel Lucie ontstig en kyk by die kombuisvenster uit. "Ugh," kreunsug André onverstaanbaar en besluit om liewer self stoor toe te stap en ondersoek in te stel na wat moontlik mag skort.

"Siem is dik vies en Ma'am Luna is pleinweg befoeterd," dink Lucie self ook omgekrap omdat die plaas vanoggend heeltemal op sy gatkant lê. "Nunus is alweer aan die tande kry en die hoenders se eiers het almal spikkels op!" dryf haar gemoedstoestand haar tot raserny – sommer lus om koers te vat na Mara se graf toe. Sy ken Mara nie, maar volgens haar ma, Sophie, was Mara die engel van Luna se plaas.

Sy, wat Lucie is, het al opgemerk as Siem se oë langlip trek, dwaal hy daar na onder waar Mara se graf is. Het al glads vir Jakkels aan die slaap gekry daar op Mara se grafpens. So praat Lucie se gedagtes terwyl sy die mop heen en weer oor die kombuisvloer swaai.

Luna kan die Vintage trok nie vanoggend verstaan nie. Gister het sy Siem nog gesien met hom op die plaas rondry, vandag is hy eenvoudig net moedswillig - gooi donker wolke by die uitlaatstel uit. Sy kyk omgekrap op en loop André amper katswink as hy tot stilstaan kom en haar donker gesig stilswyend betrag.

"André, vir wat staan jy soos 'n vasgeslane bliksemstraal in my pad!" roep sy kwaad en struikel terselfdertyd oor 'n losstaande stomp teen André se harde boesem vas. André stut haar val en besluit om haar ook 'n bietjie langer teen sy borskas vas te hou. Luna spartel.

"Luna…, Luna," kalmeer André sag om haar onstuimigheid tot bedaring te dwing, maar besef sy poging is tevergeefs. Hy lig haar ken met die voorpunt van sy wysvinger op en soen haar liggies op haar mond totdat haar liggaam ontspan en haar lippe onder syne kneus.

"Uhhh…," staar Lucie met groot oë deur die kombuisvenster, nou oortuig daarvan dat Mara se gees nog nie tot ruste gekom het nie. "Die liefde spook wit donder uit daardie twee," dink Lucie en trek 'n vinnige kruis met haar hand oor haar bors, uit respek vir Mara se dwalende gees wat die voorbode al toentertyd voor haar dood raakgesien het.

Siem stoot die Vintage trok stadig in die donker dieselwolk by die stoor uit en los die koppelaar hopeloos te vinnig as hy Luna in André se arms gewaar. Die Vintage trok proes en vrek teen die hoenderhok vas.

Luna wikkel haar los en kyk om, daar waar Siem moedeloos in die lug staan en hande swaai. "Ek sal nou kom kyk, Siem!" roep André bo-oor Luna se kop. Hy draai Luna terug na hom toe. "Die DNA toetse het teruggekom," sê hy sag en hou haar gelaat opsommend dop. Sy kyk hom huiwerig aan.

"André, dit maak nie saak nie," sê sy en aarsel. "Jy kan totale toesig kry oor Nunus," voeg sy vinnig by. Hy kyk haar onverstaanbaar aan as sy verby hom stap.

Dan draai hy vinnig om en hou haar aan haar arm terug. "Ons ooreenkoms was dat as die DNA toetse wys dat ek die pa is, jy met my sal trou. As Theuns die pa is, verkry jy volle voogskap…. Vir jou inligting, die toetse bevestig dat ek Nunus se pa is," sê André kortaf en merkbaar ongeduldig en praat harder as wat hy moet.

"Dink mooi voordat jy jou voogskap afstaan, Luna," waarsku hy sagter ferm en laat haar arm gaan. Hy staar haar agterna as sy omdraai en kop onderstebo stilswyend huistoe stap.

Dan stap hy na Siem toe, sy gelaat donker en omgekrap. Siem bekyk hom onderlangs as hy in die Vintage se enjinkap rondkrap. Hy neuk 'n stuk gereedskap eenkant en vloek saggies as die boud iewers onbereikbaar afgebreek het. Dan kyk hy vinnig op na Siem.

"Siem trek die enjin sodat ons die ding kan invat *workshop* toe. Jy en Elias moet die ander stuk rommelbakkie daar op my plaas regmaak vir jou vir 'n ryding. Ek dink die trok is nou moeg," sê hy alles in een asem. Kom ons stoot hom terug in die stoor," beveel hy en haal die trok uit rat uit.

"Nou wat van die hoenderhok?" wil Siem nog ontsteld weet. "Jy en Elias kan dit regmaak," antwoord André, nie verder lus vir die gesukkel op die plaas nie. Hy trek die handrem kragtig op as die trok veilig binne die stoor staan en klap die deur toe. Daarna loop hy terug huistoe. Hy kry Luna in die studeerkamer by die lessenaar sit. Hy gaan op die kant van die lessenaar sit. Hy kyk haar stip aan.

"Ek sal Nunus môre kom haal," sê hy strak en staan op. Hy stap deur die kombuis na sy bakkie toe en maak die deur oop. Hy skakel die enjin aan. Siem draf om die hek oop te maak.

"André!" roep Luna vanuit die voordeur en draf agter die bewegende bakkie aan. "André…! Moet asseblief nie vir Nunus vat nie…! Ek sal met jou trou…!" huil-roep sy terwyl sy nader draf.

André stop die bakkie. Sy gelaat bleek en strak. "Is jy seker dis wat jy wil doen, Luna?" vra hy ernstig deur sy venster as Luna langs hom tot stilstaan kom. "Ja, André," bevestig sy saggies en kyk af grond toe. André som haar vir 'n oomblik stil op.

"Kan jy dit harder sê, Luna," beveel André ongeduldig. Luna kyk op en merk die erns in sy oë. Sy staar vir 'n oomblik na hom en beantwoord sy blik met dieselfde erns. "Ja, André. Ek sal met jou trou," sê sy oortuigend.

"Kry jou handsak en vir Nunus!" beveel hy ferm. Hy staar haar agterna, sy gesig geslote. Luna draf-stap terug huistoe, gryp haar handsak in die slaapkamer, neem Nunus uit Lucie se hande en vat 'n ekstra doek en bottel saam.

André maak die deur van die passasierskant oop as Luna terugkeer met Nunus. Hy wag dat Luna inklim en maak die deur stewig agter haar toe voordat hy sonder 'n woord weer die bakkie in trurat sit, omdraai en by die hek uitry.

Luna is te bang om in sy rigting te kyk. Hy ry behendig tot voor Jan Barnard se huis en stop by die voordeur. Dan stap hy om die bakkie, maak die deur aan Luna se kant oop en lei haar en Nunus tot voor die voordeur. Hy klop saggies aan. Jan Barnard maak die deur oop. Hy merk onmiddellik André en Luna se strak gesigte.

"André," sê-vra hy afwagtend en nooi hulle nie binne nie. "Oom Barries, ek kom formeel ouers vra?" sê André. "Ek het mos alreeds vir jou my toestemming gegee," kug Jan Barnard tot Luna se verbasing. "Goed, Oom Barries," sê André en neem Nunus uit Luna se hande en plaas haar in Jan Barnard se arms. "Kinders word nie toegelaat by die magistraatskantore nie," lig hy Jan Barnard kalm in en lei 'n verbaasde Luna terug na sy bakkie toe.

Luna kyk by die venster uit na haar pa wat die voordeur tydsaam toemaak terwyl hy, tot haar verdere verbasing, met 'n glimlag op sy gesig na haar staar. "Ons kan 'n formele troue hou die dag as jy vir my lief genoeg is," mompel André onderlangs en sluit by die N4 snelweg aan oppad dorp toe. Luna se oë skiet vol trane. Sy verkies om by die venster uit te kyk.

'n Rukkie later stap hulle by die landdroskantoor in. André vind 'n geskikte staatsamptenaar om hulle in die huwelik te bevestig. Die ouer man kyk hulle besadig aan. Hy neem hulle identiteitsdokumente en kry die register gereed.

As hy al die skryfwerk ingevul het staar hy hulle vir 'n oomblik stil aan. "Voor ek julle in die huwelik bevestig wil ek weet wat is die haas dat julle so in julle werksklere 'n huweliksverbond met mekaar wil sluit?" vra hy belangstellend en wys op dieselfde oomblik met sy regterhand oor hulle voorkoms.

André en Luna staar hom onthuts aan. "Wel," begin André terwyl hy aan 'n goeie rede dink, alles behalwe die werklike rede natuurlik." Hy glimlag tevrede as hy, volgens hom, 'n goeie rede kon vind.

"U edele," sê hy selfversekerd. "Behalwe dat ons al 'n spreekwoordelike sak sout saam opgeët het, het ons 'n hele skittery saam opgeruik," beredder hy die saak.

Die landdros lig sy wenkbroue effens krities onverstaanbaar op - nie heeltemal oorgehaal om die huwelikseremonie te volstrek nie en kug effens hoogdrawend in sy gebalde vuiste, wat hy intussen voor sy mond geplaas het, elmboog rustend op sy tafel.

Luna vrees op grond van sy uitdrukking, dat hy hulle summier gaan wegwys. "Edelagbare," voeg sy vinnig en angstig by. "Ons het al saam geslaap," sê sy selfversekerd en oortuigend as sy terugdink aan André wat rustig langs Nunus aan die slaap geraak het.

André se gelaat helder dadelik op as hy weer op sy beurt aan Luna se voogskap dink. "En…, ons het 'n kind saam," voeg hy uiters oortuigend by terwyl sy hand tussen homself en Luna wys.

Die landdros beweeg sy kykers ondersoekend tussen André en Luna, laat sak dan sy vuiste tydsaam tot verligting van beide André en Luna op die tafel en tel die pen nors voor hom op. André neem Luna se hand styf in syne en gee dit 'n stewige drukkie.

"Teken hier," wys die Landdros vir André en Luna hulle afsonderlike pleklyne aan. Dan teken hy net onder hulle handtekeninge. "Hier is julle bewys dat julle vandag in die huwelik bevestig is," sê hy droog en oorhandig 'n wit dokument aan André. "Julle kan daar voor by die toonbank betaal op julle pad uit," sluit hy die transaksie af.

André en Luna draai stilswyend om. André neem Luna se hand weer saggies in syne. "En….as ek julle in my skeihof kry, smyt ek julle uit!" voeg die staatsamptenaar hard, knorrig en ongeduldig by terwyl hy die trouregister toeklap - self al deur 'n aantal ongewenste huwelike wat vir hom geen goeie herinneringe inhou nie.

André glimlag sag af na Luna. Sy kyk op na hom. "Kom ons gaan eet iewers in 'n ordentlike restaurant," stel hy voor. "André ek is nie aangetrek vir dit nie," keer Luna sag.

"Goed, sal ons dan vanaand gaan eet?' stel hy voor. "Môre-aand," bevestig sy en hou hom afwagtend dop. "Môre-aand sal dit wees," sê hy tevrede. "Dis al 'n begin," dink hy heimlik.

Jan Barnard en Miems wag André en Luna in die voorhuis

in. Jan Barnard hoor André se bakkie en stap solank om die voordeur oop te maak.

André klim uit en maak vir Luna die deur oop. Miems skink die tee in die koppies en plaas 'n snytjie melktert in elkeen se bordjie.

"Welkom in die familie, Seun," verwelkom Jan Barnard en skud André se hand hartlik. Hy soen Luna vlugtig op haar mond en druk haar vir 'n oomblik styf teen hom vas.

Miems stap hulle tegemoet as hulle die voorhuis binnegaan. Sy soen Luna en André geluk. Luna ervaar Miems se eg moederlikheid teenoor André. Dit laat 'n gevoel van warmte by haar. Sy merk dat Nunus op die sitkamermat sit en speel met 'n paar verspreide speelgoedblokkies om haar. Die viertal kuier nog 'n rukkie voordat André sy nuwe gesin terugneem na Luna se plaas toe.

Die res van die dag verloop rustig soos André tussen die plase beweeg. Laatmiddag dek Lucie die eetkamertafel vir aandete en neem Nunus om haar te bad. Luna is in die studeerkamer besig om die byvoere te bestel vir die uitgegroeide kalwers. Daarna bestel sy diesel en gif vir die boorde by die landboukoöperasie.

Dit is laataand as Luna André se bakkie hoor nader kom. Sy stap kombuis toe om hulle kos in die mikrogolf op te warm. Nunus het klaar haar aandbottel gedrink en lê op Luna se bed en slaap.

André gaan die huis binne en trek die voordeur styf op knip. Hy stap kombuis toe. "Lucie het vir ons in die eetkamer tafel gedek," lig sy André in. Hy knik en stap badkamer toe om sy hande te was. Hulle sit aan en André seën die voedsel. Luna luister na sy rustige stem.

"André ons moet praat," sê sy na 'n rukkie se stilte. "Dit

is eenvoudig, Luna. Ek sal vir eers die spaarkamer gebruik."
Luna knik ingedagte en krap haar kos deurmekaar, min lus
vir eet.

As hulle klaar geëet het neem sy die borde kombuis toe en
gaan stort. André bly agter in die sitkamer en maak vir hulle
later warm milo om te drink. Hy neem dit na Luna se kamer
toe en sit haar beker langs haar op die bedkassie neer.

Dan stap hy na die spaarkamer toe met syne.

Luna luister na sy bewegings in die kamer en hoor dat hy
heelwat later die kamerlig afskakel. Sy sukkel om te slaap en
rol onrustig van een sy na die ander. Sy staan later op en loop
op haar tone na André se kamer toe. "Dalk kan hulle die ding
uitpraat en 'n kompromie bereik," dink sy moeg geworstel
met haarself.

André slaap diep en rustig. Sy kan sy liggaam in die
skemer sien. Sy besluit om langs hom in te skuif. Sy maak die
beddegoed versigtig oop en swaai haar liggaam liggies onder
die laken in. André kreun. Luna versteen. Sy wag totdat sy
asemhaling verdiep en ontspan voordat sy dieper na onder en
effens verder van die kant van die bed af skuif.

André kreun weer en draai op sy sy. Luna lê stil. Dan sit
André sy arm onverwags om haar middellyf en trek haar
doelbewus nader tot teen sy liggaam waar sy in die holte van
sy bors, maag en bekken opgekrul bly lê.

"Dit het jou darem nie te lank gevat om my lyf te kom soek
nie," kraak sy stem tussen haar hare deur. Luna bly stil lê, te
bang dat hy dalk mag droom, of haar dalk vir iemand anders
aansien.

"Het jy nou al besluit hoekom jy met my getrou het?"
vra hy weer saggies deur haar hare. "Ek dink nie die enigste
rede is Nunus nie, want jy wou haar net sommer weggegee

het, onthou jy?" por hy met sy manlike fluisterstem effens spottend in haar oor.

"André…!" fluister sy hard en dadelik op verdediging. "Sjuut…," maak hy haar stil en soen haar liggies in haar nek terwyl hy haar hare effens wegskuif. "Komaan, Luna, ons weet altwee dat jy vir my lief is… die pa van jou dogtertjie…," soen en fluister hy oor haar slape.

"Sê dit my vrou, sodat ek jou myne kan maak…," soek sy lippe hunkerend na haar mond. "Want ek kan nie 'n minuut langer wag om vir jou te sê hoe ek jou bemin nie…."

Luna voel sy asem oor haar mond en sy lippe wat al om hare speel. "Van wanneer af het jy my lief, André?" kan sy nie verhelp om te vra nie. "Die dag toe ek vir jou Nunus se geboortesertifikaat gegee en jou simpel gesoen het…," fluister-kreun sy stem terwyl hy haar saggies onder hom inskuif. Luna verstyf, nie seker of hy regtig die spot met haar dryf nie.

Luna maak haar mond oop om sy omhelsing se stop en onder sy liggaam uit te skuif, verneder deur sy bespotting. "Ek het myself voorgeneem om jou die res van my lewe simpel te soen totdat jy erken dat jy vir my lief is…," fluister hy dringender en plaas sy mond bo-oor hare.

Hy kreun saggies, sy raak sagter en begeerliker onder sy groot manlike lyf. Hy laat haar gekneusde lippe onder sy vurige soene hunker na meer. "André, ek het jou lief…," blaas sy die woorde oor sy honger siel en hy eerbiedig die ontvanklikheid van haar lyf.

naledi

www.naledi.co.za

facebook.com/naledibooks